Lange reizen korte liefdes

Marion Bloem
Lange reizen korte liefdes
Roman

Uitgeverij De Arbeiderspers
Amsterdam · Antwerpen

Eerste druk, maart 1987
Tweede druk, maart 1987
Derde druk, september 1987
Vierde druk, mei 1989
Vijfde druk, december 1989
Zesde druk, oktober 1993

Omslagontwerp: Hans Bockting (UNA), Amsterdam
Fotografie omslag: Lex van Pieterson, Den Haag

ISBN 90 295 0249 5/CIP

Proloog

Ze had niet altijd en in alles afkeer van zichzelf. Zo hield ze wel van haar schaduw, bijvoorbeeld op 14 juni om kwart voor acht 's avonds (zomertijd), zoals de zon die schetste, net als van de kleur waarin diezelfde zon, in 't licht van dat uur, haar huid schilderde.

Ze zou willen leren van zichzelf te houden zonder de tussenkomst van mannen en vrouwen. Maar ze kan niet zonder groeiende en slinkende passie. Belangrijker dan eten, drinken, slapen, zijn de ogen van de ander, even, net te lang en te indringend, op de hare gericht.

Ze was, dacht ze, geen leuk kind geweest. Op foto's stond ze huilend, of timide van juist gedroogde tranen. Men zei dat ze bang was van de fotograaf, of van de lens, of dat ze gekwetst was omdat men haar gebood te lachen.

Levi's ontevredenheid met zichzelf is heel even verdwenen als ze zich bemind weet, en dan wordt ze verliefd, niet slechts op die ander, maar ook even op zichzelf.

Is het van belang haar uiterlijk te beschrijven? Doet dat er iets toe als we willen weten wat iemand bezielt, wat haar drijft, wat haar wel of niet gelukkig maakt?

In plaats van te zeggen dat ze een bruine huid had, die in de winter beige werd, een kleur die ze verafschuwde omdat het geen kleur was, doch een tint van de dood, maar in de zomer glanzend en vitaal zodra de zon erop scheen (daarom hield ze van de zon en reisde ze die graag tegemoet) kan ik beter zeggen dat ze wispelturig was, want dat kenmerkte Levi meer dan haar huid. En haar lange zwarte haren, slordig bijeengebonden, of loshangend op haar rug en schou-

7

ders, tekenen haar minder dan haar behoefte te beminnen, en haar afkeer van zichzelf.

Daarom zou ik niet moeten verklappen dat ze lang en slank was, lenig maar lui, guitig lachte, chagrijnig leek als ze ernstig keek, en altijd alles vergat, namen, plaatsen, gebeurtenissen, en zelfs wie ze liefhad. Dat deed ze niet expres, dat was haar lot.

Wie zou kunnen geloven dat Levi, de jonge vrouw die mannen wisselt als schoenen, voor iedere stemming, elke weersomstandigheid een ander paar, totdat ze zijn versleten of knellen (te weinig bewegingsvrijheid voor haar lange tenen), wérkelijk van hen allen houdt, méér dan van zichzelf, want, zo vindt zij oprecht, er is weinig reden om van haar, Levi, te houden.

Als ze Len zag staan, terwijl hij het ene paar schoenen na het andere voor de grote spiegel uitprobeerde, of zijn sokken keurde, wat beter was, wit of grijs, zag ze zichzelf.

Len was de eerste man in wie ze zichzelf herkende, die net als zij weer in de spiegel durft te kijken, zonder gêne, zonder walging als er iemand is die van hem houdt, of liever nog, hem flink bewondert.

Het was echter veeleer haar aard die haar dwarszat (tenzij ze zich kon vergeten door overgave). Het hinderde haar, haar onvermogen om met weinig tevreden te zijn als ze veel verwachtte.

...

Het motregent. Zoals hij had gewild.

'Van alle plekjes op de wereld is dit me het dierbaarst,' zegt hij.

Mij niet, denkt ze, maar ze zwijgt.

Hij legt zijn arm om haar schouders. Hij voelt zwaar. Ze lopen niet met dezelfde tred. Haar stappen zijn groter, alsof ze haast heeft.

'Waar ben je allemaal geweest?' vraagt ze, en hij vertelt. New York. Los Angeles. Washington. Ohio. Miami. (Sommige steden kent ze, sommige niet.) De gebouwen die hem fascineerden. Een huis dat hij in L.A. heeft mogen bouwen. Over zijn zwerftochten. De Himalaya. Veel bergen beklommen. Hij noemt ze. De namen dringen niet tot haar door.

Nee, verder heeft hij er niets gezien, alleen sneeuw, hij weet niets van mensen en culturen. Je klimt erop, en na afloop pak je in extase het vliegtuig naar huis.

Hij praat over toppen als over vrouwen.

Haar vraagt hij niets. Hij heeft haar bundel gelezen, en kent daarmee de vijftien jaar die tussen hun laatste samen- zijn en hun hernieuwde contact heeft gelegen.

Hij klimt niet meer. Zijn stem klinkt spijtig. Zijn rug. Hij heeft een smak gemaakt bij een oefenklim. Niet eens van hoog, maar verkeerd terechtgekomen. Nu wil hij geen berg meer zien.

'Je voelt je machteloos,' zegt hij, 'als je naar een top moet zitten kijken en er niet op mag.'

Het motregent. Dat wilde hij graag. Vroeger regende het ook. Ze vreeën in de regen. Ze kan zich niet herinneren dat de zon ooit scheen als ze zoenden.

Jawel, eenmaal was het heet. Hij vroeg haar mee te gaan naar zijn huis omdat zijn ouders niet thuis waren. Zijn moeder was opgenomen in een psychiatrisch ziekenhuis. Ze kon het niet verkroppen dat ze een vals gebit moest, en toen al haar tanden getrokken waren kreeg ze een inzinking.

Zijn vader was op kantoor. Werkte op een accountantsbureau, en in zijn vrije tijd schilderde hij oude stoomlocomotieven na uit platenboeken.

Hij schonk haar en zichzelf een Cuba libre in. Ze had nog nooit alcohol gedronken, was pas zestien, en ook cola kende ze niet. Ze wist niet wat ze dronk, en hij vertelde niet dat er rum in zat. De locomotieven die in allerlei afmetingen aan de muur prijkten leken te gaan rijden. Kwam van de hitte, dacht ze.

Ze vreeën in de kamer op de ruwe vloerbedekking. Ze schaafde haar rug. Het tapijt rook muf. Ze was moe, genoot niet, en weet ook dát aan de broeierige warmte van de felle junizon.

Het was de zevende en laatste keer. (Nu pas beseft ze dat er toen waarschijnlijk al geen sprake meer van liefde was.)

Hij vraagt of het waar is, dat ze, zoals ze in een van haar gedichten in de bundel schreef, nooit meer echt heeft liefgehad na hem.

Zijn vader had het geroken, zei hij, meteen toen hij thuiskwam. Er was een vlek op het tapijt.

En dat ze aan zijn rum hadden gezeten, dat had hem nog kwader gemaakt. (Toen pas wist ze van die alcohol in dat drankje.)

Ze hadden het net als de hondjes in het bos moeten doen, had hij gezegd, in plaats van zijn huis ermee te bevuilen.

Hij had zijn vader gelijk gegeven, hij, toen hij het haar de volgende dag op school vertelde. Alsof het smerig was om elkaar lief te hebben. En toen voelde ze zich ook vies, opeens, en wilde niet meer. Nooit meer.

Dus hij denkt echt dat hij...

Ze wil hem niet kwetsen nu hij zoveel bekend heeft over vroeger.

Het is vreemd en vertrouwd tegelijk. Ze doet haar best in zijn ritme te lopen.

'Weet je wat ik vannacht gedroomd heb?' De manier waarop hij deze vraag stelt geeft aan dat hij enige nieuws-gierigheid bij haar veronderstelt. Ze moet hem teleurstel-len. Het lukt haar niet enthousiast te vragen: 'Nou?' Dus ze zwijgt. Herinnert zich wel opeens haar eigen droom die ze niet begreep omdat hij zo statisch was. Eigenlijk was er slechts één beeld, en dat beeld liet haar niet los. Zelfs niet toen ze daarna nog vele uren geslapen had.

Ze stond voor een gaashek, met daarachter weer een gaashek, en daarachter een vliegtuig.

Het zag er mooi uit. Ze is van plan het te schilderen. Of misschien liever tekenen. Klein en voorzichtig.

...

Er was een Len.

Ze kenden elkaar een maand toen Len al regelmatig over haar droomde. En in de periode dat hij geen voorstellingen gaf vanwege een verstuikte enkel, en zij om die reden een maand lang het bed met hem deelde, had hij elke ochtend een droom waarin zij de hoofdrol speelde.

Hij zag een man in een speedboat over het water scheu-ren, terwijl ze hand in hand over het strand liepen. Zij zei:

11

'O ik wil mee. Dat wil ik ook.' Ze wandelden verder, een berg op, en hij ging vliegen. 'Ik heb zin om te vliegen,' zei hij, en hij ging. Zij riep hem echter steeds terug dat hij op moest passen, dat het gevaarlijk was. Hij kon niet meer terug, zakte, en uiteindelijk kwam hij, ergens, toch wel goed terecht. Er waren veel mensen, en hij kon er niet langs om weer op te stijgen. Intussen was zij de berg afgedaald, en stond er ook.

Een andere droom speelde zich af in Frankrijk. Hij moest optreden, was op tournee of zo, want de lichtman, technicus en geluidsman waren er bij. Ze moesten liften, en de man met wie ze konden meerijden ('niet zo'n mooie jongen, zo'n surfer,' zei hij) moest niet zo heel erg ver. Ze gingen in een cafeetje iets drinken, en zij zei: 'Laat mij maar. Ik regel dat wel.' Ze ging met die jongen apart zitten, en Len zag vanuit zijn ooghoeken hoe zij die man zijn handen vasthield en met haar gezicht vlak bij het zijne kwam.

Toen sprong hij op: 'Dat hoeft nu ook weer niet. Dan gaan we wel lopen.'

'Een erotische droom,' zei hij zelf, toen hij deze inleidde. Zij was aan het masturberen. Toen hij keek, en voelde, ontdekte hij dat zij, zo zei hij, 'een piepie' had. 'Een heel smal dun lang piemeltje,' lachte hij een beetje schuldig. Dat hij ermee ging spelen. Voelen en zo.

Ze waren samen een weekend in Parijs toen hij een beetje bedrukt van haar wegdraaide, terwijl hij anders bij het wakker worden als een kind om bescherming tegen haar aankroop.

'Is er wat?' vroeg ze.

Hij zweeg. Bleef in elkaar gekronkeld op de rand van het bed liggen. Ze zag dat hij huilde. Stille tranen in zijn ooghoeken. Zijn bleke huid was nat.

Ze droogde zijn gezicht met haar wang die ze zacht langs zijn jukbeenderen en langs zijn wimpers liet glijden. – Hij lag onbeweeglijk. Even later vertelde hij.

Na een optreden zaten zijn ouders (die al zeven jaar eerder gestorven waren) te wachten in de kantine. Zij kwam de zaal binnen, maar hield zich afzijdig. Hij zag zijn moeder zitten in haar gebloemde Trevira 2000 jurk, en het grote onooglijke gele vest waar ze altijd in liep, en zijn vader met de door bretels te hoog opgetrokken broek. Ze waren zo lief, zaten daar zo afwachtend en zo trouw. Voelden zich duidelijk heel onwennig in die situatie.

Alsof de droom gisteren waarachtig gebeurd was werd hij plotseling kwaad en duwde haar van zich af. 'Je voelde je te goed voor mijn ouders. Ik kon het zien. Je keek op ze neer.'

Het had geen zin te zeggen dat ze zijn ouders nooit gekend had, en dat zij zeker nooit op ze neergekeken zou hebben. Zoals hij zijn ouders beschreef, zo hadden haar eigen ouders kunnen zijn. Daarom zei ze niets, en dacht met pijn, met wroeging: wat kent hij me slecht. Hij kent me niet. Wie, wat denkt hij dat ik ben?

Op een dag, ze kenden elkaar precies twee jaar, vertelde hij haar zijn nachtmerrie van de nacht tevoren. In die droom sliep hij op een afdak dat doorliep tot een slaapkamer die zij met Iz deelde. Hij deed net of hij sliep, en Iz gooide een theepot over hem leeg. Toen werd hij boos. Zei tegen Iz dat hij dat lullig vond van hem, waarop Iz beweerde dat hij het niet gedaan had. Er volgde een hevige woordenwisseling waarbij zij het voor Iz opnam.

De nachtmerrie was voor Len reden om definitief met haar te breken.

Het pad achter school.

Hij is geen jongen meer. Ze noemt hem Ewald.

'Ik heb vaak over jou gedroomd. Ook toen ik al vele jaren samenwoonde met een studiegenote. Maar deze droom was zo helder. En bovendien zag ik je in die droom niet meer als zestienjarige, maar zelfs als een heel rijpe vrouw. Ouder dan je nu bent.'

Ze vraagt niet door. De regen is gestopt. Wel vallen er dikke druppels van de bladeren onverwacht op haar neus of hoofd waardoor ze schrikt.

Ze kijkt opzij naar zijn gezicht. Hij tuurt, alsof hij in zijn droom naar haar beeltenis zoekt, en haar bestudeert.

Omdat hij zijn verhaal nog steeds niet vervolgt, zegt ze, ietwat met tegenzin, maar ze denkt niet dat hij dat merkt: 'Hoe zag ik eruit?'

'Mooi,' reageert hij enthousiast. 'Prachtig. Je was koninklijk bijna. Betoverend. En je zat op een enorme troon, net zoals ze God weleens op die katholieke plaatjes tekenen in de wolken met schitterend purper en lichtblauw, en je zat daar maar met je rechte rug en slanke lange hals, en wenkte.'

Nietig en lelijk werd ze door wat hij zei. Nat en verdrukt. Haar schouders krom van de kou. Haar handen verkrampt in de zakken van haar versleten leren jasje. Ze durfde niet naar opzij te kijken en zijn stralende blik om iets wat híj alleen zag, en wat zo mooi was dat hij de werkelijkheid gemakshalve ontweek, te zien. Ze slikte.

'En toen?' vroeg ze zo nuchter mogelijk.

'Verder niets. Daar stopte het,' zei hij zacht, alsof hij zich er nu pas over verbaasde. Alsof hij het betreurde. Hun samenzijn betreurde. 'Daar hield de droom op,' zei hij nu harder en gemaakt opgewekt.

...

Ze onthield andermans dromen niet graag. De beelden waren meestal zo sterk dat het was alsof zij ze zelf beleefd had. Zo droomde Jolisa, haar vriendin, ooit dat ze een reuzenbroodje te eten kreeg waar haar eigen moeder als beleg tussen geklemd zat. Nog steeds als ze de moeder van Jolisa ontmoet gaan haar speekselklieren werken, omdat, toen Jolisa haar de droom (nu toch al meer dan tien jaar geleden) vertelde, zij juist een beetje hongerig was en bij het aanhoren van de droom (die haar vriendin evenwel als nachtmerrie ervoer) het water in de mond kreeg.

...

Broodje mam. Een aquarel die veel opbracht. Ze leefde van pentekeningen, verkocht af en toe een aquarel, maar haar schilderijen wilden niet goed lukken.

...

Ze zag zichzelf, of ze 't wilde of niet, mooier dan ze ooit geweest was of zou zijn, ouder en rijper, op een troon. Purper en lichtblauw. De hand die wenkt. Zichzelf als de ander.

...

Ze was, dacht ze, geen leuk kind geweest. Op foto's stond ze huilend, of timide van juist gedroogde tranen. Men zei dat ze bang was van de fotograaf, of van de lens, of dat ze gekwetst was omdat men haar gebood te lachen.

(*Wat Levi niet weet*, is dat ze als kind door haar ooms en tantes op handen gedragen werd, want haar innemende lach deed hen hun zorgen vergeten. Ze was een kind dat

15

door te kijken, slechts door een vaste blik, om aandacht wist te vragen. Ze had een boeiend gezicht als ze ernstig keek, want dan had ze iets strengs en onderzoekends, maar als ze lachte opende ze de bloemen in ieders hart.

Geen wonder dat jong en oud zijn best deed haar lach te vangen.)

'Ik was erg geschokt door je bundel. Ik herkende veel. Subtiele signalen die aan anderen voorbijgaan, maar waardoor ik alles weer voor me zag. Er was ook veel wat ik nauwelijks kon geloven. Je hebt me pijnlijk verrast.'

Ze zitten op een bank. Hij is nog vochtig hoewel Ewald hem net als vroeger eerst met zijn gebruikte zakdoek heeft geprobeerd droog te boenen. Ze was het vergeten, dat ze hier zo vaak zaten. En dat het altijd nat was. Toch bleven ze praten, hadden geen honger of dorst, en namen pas afscheid als het donker was, zomer of winter.

'Ik las jouw gedichten toen ook. Maar op de een of andere manier drongen ze te weinig tot me door. Ik had het idee dat je er in die bundel enkele uit die tijd bij had zitten. Je bent zo raak met zo weinig woorden. Mijn ogen gingen open, Levi.'

Voor het eerst noemt hij haar naam. Over de telefoon had hij het vermeden. Vroeger zei hij Knijn, omdat ze iets van een konijntje weg had als ze lachte.

Ze is bang dat ze nooit meer zal kunnen dichten, want ze heeft al twee jaar of langer geen poëzie meer geschreven. Ze weet niet waar het hem in zit. Net alsof ze zichzelf niet meer toestaat zich mee te laten slepen door een gevoel. Intense gevoelens echter, dacht ze, had ze toch wel gehad.

Gisterochtend was er een man van de omzetbelasting geweest, met wie ze, in plaats van over het ondernemerschap, de hele ochtend (van negen tot twaalf) discussieerde over politiek en samenleving. (Terwijl ze nooit meedoet aan dit soort gespreksonderwerpen, en zeker niet 's morgens vroeg.) Het was angstaanjagend, die man in vlekkeloos grijs, een das met verticale strepen, die zonder pardon koppen van een schreeuwerige krant uit zijn mond liet rollen, en onverbloemd zijn mening over minderheden prijsgaf. En toen ze zei dat ze die beweringen gevaarlijk vond, zei hij: 'Ja, Hitler hè, Hitler.'

Ze werd misselijk toen ze hem de deur had uitgezet. Rillingen en braakneigingen. Heeft van een ondernemerschap afgezien.

Hij heeft dezelfde lach en dezelfde stem als die man van gistermorgen, stelt ze met schrik vast. Had hij die vroeger ook al?

Toen hij haar een halfjaar geleden na een stilzwijgen van vijftien jaar opbelde was dat geroutineerde in zijn praten haar al opgevallen. Een stroom van woorden.

Ze was licht opgewonden geweest hem na al die tijd aan de telefoon te hebben. In die dagen was ze veel alleen. Kwam nauwelijks buiten. Was neerslachtig om Len. Ze hadden twee uur getelefoneerd, waarbij híj voornamelijk gesproken had. Hij had zinnen uit gedichten geciteerd en haar geroemd om de trefzekerheid waarmee ze volgens hem situaties uit hun beider verleden voelbaar had gemaakt. Ook toen had ze nagelaten hem te zeggen dat de gedichten niet op hem sloegen maar op... Op wie eigenlijk? Ze golden voor Len zowel als voor Vos, als voor Iz. En misschien zelfs voor meer die ze zich nu niet herinnert.

'Weet je wat ik zo graag zou willen?' had hij gezegd. 'Dat wil ik al jaren, maar ik heb het nooit hardop durven zeggen.'

Natuurlijk wist ze dat niet. Ze vermoedde iets banaals.

...

Vos had nog ver nadat ze besloten hadden dat het 'uit' was tussen hen, de gewoonte haar midden in de nacht op te bellen om te zeggen: 'Weet je wat ik nou zo graag zou willen?'

En dan kon ze het raden, hoewel ze altijd deed alsof ze niet begreep waar hij het over had. Vrijen in bad. Een vluggertje in de toiletten van de Stadsschouwburg. Of, en met die wens prikkelde hij haar ooit zonder dat ze het wilde: 'Haar hete urine over zijn buik en borst voelen stromen.' Ze schaamde zich voor de warme gloed die over haar wangen gleed en verbood hem haar verder nog met dit soort telefoontjes te storen.

Maar dan had hij zich reeds opnieuw in haar gedachten gewrongen. Ze sliep slecht. Verlangde naar hem. Schreeuwde zijn naam als ze alleen was in de nacht en geneerde zich tegelijk voor haar schrille stem in het donker.

...

Net als vroeger, het pad achter de school. Het was er nog, wist hij, want hij was er weleens gaan kijken. Maar het moest wel regenen, hard of zachtjes, dat maakte niet uit. Ze hadden al een paar keer vergeefs een afspraak gemaakt voor een zaterdagmiddag. Hoewel het dan de hele week goot, was het uitgerekend die middag droog, en belde hij af. Ze hadden er een zekere handigheid in een dag te prikken waarop de zon verkoos te schijnen.

Ze vond het niet erg. Werd mistroostig van de gedachte terug naar die school te moeten.

Deze keer belde hij gedurende de zonnige week verscheidene malen op om te zeggen dat het ook met zonneschijn toch maar door moest gaan. Hij kon niet meer wachten haar te zien.

'Na jou ben ik nooit meer echt verliefd geweest.'

Deze bekentenis doet haar schrikken. Dat had ze niet gedacht. Zou hij het menen? Zijn gezicht verraadt niets, maar het was altijd een masker geweest. Zijn lach was ook toen al verkrampt. Het stoorde haar alleen in het begin, later raakte ze eraan gewend dat hij emoties koos uit te beelden, en dat ze nooit ondanks hemzelf op zijn gezicht verschenen.

Ik heb alleen maar liefgehad, denkt ze. Nooit niét bemind. Die ene man die ene nacht met net zoveel passie als die andere drie jaar lang, alsof ze dezelfde waren. (Alsof ze niet verschilden.)

'Met jou was alles zo vanzelfsprekend. Problemen waren nog niet uitgevonden. We vreeën. Punt uit. Hebben we ooit gepraat over orgasmen? Het ging allemaal vanzelf. Praten was overbodig.'

Was dat zo? Ze heeft al geknikt voordat ze heeft nagedacht. Ze had indertijd nog nooit van klaarkomen gehoord. Dat hij er iets speciaals aan beleefde, dat wist ze wel, dat had ze wel gelezen. Het kwam toen echter niet in haar op om in de liefde iets voor zichzelf op te eisen.

Ze luistert naar hoe hij vertelt over de vrouwen daarna. Hoe de spontaniteit verdween omdat er regels waren. Zij eerst dan hij. Of als hij eerst kwam, dan moest zij ook nog. De technieken. Bij elke vrouw weer anders. Hoe lang het duurde voordat hij zich eraan kon overgeven zonder de vermoeidheid van zijn vingers of tong te voelen.

Ze weet zich geen raad met zijn openhartigheid. Ze vraagt zich af wat hij ermee bedoelt. Het is merkwaardig hier na meer dan vijftien jaar naast elkaar op een houten bank in een bos te zitten, als vreemden eigenlijk, want wat weet ze nog van hem, en de details aan te moeten horen van zijn worsteling in het vrijen met anderen.

Had ze als vijftien-, zestienjarige misschien orgasmen gesimuleerd? Ze dacht het niet. Ze wist toen immers zelfs niet van het bestáán van zulke gevoelens, laat staan dat ze had geweten hoe ze die zou moeten pretenderen te hebben.

Wat hij vertelt is haar niet vreemd. Ze heeft het geaccepteerd als een onderdeel van langdurige liefdes. Met Iz, met Vos en met Len was het de moeite waard ze door te maken. Zoals hij erover vertelt... Zouden zij het ook als marteling ervaren hebben? Ze kan het zich niet voorstellen. Maar de vrouwen waar Ewald nu over vertelt zouden waarschijnlijk ook versteld staan als ze hem hier zouden horen.

Er is inderdaad iets vanzelfsprekends geweest toen met Ewald. Hun zoenen op straat, de warmte die ze elkaar boden, en de steun misschien. Maar ook de opwinding, die voor haar nergens toe leidde, doch op zichzelf stond. De absolute overgave, die herinnert ze zich, en daarbij de spanning dat het nog niet mocht, en de verleiding telkens weer verder te gaan dan het moment zelf.

Op een avond stond ze toe dat hij haar in het huis waar ze enkele avonden per week op vier kinderen paste, bezocht. Ze sloot de gordijnen die ze anders altijd openhield, en wachtte nerveus op zijn komst. De kinderen moeten het gevoel hebben, want ze maakte niet, zoals anders, tekeningen aan de grote tafel, en ze vertelde ze nu allemaal tegelijk één kort verhaal, en koos zélf het onderwerp. Hij kwam echter laat om er zeker van te zijn dat de kleintjes zouden slapen.

Ze stoeiden wild en lang op de bank. Hij schoof zijn door de winter koude handen onder haar trui en maakte haar bustehouder los, terwijl zij, met haar knieën op de bank, haar onderlichaam tegen zijn borst aan drukte. Hij droeg al zijn kleren. Ze voelde zijn trui. Wol die jeukte. Zijn mond in haar hals.

Pas twee jaar later begreep ze, dat wat ze toen gevoeld had, een orgasme wordt genoemd. Die keer echter was het voor háár het fysieke bewijs van haar liefde voor hem. En op dat moment besloot ze veel van hem te houden.

'We waren nog zo jong,' zucht ze. En tegelijk moet ze

lachen. Alsof ze nu oud zijn. Zij tweeëndertig. Hij een jaar ouder. Hij merkt haar lach niet. Toch grinnikt ze hardop. En dan opeens herinnert ze zich hoe ze toen ook vaak binnenpretjes had. Dat ze niet dezelfde humor hadden. Dat ze haar eigen mening vaak verzweeg. En later, na die eerste nacht die nog steeds een raadsel voor haar is, kregen ze steeds vaker meningsverschillen. Of begon ze toen pas te laten merken wie ze was?

'We hebben hier uren zitten praten. Soms waren we versteend van de kou als we ieder naar huis gingen. Maar weet jij nog waarover we spraken?' zegt hij. Hij schuift dichter naar haar toe.

'Ik herinner me niet veel,' zegt ze oprecht. 'Ik weet wel dat er een keer een auto over dit pad reed. Hij scheurde door de waterplassen, en we raakten onder de modder. Jij zei dat je het zo'n mooie auto vond, en ik was geërgerd dat je schoonheid aan zoiets als een auto toekende. Ik reageerde nogal agressief, dacht ik, en zei dat ik het een lelijke auto vond. Dat het net was of hij een schop tegen zijn achterwerk had gekregen.'

Hij kijkt wazig. Herinnert zich waarschijnlijk niets van wat ze vertelt. Noemt wat automerken om te achterhalen wat voor auto het was. Alsof die merken haar wat zeggen. Ze haalt haar schouders op. Hij begrijpt het niet, denkt ze. 'Ik heb geen mening over auto's. Ik zie ze niet, behalve als ik erin stap. Ik leer het uiterlijk van mijn eigen auto uit mijn hoofd om hem terug te kunnen vinden. Ik ben al blij dat ik de kleur onthoud. Snap je dan niet wat ik zeg. Ik vond die auto niet lelijk. Het ergerde me dat je een auto die onze stilte kwam verstoren, mooi kon vinden. Mensen zijn mooi. Gedichten. Schilderijen kunnen mooi zijn. Auto's zijn gebruiksvoorwerpen, en per definitie lelijk.'

Ze schrikt van haar eigen heftigheid. Die is er precies als toen. Ze is van de bank opgestaan en staat bijna te stampvoeten. Wat een waanzin, denkt ze. Wat doe ik?

'Ja, gebruiksvoorwerpen zijn lelijk,' zegt hij traag, met een peinzende blik. Alsof hij door haar een grote ontdekking doet. Zijn gezicht heeft de pose van: gos, had ik dát eerder geweten.

Ze gelooft hem niet. Zijn woorden niet. Ze is weer zestien. Hij geeft me mijn zin omdat hij mijn sympathie wil. Hij kletst maar wat.

'Huizen zijn ook gebruiksvoorwerpen. Zijn huizen mooi?'

Hij brengt haar in de war met die kinderlijke vraag. Zou hij de onzin die hij uitkraamt serieus nemen? Zijn gezicht staat ernstig. Een frons op zijn voorhoofd. Zo ziet hij er aantrekkelijk uit, vindt ze. Hij lijkt echt. Zou hij zichzelf zijn? Moet ze zijn vraag beantwoorden?

Ze gaat weer zitten. Op dit moment breekt de zon door. Zijzelf zit in de schaduw van een boom, maar hij zit in het licht, dat zijn haar doet glanzen. Zijn ogen, die ze zich als dof, mat en levenloos herinnert, lijken nu te stralen. Zijn mondhoek trilt.

Hij is echt, voor het eerst die middag is hij echt. De schok hem zo te zien doet haar rillen.

'Heb je het koud?' Hij legt zijn hand op de mouw van haar vale leren jasje.

'Nee, nee,' haar stem klinkt schor.

'Kom hier in de zon, het is nou lekker.' Hij trekt haar naar zich toe, en maakt daarbij plaats door zelf iets op te schuiven.

Ze huivert opnieuw. Voelt zijn arm om haar schouders, en laat hem daar. Zwijgt.

...

Dat had ze graag met Len gewild. Samen teruggaan naar een plek waar je gelukkig bent geweest, en als goede vrienden praten over vroeger, nu, en over plannen in de toekomst. Arm om elkaar heen. Zwijgen mag ook.

Ze had hem vaak gebeld sinds die keer dat hij naar aanleiding van zijn droom kwam vertellen dat het afgelopen moest zijn. Meestal legde hij meteen neer als hij haar stem hoorde. Soms liet hij haar praten en zei dan kil: 'Waarom bel je?' of: 'Zo, dat was wel weer genoeg. Dag. Het ga je goed.'

Een keer leek hij blij te zijn dat ze iets liet horen. Ze praatten lang. Over zijn werk. Over zijn plannen. En toen ze vroeg of hij zin had in een afspraak zei hij: 'Nee, daar voel ik niets voor.' Zijn stem werd koud. 'Bel me niet meer,' zei hij, 'alles wordt opgerakeld. Ik wil niets met je te maken hebben.'

Het was die middag dat Ewald voor de eerste keer na al die jaren belde.

De plek zou ze zonder Lens hulp niet meer kunnen vinden. Zij reed, en hij had zich al een paar keer vergist bij het wijzen van de weg waardoor ze anderhalf uur door het polderlandschap reden. Ze kende die omgeving niet, evenmin als de andere plekjes in Nederland waar hij haar gebracht had.

Een sluis. Veel boten. Dat was vroeger al, maar toen waren de boten mooier. Nu heb je te veel van die gekleurde plezierjachten. De mensen hebben te veel geld, klaagde hij.

Als kind kwam hij er met zijn vader. Soms in een roeiboot, soms op de fiets om te kijken. Dan stond zijn vader er urenlang onbeweeglijk, net als hij nu, en dan genoot hij, die man, terwijl hij als een kleine jongen steentjes in het water gooide.

Ze had niet voorzien hier te komen. Was te netjes gekleed. Ze wist nooit wat ze kon verwachten. Soms wilde hij opeens uit eten, en trok er zijn kostuum voor aan terwijl zij in haar spijkerbroek en op gympjes voor zijn deur stond omdat ze gedacht had dat hij wilde wandelen.

Ze droeg een witte leren rok met een groot split, en bij

wijze van uitzondering rode modieuze schoentjes met een hakje. Die had ze in de auto gelaten, net als het grote ruime colbert omdat het allemaal wat te keurig was.

Die blote voeten gingen wel, maar het was winderig, en ze miste een jas.

Hij maakte onverwachte sprongetjes. Floot en zong. Pakte haar hand. Gedroeg zich verliefd zonder schaamte, wat ongewoon was. En zij liep onhandig naast hem in de strakke rok die huppelen onmogelijk maakte, en voelde zich geharnast naast zijn lichte opgewekte motoriek.

Er was een muur. Die oude sluis. Ze weet niet meer hoe het zat, maar door de jaren heen waren er vele namen en data door honderden verliefden op geschreven.

Er was geen plek voor nog een paartje.

Ze zag hem loeren. Met zijn hoge eisen ten aanzien van originaliteit zou hij hun namen híer niet aan toevoegen, maar waarom dan toch die aarzeling?

Opeens, ze kon hem niet stoppen, hees hij zich op een zijwand, en, ze kon het niet aanzien, klom hij tegen de stenen muur op die weinig steun en houvast gaf.

Daar hing hij, met één hand zoekend in zijn broekzak, toen ze haar ogen weer durfde openen. Een jongen nu, met die bengelende benen die nergens konden rusten. Geen man van veertig.

Als hij valt is hij dood.

Zeven meter hoog, met één hand over de muur, en in de andere zijn huissleutel waarmee hij een hart en hun beider initialen in het steen kerfde.

Een keer wisselde hij. Hing aan zijn linkerarm, en probeerde met rechts te schrijven. Secuur. Zijn slanke vingers. Zo geduldig, alsof hij in zijn atelier aan zijn decor schilderde, in alle rust.

Trots riep hij haar naam, keek naar beneden, naar haar, en dán die plotselinge ommekeer naar intense angst toen hij de diepte zag en zich realiseerde dat hij terug moest.

Háár angst was weg, vreemd genoeg, nadat ze ogen zo snel zíjn angst had zien groeien. Moest onbeda. lachen terwijl hij voorzichtig, traag, en moedig zijn angst overwinnend een weg naar beneden zocht.

Hij beefde. Was bleek, maar nog steeds verliefd. Keek op naar het grote hart en de L, tweemaal, ver boven de andere namen.

'Niet bijster origineel hè,' lachte hij verlegen. 'Ik wist niets mooier dan een hart.'

Ze wilde er naar terug. Zien of het er nog stond. Of het echt gebeurd was.

'Je waagde je leven, sufferd,' had ze gezegd.
'Ja, hè,' had hij geglunderd.

Die blik. Die glundering. Die hartstocht. Ze mist Len. Nu, met Ewalds arm om haar heen, mist ze Len meer dan ooit.

'Er reed slechts één keer een auto. In al die dagen, weken, maanden, hoe lang duurde onze liefde…, passeerde er eenmaal een auto,' zegt ze.

Hij knikt. Ze hoort vogels. Ver weg een snelweg.

'Huizen zijn meestal lelijk,' zegt hij. 'Gek hè, vijftig procent van ons leven brengen we in ons huis door, en toch maken we er niets moois van.'

De zon is fel. Maakt hen loom.

Hij was zeventien, zij amper zestien. Aan weerszijden van het pad was een hoog hek waarachter het bos doorliep. Het hek is nu weg. Je kunt vrij het bos in lopen aan beide kanten. Het is geen mooi bos. Ze heeft geen verstand van bomen, maar ze zijn allemaal hetzelfde. Een magere stam. Kleine blaadjes.

Opeens weet ze het gesprek van de eerste keer. Hij vertelde van zijn hekel aan zondag met de verplichte wandelingen. Aan de hand van zijn moeder, oma, of een tante, met de eindeloze paden, en de gesprekken waaraan hij geen deel had.

Zij dacht aan de wandelingen met haar familie. Opa, oma, vele tantes en ooms, soms spontaan na het avondeten in de zomer, maar ook weleens als het sneeuwde overdag, of na een regendag als het bos zo schoon rook en ze met hun waterlaarzen door de plassen mochten rennen. Iedereen leek te willen lachen. En zij, de kinderen, verlieten het pad om zich voor elkaar te verstoppen tussen de struiken en in bomen, met de opwindende vrees de groep uit het oog te verliezen, en dan straks misschien – dat geloofde ze echt – door de wolven, spoken, reuzen opgegeten te worden als het donker werd.

Altijd jammer als de paden eindigden in de verharde weg die terug naar het dorp leidde.

Hij sprak, zij luisterde, dat weet ze nog wel.

Het bos was altijd vochtig als ze er wandelden, en als het niet regende waren er altijd druppels van een vorige bui, die van de bladeren vielen.

Ze liepen om de plassen heen, en zochten met hun handen elkaars droge delen onder hun jassen.

De zon is weer achter de wolken. Ze heeft haar handen diep in de zakken van haar leren jas gestoken. Zijn arm ligt op de schouder van haar klamme jas.

Gistermiddag, ze was naar buiten gegaan om een brief voor Len op de post te doen, de zoveelste brief waar hij vermoedelijk weer niet op zal reageren, zag ze een jongen en een meisje van ongeveer zestien in discussie voor een gesloten snackbar. Ze vielen haar op door hun schoonheid. Het meisje was donkerblond. Goud in het licht van de zon, want het weer was even opgeklaard na een fikse regenbui,

26

de eerste regen die week. Ze had het haar in een mal klein staartje gebonden, droeg een zonnebril, was gebruind door de zon. Slank. Een hardblauw spijkerjack viel ruim over haar zwarte broek. Alleen haar enkels waren bloot boven zwarte laarsachtige schoentjes.

Ze zwaaide met haar armen. Probeerde de jongen waarschijnlijk van iets te overtuigen zonder evenwel haar stem te verheffen. Ze kon niet horen wat ze zei.

De jongen zag er elegant uit in zwart. Een jasje van fijne stof. Zijn haar modieus gekapt. Ze had eerst gedacht dat hij een meisje was. Fijne trekken. Een vertederende manier van lopen.

Ze draaiden om elkaar heen. De jongen leek haar niet aan te willen kijken, wendde steeds zijn hoofd af. Hadden ze door dat zij hen gadesloeg? Even stopten ze hun gesprek, hun bewegingen, en hun ogen volgden haar. Toen gebaarde het meisje opnieuw, en de jongen liep weg. Kleine haastige passen.

Toen ze terugkwam van de brievenbus zag ze hen weer. Nu vijftig meter verderop. Het meisje sloeg de jongen in zijn gezicht. Hij liet zich slaan. Toen ze ging stompen draaide hij van haar weg, maar rende niet, liep kalm. Ze volgde hem, bleef stompen op zijn arm en zijn schouder. Ze stond stil om het te kunnen volgen. Zag de wanhoop van het meisje. De kalmte van de jongen. Hij verdween achter de huizen. Nu schreeuwde het meisje. Ze kon niet horen wat. Zijn naam? Een scheldwoord?

In 't stille was ze even niet degene die ze was.

Misschien zwegen we veel, denkt ze. Hoewel ze zich nu opeens veel van hun gesprekken herinnert. Hun discussies, haar eigen praten, hoe ze vertelde dat ze niet wilde trouwen. Kinderen eventueel pas na haar dertigste, nadat ze carrière gemaakt zou hebben. Dat hij lachte en knikte dat ze verstandig was. Dat was veel beter. Vrouwen moesten een beroep hebben.

Dat ze een hekel aan horloges had. Aan klokken. Dat er geen regels zouden moeten zijn. Dat iedereen gewoon zou moeten doen waar hij zin in had. Daar was hij het mee eens. Anders dan Iz, bij wie ze dezelfde theorieën enkele maanden later verkondigde en die haar schamper uitlachte. Dat ze kindertaal sprak. Dat ze zweefde. Dat ze als een kip zonder kop sprak. Iz schold haar vaak uit, waar ze niet op wist te reageren. Dan stuurde ze hem de volgende dag een briefje dat hij maar niet meer moest komen als hij haar zo'n dom kuiken vond, en dat ze niets meer met hem te maken wilde hebben. Dan belde hij op, of schreef een briefkaart met de woorden: 'Mal mens. Waarom denk je dat ik bij je op bezoek kom? Dat hoef ik toch zeker niet iedere keer uit te leggen? Tot vrijdagavond. Iz.'

En bij die volgende gelegenheid wist ze weer niet waar ze het over had. Leek ze wel een kind van acht. Was ze zo dom als het achtereind van een ezel.

Hij had zelden originele manieren om haar duidelijk te maken dat hij het niet met haar eens was.

Iz had meestal gelijk. Hij had het beste met haar voor, zei hij altijd. Ze moest haar diploma halen. Een goede universitaire opleiding volgen. Iets van haar leven maken. Haar gedichten publiceren. Hij was degene die haar aanzette tot publikatie. Toen al.

Ze liet Iz de gedichten lezen die ze over Ewald gemaakt had. 'Schitterend,' zei hij, 'daar moeten we een uitgever voor zoeken.' En vanaf dat moment gaf hij haar allerlei bundels cadeau. Door hem ging ze Achterberg lezen.

Het was nieuw voor haar om zo'n reactie op haar gedichten te krijgen. Ewald zei nooit iets als ze hem een gedicht opstuurde dat ze speciaal voor hem gemaakt had. Hij reageerde door haar een gedicht van hem zelf, of een tekening op te sturen. Misschien als antwoord op haar gedicht. Dat weet ze niet meer. Zijn gedichten waren lang, en zijn tekeningen groot. Dat weet ze nog wel. Zou hij nog dichten? Tekende hij nog?

Ze heeft geen zin ernaar te vragen. Ze is blij met de stilte. Het doet haar goed hier te zitten en te zwijgen. Hem kennelijk ook. Hij is niet meer zo gespannen als in het begin.

Nu hij ziet dat ze naar hem kijkt lacht hij. Het lijkt verlegenheid wat hij wegslikt.

'Ik ben in zoveel parken geweest,' zegt hij, zijn stem klinkt aarzelend, hij zoekt in haar ogen of het haar stoort dat hij praat. Ze moedigt hem aan door naar hem te kijken. Haar ogen strak op de zijne gericht.

'Altijd als ik in een park was, dan... dan...'

Ze huivert. Hij is werkelijk verlegen, ziet ze, hij is onzeker of ze het wil horen. Waar is zijn zelfverzekerdheid? Waar is die geroutineerde manier van spreken? Ze weet geen raad met die kwetsbaarheid in dat onberispelijke kostuum. Zijn mondhoek trilt weer, net als eerder.

Haar eigen gezicht wordt strak.

'Altijd als ik op een bankje zat dan moest ik hieraan denken. Hier met jou te zitten. Het werd een obsessie. Die wens... Dan kwam er een enorme onrust over mij. Dan ging er slechts één ding door mij heen: namelijk dat ik in elk geval voor de rest van mijn leven ervoor moest zorgen te doen wat ik wilde. Nooit, maar dan ook nooit later te hoeven zeggen: had ik maar zus of had ik maar zo... Ik dacht altijd: laat Levi het enige zijn wat ik heb laten glippen. Laat ik verder nergens ooit nog spijt over krijgen.'

Hij praat door. Zijn woorden zijn anders, maar hij zegt hetzelfde. Ze luistert. Rilt. Kruipt in elkaar. Rilt opnieuw. Krimpt meer in elkaar. Hoort zichzelf klappertanden. Hoort hem praten maar verstaat hem niet. Totdat hij zegt: 'Zullen we weer gaan lopen?'

Ze was Ewald vergeten. Tot het moment waarop hij belde, ongeveer een halfjaar geleden, was ze hem volkomen vergeten. Zelfs als ze zijn naam ergens tegenkwam herinnerde ze zich hem niet. Wel zijn vader zoals hij haar de deur wees toen ze Ewald opzocht in de vakantie omdat ze hem miste. Ze gingen al niet meer met elkaar om, maar ze wilde hem zien. Praten. Ze zocht zijn kameraadschap. Dat was de enige keer dat ze zich had laten gaan.

'Woon je alleen?' vraagt hij.
    'Hm-hm.'
    'Al vijftien jaar?'
    'Hm-hm.'
    Vijftien jaar alleen zonder ooit alleen te zijn geweest, denkt ze.
    'Ik heb eerst zeven jaar met een studiegenote, en toen zeven jaar met een collega gewoond,' zegt hij. 'Zo van de een naar de ander. En nu ben ik alleen. Sinds een halfjaar. Toen ik je bundel las heb ik de knoop doorgehakt.'

        Want echte liefde gaat weer stuk.
        Ik ken geen ongekend geluk
        dat eeuwig duurt.
        En liefde in het vat verzuurt.

Dat heeft ze wel vaker. Dan zit ze op de fiets of in de tram, en dan schiet haar zomaar een rijmpje te binnen. Ze verzint het ter plekke. Maar ook is het weleens een rijmpje dat ze maanden daarvoor bedacht had maar nooit opgeschreven. Het is geen poëzie, het is ritme. Ze voelt niet de behoefte die zinnen neer te schrijven. Zou zich schamen haar naam eronder te zetten. Meestal is er een deuntje bij wat ze niet kwijt raakt zodat het rijmpje als een tophit in haar hoofd blijft hangen.

Ze lacht.

Hij lacht mee, en excuseert zich: 'Nee, niet omdat ik je bundel als een aanzoek opnam hoor. Zo erg was het niet.'

Haar lach draait naar schaamte.

Hij praat over zijn twee verhoudingen. Die twee vrouwen droegen dezelfde naam, en waren beiden architect, zoals hij, maar oefenden geen van beiden hun beroep uit. Hij ziet ze allebei nog regelmatig.

Ze let niet goed op. Het rijmpje danst nog in haar hoofd.

Waarom kan ze alleen nog van die malle rijmpjes maken?

Ik lijk wel gek, denkt ze. Als hij mijn gedachten kon zien, wat zou ik me dan generen. Waarom kan ik niet gewoon naar hem luisteren? Zelf vertellen over mijn liefdes, die heb ik toch gehad, zoveel. Of van hem houden misschien.

...

Er was ook weleens geen minnaar.

India. De weken die ze in Khamman doorbracht.

Iz had haar geadviseerd naar de Tribals in Andra Pradesh te gaan. Een onaangetast gebied noemde hij dat, waar ze gastvrij ontvangen zou worden door de bevolking, en romantisch tussen de koeien buiten op een matje zou slapen na eerst met de mooiste vrouwen van de wereld rond het vuur te hebben gezeten.

'Ze praten met handen en voeten, en je zult alles verstaan,' had hij gezegd. De trein tot Khamman, en vandaar drie bussen, dan achttien uur lopen, en terstond volgde het paradijs. Hij had alles uitgetekend. Een plattegrond als schatkaart zoals ze vroeger met vriendinnetjes maakte (vijftien stappen naar links van de derde boom, schuin het slootje over...) met kruisjes en stippellijntjes. Ergens was een rivier die droogstond. Ze zou Tribals tegenkomen op weg naar de markt, of op weg naar een ander dorp als 'paramedica'. Ze zou ze herkennen aan de rinkelende armbanden aan hun voeten.

Als aanmoediging had hij haar een leren etui voor haar paspoort, en een dia van een Tribal cadeau gedaan.

Dapper was ze het onbekende gebied ingetrokken, waar ze, zo had Iz triomfantelijk gezegd 'geen buitenlanders zou tegenkomen'. Het zou haar inspireren. Ze zou gaan dichten, tekenen, schilderen als nooit tevoren.

Khamman.

Na een dag kocht ze een sari om de opdringerige blikken niet meer te voelen, na twee dagen kwam ze niet meer buiten, at alleen nog in het restaurant onder het hotel, en daarna nog slechts op de kamer, waar ze met de ramen open Engelse vertalingen van Indiase gedichten las.

Toen de apen, kleine brutale hongerige schavuiten, achter haar rug de kamer inslopen om haar etensresten, die de bedienden pas na hun middagslaapje weghaalden, van de tafel op te peuzelen, deed ze zelfs de luiken niet meer open, en zag ze twee weken het daglicht niet.

Totdat ze de moed had de trein terug naar Hydrabad te nemen en vandaar naar Goa te vliegen waar ze voldoende liefde vond om weer van zichzelf te kunnen houden.

Het paradijs gaf ze op.

Iedere man was anders. En dat was ook wat ze in elk contact zocht: het onbekende.

...

Het stortregent. Een plotselinge bui doet hen rennen. Hij pakt haar hand beet, en onder een boom, waar de slagregen hen toch nog bereikt, gooit hij zijn regenjas die hij in een oogwenk had uitgetrokken over hen heen. Ze ruikt de jas. Hij ruikt als vroeger. Zijn geur. Hun eerste dans op een onnozel schoolfeest, waar haar neus net als nu tegen zijn borst lag aangedrukt omdat iedereen zich verdrong het podium op te gaan waar de band het laatste nummer speelde. Ze rook hem en werd op het laatste nippertje nog verliefd. De school was nieuw voor haar, en ze had zichzelf gedurende het feest al beklaagd dat er niets leuks tussen liep. Hij viel wel mee, en daarom had ze voornamelijk met hem gedanst. Maar na die omstrengeling, die ongewild was, net als nu gedwongen door de situatie, klampte ze zich aan hem vast. Twee jaar lang.

In het begin was de liefde vriendschap. Die eerste nacht na het schoolfeest had ze door het langdurige zoenen in het bos de laatste bus gemist, en toen hadden ze samen de elf kilometer naar haar huis gelopen. Het was licht toen ze zich van hem losscheurde, en bemerkte dat haar vader de voordeur op het nachtslot had gedaan om haar te straffen. 'Twaalf uur thuis,' hadden ze gezegd, wetende dat ze geen keus had met de wijze waarop het openbaar vervoer geregeld was.

'Ik kom wel binnen,' had ze gefluisterd, en ze had erop aangedrongen dat hij wegging, hoewel hij liever wachtte op de eerste bus.

Eerst had ze steentjes gegooid naar het raam van haar zusjes slaapkamer. Toen bij haar broertjes, maar ze hoorden niets, en uiteindelijk besloot ze aan te bellen. Haar vader sloeg haar niet, zoals anders, zocht in haar ogen, loerde zo'n beetje, en ging terug naar zijn bed. Ze had er niets meer over gehoord. Zelfs geen uitleg hoeven geven. Ook later niet.

...

Len was als haar vader. Wispelturig. Wantrouwig. Onverwacht driftig, en soms om onverklaarbare reden vrolijk. Stralende blijdschap kon plotseling in woede of een stilzwijgen omslaan, of andersom. Zijn lach was sterk genoeg om te vergeten dat ze zelf een leven had.

Zo hebben zij, Ewald en zij, ook eens op een brug gestaan. Het regende niet, het sneeuwde. Ze wilden zien hoe de sneeuwvlokken het toch al te schilderachtige grachtje met bruggetje, en daarachter het kerkje sierden. Net als nu stond zij er te klappertanden, en hij had zijn armen als bescherming om haar heen. Ook toen had hij dapper zijn jas uitgetrokken en er een tentje van gemaakt. Hij droeg handschoenen, én hij was verkouden, net als zij. Ze gebruikte zijn zakdoek.

Hij had 't getekend en 't haar voor Sinterklaas gestuurd. Een konijntje in de armen van een nijlpaard. Het nijlpaard was íéts, niet véél groter dan het konijntje waarin ze met veel gemak zichzelf herkende. De jas had hij precies als de zijne getekend, en zijn zakdoek ook, wat de tekening heel speciaal maakte.

'Teken je nog?' vraagt ze.

Hij verstaat haar niet. Ze praat te zacht door de kou, en zijn brede borst dempt haar stem.

Wel voelt hij haar onrust opeens. Zijn hand pakt haar kin en draait haar gezicht naar zich toe. 'Wat is er?'

'Of je nog tekent...' Ze heeft alweer spijt van haar vraag. Heeft geen zin om te praten. Alle herinnering is weg. Hij is opeens die man met de geoefende glimlach. Een vreemde. 'Ja, huizen.' Zijn stem klinkt triomfantelijk. Ze draait haar hoofd weer weg. Leunen lukt echter niet meer. Ze kijkt onder de jas door of de regen al minder is geworden.

'Ik heb een leuke opdracht. Ik maak nu iets voor...'

Wat ergert ze zich aan die stem. Die zelfverzekerde houding.

Ze stapt onder zijn jas uit. Trotseert de harde druppels die op haar hoofd en haar jasje terechtkomen.

Terwijl hij praat over huizen, steden, heren wier namen

hij noemt alsof zij ze zou moeten kennen, zegt hij ook: 'Kijk uit, je vat kou', en trekt haar naar zich toe zonder zijn verhaal te stoppen.

Er was een groot schoolfeest. De school vierde haar jubileum. Hij en zij maakten deel uit van de feestcommissie. Ze hielden ervan te organiseren. Zij schreef teksten. Hij ook. Het feest werd een succes. Hij amuseerde zich kostelijk, zij minder. Ze was moe van alle voorbereidingen die ze toch leuker had gevonden dan het feest zelf. Liep er wat verdwaald rond.

Hij zag haar in een hoekje. Ze vouwde vliegtuigjes van de programmastencils.

'Ga je mee even naar buiten?' vroeg hij, en even later stonden ze in de stromende regen. Hij stal een brommer van een vriend, waarmee ze een eind weg reden. Een terrein dat ze niet kende. Het bos voorbij, waar de velden begonnen. De regen werd heviger. Maar ze waren uitgelaten. Op het feest was het benauwd geweest.

Zomaar ergens liet hij de brommer in het gras vallen, en doken ze in een kuil. Zoenend. Wild, een kuise passie waardoor ze feest, brommer, kuil en regen vergaten. Ze was wat ze voelde, en verder was er niets.

Opeens maakte hij zich van haar los, en zei geschrokken: 'We moeten terug. Ze zoeken ons.'

Op de brommer was het koud. Toen merkte ze pas dat alles nat was. Alsof ze ook van binnen nat was. Maar dat het niet gaf omdat ze *voor 't eerst geluk geroken had*.

Terug bij de school, in de fietsenstalling was hij kortaf. Hij wees haar de andere uitgang te nemen opdat ze niet samen met die natte kleding ontdekt zouden worden. Vloekte dat hij nat was. Koud. Gebood haar zich te drogen in de wc, wat ze niet begreep. Ze waren toch niet slecht, niet fout, niet schuldig geweest. Waarom die schaamte?

'Jij daar. Zorg dat je droog bent voordat je de zaal binnenkomt.' Een bevel, terwijl zij nog duizelt van de ontdekking dat het bestáát, waarover ze schrijven en dichten. Dat het werkelijk bestáát, en dat híj zich daarover níét verwondert.

Hij had haar vernederd.

Ze had even voor de spiegel gestaan in de wc, en zichzelf gezien. In haar eigen blik gelezen dat het wonder echt gebeurd was, en dat hij daar niets meer aan veranderen kon.

Nat is ze naar het feest teruggegaan. Wilde hem straffen. Flirtte met al zijn vrienden. (Vooral met die van de brommer.)

De gebeurtenis van die middag had ze als geheim gekoesterd. Ze had het geluk daarna vaak gezocht. Maakte wandelingen met minnaars in de stromende regen. Vree in de buitenlucht. Op de een of andere manier had ze het idee dat de regen er iets mee te maken had gehad, net als ze ook haar eerste orgasme aan de geknielde houding gekoppeld had. Ze had de voorwaarden gezocht om het gevoel van die middag terug te krijgen. Zo vaak. Overal ter wereld. En niet gevonden.

Ja, toch wel.
    Van een andere soort.
    In de gedaante van stilte.

Ze verbaast zichzelf. Hier had ze nooit eerder over nagedacht. Ze had niet beseft dat ze gezocht had naar condities voor geluk, alsof ze bestonden.

Hij was niet haar eerste liefde. Ze had al lief toen ze nog niet kon praten. Een oom die ze niet wilde delen. Ze herinnert zich zijn handen beter dan zijn gezicht. Ze weet nog hoe hij rook.

Daarna was er een jongetje even oud als zij op de kleuterschool. Ze duldde hem. Hij mocht haar omhelzen, maar zelf had zij die behoefte niet. Ze weet nog hoe het was. Ze stonden altijd op de hoek bij de tandarts. Donkere struiken die bomen leken. Hij was blond met blauwe ogen. Later, veel later, toen ze al veertien was werd ze verliefd op zijn oudere broer.

De jongens ertussen zijn te verwaarlozen. Betekenden nog minder dan die kleine blonde. De oom bleef, en de onderwijzer van de vierde klas kwam erbij. Ze werd een kei in rekenen om indruk op hem te maken, en dat lukte. Ze mocht nablijven om hem te helpen bij het nakijken van proefwerken, of bij het kaften van boeken. Dan raakten hun vingers elkaar per ongeluk als ze hem het boek of het repetitieblaadje aanreikte.

Ze haatte hem toen hij bekendmaakte dat hij ging trouwen. Hij nam zijn verloofde mee naar school. Een stom wijf vond ze haar. Zo zei ze het tegen de andere meisjes: 'Een stom wijf.' Ze heeft er nog steeds plezier in die vrouw met de stijve permanent en de donkerblauwe twinset zo te noemen.

Ze kwam hem tegen toen ze twaalf was en een stiekeme ontmoeting had met een jongen van haar hbs. Hij was de eerste die haar zoende, en ze dacht dat de onderwijzer het van haar gezicht kon lezen. Hij liep met zijn kindertjes, twee kleine peutertjes die ze geen blik waardig keurde. Daarna had ze geen zin meer om die jongen te kussen. Ze moest steeds weer aan die zachte ogen en krachtige mond denken. En vooral aan zijn handen, die altijd warm waren.

Soms voelt ze opeens de behoefte te ordenen. Bijvoorbeeld: hoeveel reizen heeft ze gemaakt, en waar naar toe? Reizen in Azië, reizen in Europa, reizen in Amerika. Alleen, met Iz of met anderen. Mannen in haar leven. Verliefd, of vanwege het avontuur. De echte liefdes. De neukpartijen. In volgorde van belangrijkheid en hevigheid, of geordend naar duur en frequentie. Of als ze de bizarre ontmoetingen eens onder elkaar zette? De gekte van het beminnen. Van wie houdt ze? Van wie het meest?

...

Bij elke stad hoort een naam.

Er is veel wind in Portugal.
 Haar zomerrok staat bol, ook binnen. Kippevel op haar lange dijen. Gespierde benen in gympjes.
 Ze is niet mooi, ze is trots.
 Voor het open raam.
 Hij is een stip op het strand die naderbij komt, en jongen wordt eerst, nonchalant, later man. Hij zwaait niet, maar ze voelt zijn verlangen.
 Hij kan haar rok noch haar benen zien. Ze hangt voorover. Haar т-shirt bolt op, en de slierten die uit haar wilde staart zijn losgegleden slaan in haar gezicht.
 Waarom zwijgt men over de wind als men het over de zon heeft?

Opeens staat hij achter haar. Zijn handen rond haar middel, naar boven, op haar borst zodat haar т-shirt nu strak over haar tepels ligt.
 De wind is er nog, maar het verlangen... als hij haar van achteren neemt.

Twee meisjes passeren pratend, houden hun pas in, zwijgen, en lopen door. Hij merkt het niet, hijgt, en kermt. Een gesmoorde kreet in haar hals.

Zijn handen glijden langs haar middel en blijven steken bij haar heupen, zodat de wind weer onder haar T-shirt opleeft.

En nu ik, denkt ze.

Zijn vochtige lippen in haar hals bij haar oor. Zijn handen, beide, onder haar rok. Is het de wind of zijn het zijn vingers?

Het strand is leeg. In de lucht zijn vogels. Een soort die je altijd ziet bij de zee. Meeuwen... ja toch, ja meeuwen... de wind... de zon is oranje... oh wat lief dat hij ook aan mij... wat is hij lief mijn lief mijn lief.

...

Waar de liefde is
is geen plek voor gedachten
en besta ik niet

Ze wil het hardop zeggen. Maar dan begrijpt hij meteen dat hij een vreemde voor haar is, geen geliefde. Zijn zwijgen is veelzeggend. En zolang ze zijn gezicht niet ziet kan zij iets voor hem voelen wat je liefde noemt.

...

Len en zij hadden ruzie. Ze waren in San Sebastian, in Spanje. Uitgeput van het ruziën die nacht. Hij bleef bij het Heilig Hart terwijl zij al doorliep naar de kanonnen van Napoleon. Een Spanjaard, lang en slank, een knap gezicht en doordringende ogen, zijn haar en kleding zorgvuldig gekozen om af te wijken van de gemiddelde burger, zat er met een koffertje op zijn knieën, en probeerde een stuk van een

kapot kanon in zijn koffer te proppen. Hij sprak haar aan.
Onzin. Dat ze mooi was, het mooiste wat hij ooit was te-
gengekomen. Of ze mee ging, wat drinken, zodat hij op zijn
gemak in haar zwarte amandelvormige ogen zou kunnen
kijken. Hij sprak Engels, dus zag haar voor een toeriste aan.
(Men nam haar weleens voor een Spaanse vanwege haar
zwarte haar, donkere huid, en ogen.)

Op dat moment kwam Len aangelopen. Ze wilde niet
opnieuw een jaloerse scène zoals er al zoveel geweest waren
die week in Spanje, dus wendde ze zich van de man af en
liep weg. Haar kin arrogant in de lucht.

'Why are you walking away,' reageerde hij. En toen ze
onverstoord doorliep riep hij haar achterna: 'I like peace.'

Hierop keek ze achterom, en zei met een glimlach: 'Me
too.'

Waarop hij antwoordde: 'So we belong together.'

Toen kon ze niet nalaten te flirten.

Twee jaar liefde, twee jaar leed.

Het is nu al net zo lang voorbij als dat het geduurd heeft.
Vier jaar terug, op de première van Vos' succesvolle speelfilm waarin Len een belangrijke bijrol vervulde en daarin
de twee hoofdrolspelers volkomen wegspeelde zag ze hem
voor het eerst. Hij stond in de hoek, met zijn rug naar de
volle zaal met kirrende en toostende mensen. Alsof hij er
niet bij wilde horen. Iets gebogen. Hoewel hij een kostuum
droeg zag hij eruit als een zwerver. (Later zou ze zich daarover verbazen. Dat hij met uiterste zorg zijn kleding uit-
koos, liet stomen en vermaken, en er toch altijd als een clo-
chard uit zou blijven zien. Hij kocht zijn pakken in tweedehands winkels in de Jordaan, maar lette erop dat de snit
klassiek, dus tijdloos was. Er mocht geen kraagje of knoopje
verkeerd zitten aan de overhemden. De plooien van zijn
broeken moesten aan eisen voldoen die zij niet herkende.
En de lengte van de mouwen en pijpen mocht geen millime-

ter afwijken. Desondanks leek het of hij zijn pak zojuist in een vuilnisbak had gevonden. Toch was zijn kleding smetteloos. Geen slijtage, geen gaatje. Aan de haak kon het er nog nieuw of onberispelijk uitzien, maar zodra zijn tengere elastische lichaam de kleding droeg vervolmaakte het slechts zijn zonderlinge uiterlijk.)

Ze had nog niets van Vos' film gezien. Evenmin was zij op de hoogte van theater, en de beeldende kunst van de anderen. Noch zijn naam noch zijn uiterlijk was haar bekend. Maar toen ze hem daar zag staan, in de ene hand een peuk, en in de andere een pilsje, een eigenaardig kaal plekje tussen drie weerbarstige kruinen, en dof donkerblond rechtopstaand haar, was het alsof ze hem jaren kende, alsof ze een deel van zichzelf zag staan dat ze in de loop der jaren zonder er erg in te hebben was kwijtgeraakt.

Iz, die samen met haar door Vos was uitgenodigd, zag haar kijken, en zei: 'Dat is Len. Hij heeft een rol in Vos' film, en heeft de film waar hij dreigde te mislukken ten goede gekeerd, naar het schijnt.' (Iz leest de krant en alle opiniebladen, wat handig is omdat zij telkens als ze samen zijn van alles op de hoogte is zonder er zelf iets voor te hoeven doen. Daarom houdt ze van hem, en wil ze hem altijd om haar heen. Omdat hij haar voedt. Haar leidt. Omdat hij Iz is.)

Toen ze in de zaal zaten, in afwachting van de film die langdurig werd ingeleid, fluisterde zij Iz in het oor: 'Ik zou die Len graag leren kennen.'

'Ga dan naar hem toe,' zei Iz. En ze zag aan zijn ogen dat hij het meende.

Het was Vos die hen aan elkaar voorstelde. Iz was weggegaan. Had gezegd: 'Daar heb je mij niet bij nodig.' (Een week later, juist voordat hij weer voor vijf maanden naar Azië vertrok, bekende hij haar dat hij aan haar eerste blik al had gezien dat Len haar minnaar zou worden. Ik ken je als mijn broekzak, zei Iz en hij had erbij gelachen.)

Len gaf haar geen hand, hij nam haar ten dans. Er was geen muziek, maar hij neuriede. Ze stapte onhandig op zijn tenen. Danst slecht zonder muziek, en voelde Vos' ogen in haar rug prikken. Len kon niet weten dat Vos vier, vijf jaar lang haar geliefde was geweest, en dat aan hun oude kwetsuren nog steeds verse werden toegevoegd.

De vernietigende blik van Vos die avond liet haar voor het eerst koud. De opluchting daarover en de extase van die frisse verliefdheid die ze ook meteen bij Len merkte... En Iz die het begreep en haar van een afstand toelachte.

...

Nog veel later, maanden later gaf Iz toe dat het hem pijn had gedaan haar zo blij te zien. Voor het eerst weer stralend sinds zo lang. Hij was blij voor haar, maar droevig voor zichzelf dat hij haar ogen nooit zo kon doen glanzen. Hij had gehuild. Ze had geprobeerd hem te troosten, en hij had haar weggeduwd. Hij wilde geen medelijden. Hij wilde passie. Hij wilde dat zij voelde wat hij voelde als hij naar haar keek. Ze was ongrijpbaar. Zijn enige liefde. Maar nog steeds onbereikbaar.

Terwijl ze zich dit herinnert wordt ze onrustig. Ze verdraagt Ewald niet meer, en wil naar Iz. Nu meteen. Waar is hij? Ze heeft dit wel eens vaker, dan pakt ze het vliegtuig en gaat naar hem toe, ongeacht waar hij is. Maar na enkele weken verlaat ze hem weer. Dan is hij weer gewoon Iz die er altijd is. Een kameraad. Een broer. Een vader.

...

Ze duwt Ewald van zich af. Een beetje ruw. Intussen praat hij door. Af en toe had hij gezwegen, maar hij had steeds de draad weer opgepakt. Huizen en steden. De steden die hij noemt kent ze ook. Maar er is weinig wat ze zich ervan her-innert.

Noem mij een stad, en ik noem je een liefde, denkt ze.

Vroeger was dat ook zo, weet ze. Híj sprak, en zij had haar eigen gedachten. Soms luisterde ze echt, soms riepen zijn woorden associaties op die haar van hem verwijderden. Soms reageerde ze. Meestal heftig.

Ze moet van hem gehouden hebben.

Nu herinnert ze zich hoe ze, geïnspireerd door Slauerhoff (ze stal zijn ritme, en misschien ook zijn woorden, dat weet ze niet meer) tijdens het lopen op dit pad, met hem babbe-lend aan haar zijde, het gedichtje maakte dat jarenlang bo-ven haar bureau gehangen heeft. Het enige dat Iz nooit echt heeft kunnen waarderen. Waarschijnlijk omdat hij Slauer-hoffs invloed er te sterk in herkende:

> Aan de klok kleeft een kooi
> Ik wil tijd en ervaren
> Geen man geen kind geen huis.

...

Er is een Iz.

Ze is zijn meisje, ook nu ze de dertig al ruim is gepas-seerd. Hij vindt haar altijd mooi, ook als ze chagrijnig is, of als ze zich voor de wereld verstopt. Met hem is ze nooit uit-gepraat en het vrijen is altijd in orde.

Hij noemt haar 'mijn Indiaantje', 'meisje', of 'tijger'. Ze weet niet of de keuze van het koosnaampje meer met háár of zíjn stemming te maken heeft.

...

Zij staat tegen de boomstam geleund. Hij staat wijdbeens voor haar, met zijn rechterarm tegen de boom, en daartussen zijn jas geklemd. Een flap valt over haar hoofd als bescherming tegen de druppels, maar haar haren zijn al nat. Ze ziet hoe de druppels het krulhaar op zijn voorhoofd pletten. Een plat hoofd.

De jas bedekt zijn rechterschouder, maar zijn linker (een modieus lichtgrijs colbert) is al vochtig, en wordt spoedig doornat.

Het schijnt hem niet te kunnen schelen. Haar eigenlijk ook niet, maar ze wil naar huis. Ze wil Iz een brief schrijven. Of bellen.

Hij vraagt haar: 'Als je zonder enige financiële beperking een huis mag laten bouwen, noch met enige beperking ten aanzien van de plek, noch ten aanzien van de grootte, de vorm... Stel je nou toch voor, dat je in elk opzicht vrij was te maken wat je wilde, wat voor huis zou je willen?'

De wereld zou mijn huis zijn, denkt ze.

'Probeer je je dat nou voor te stellen.'

Ze weet dat hij haar niet zal horen, hij is te vervuld van zijn eigen bedenksel, en spint op een eigen antwoord. Tekent zijn droomhuis in gedachten. Daarom antwoordt ze meer voor zichzelf dan voor hem: 'Ik zou mijn huis op mijn rug nemen, het onbeperkte geld in mijn moneybelt, en ik zou de wereld rondtrekken. Mijn droomhuis is overal en nergens.'

Hij luistert inderdaad niet, maar mijmert door: 'Stel je nou toch voor... alles wat je bedenkt kan uitgevoerd worden... al wil je het van goud. Een ivoren bad, diamanten kranen... zou je het nog kunnen bedenken als er geen financiële beperking was?'

Hij kijkt haar aan alsof hij haar zwijgen vanzelfsprekend acht.

Sprak ze zacht? Of had hij haar ook niet gehoord als ze in zijn oor geschreeuwd had.

'Hoe ontwerp je je droomhuis?' vraagt hij met enige dramatiek in zijn stem. Nu pas verwacht hij een antwoord. Hij kijkt haar afwachtend aan. Zijn linkerarm gebaart nog, en blijft ergens in de lucht hangen, als een standbeeld.

– 'Zo'n huis komt nooit af,' zegt ze stroef, 'als er geen grenzen van buitenaf gesteld worden, leggen wij onszelf die evenmin op. We zouden eeuwig blijven bouwen, en dat is de straf voor onze eigen gulzigheid.'

Hij knippert met zijn ogen als deel van de dramatiek die voor hem in dit onderwerp ligt. Hij knikt traag, kijkt haar daarbij diep in de ogen (meent hij dit, of is het een pose?), en zegt: 'Je hebt gelijk. Lieve help, je hebt gelijk. Dat huis komt nooit af.'

...

Op een dag had ze uitgerekend dat ze die dag bij elkaar opgeteld zeseneenhalf uur over de telefoon gekibbeld hadden. Naar ze kon schatten had hij negen en zij zeven keer opgebeld, en hadden ze beiden ieder acht keer de hoorn op de haak gegooid terwijl de ander sprak.

Er waren veel van die dagen. Met Vos, met Len. Nooit met Iz.

Als ze de radiowekker het nieuws van zeven uur hoorde aankondigen wist ze niet of ze hem die nacht echt of slechts in haar droom gebeld had. Het was alsof ze niet geslapen had. Ze zette de radio af, en bekeek zichzelf in de spiegel.

Geen spoor van verdriet. Wel wallen.

Er waren veel van die nachten. Om Vos, om Len. Nooit om Iz.

Ze probeerde opnieuw te slapen, maar Len drong zich weer aan haar op. Zou hij vannacht met iemand geslapen hebben? Het laat haar koud. Ze is te moe om pijn te voelen. Ze ziet hem met een jong mager blond meisje tegen zich aan gedrukt. Liefde of niet, hij liefkoost de ander tijdens zijn slaap alsof een wanhopige angst haar te verliezen hem zelfs dán teistert. Maar de volgende ochtend is hij niet wakker te krijgen als ze hem gedag wil kussen. En meestal weet hij haar naam niet eens.

Hij heeft gezegd dat, nu zij hem niet de belofte wil geven dat zij de enige voor hem is, en ze hem evenmin kinderen wil schenken (juist nu hij er door zijn leeftijd en carrière aan toe is), hij het recht heeft zich met andere vrouwen in te laten.

Ze liet het zo omdat ze meende voordeel te hebben van iets meer vrijheid. Bij haar stopt de hartstocht zodra er afspraken rond de liefde ontstaan. Ze wilde net als hij eens zien of het leuk zou zijn met andere, veel jongere mannen te vrijen, maar in plaats daarvan zocht ze troost bij Iz omdat een ieder die ze ontmoette zijn aantrekkelijkheid verloor voordat hij zijn eerste zin had uitgesproken.

In die twee jaar hadden ze meerdere malen pogingen gedaan van elkaar los te komen. Hij verdroeg de aanwezigheid van Iz niet. Wilde niet meer zoenen als hij een brief van Iz op tafel zag liggen. Reageerde soms al allergisch op een buitenlandse postzegel.

En zij werd neerslachtig zonder te weten waarom. Kreeg maagklachten, hoofdpijnen, en last van slapeloosheid.

Ze was een keer gevlucht. Naar China. Helemaal alleen om hem te vergeten, en zonder Iz te schrijven waar ze zat. Toen ze terugkwam bleek Len al haar familieleden en vrienden gebeld te hebben om erachter te komen waar ze uithing, en had door hun antwoorden (niemand had enig benul waar ze kon zitten) begrepen dat ze niet bij Iz was, en dat Iz van niets wist.

Bij haar terugkeer vond ze een brief, terwijl hij nooit schreef. (Nog geen kaartje.) Het was een lange brief, waarin hij klaagde op haar gefixeerd te zijn, droevig te worden zodra hij haar gezien heeft, en gek van verlangen te zijn als ze er niet is. Dat hij zich afvroeg of dat verlangen 'houden van' is.

De brief eindigde met: 'Je bent de ideale vrouw voor mij. Maar ik ben niet van plan je te delen.'

Iz had haar iets soortgelijks gezegd toen ze twintig was, en hij haar voorstelde met hem te gaan samenwonen. 'Ik wil er even over nadenken,' had ze gezegd, waarop hij onmiddellijk reageerde: 'Dan gaat het niet door, want dan is de liefde niet gelijkwaardig. Als je net zo veel van mij zou houden als ik van jou had je meteen ja gezegd.'

Misschien had hij gelijk.

Vier dagen later vertrok hij met de motor naar Afrika en bleef een jaar weg. Vanuit Soedan stuurde hij een kaartje met: 'Ik heb je liever niet dan half.'

Hij heeft zijn vraag nooit herhaald.

Wel had hij andere vragen waar ze telkens anders op inging. Bijvoorbeeld: 'Ga je mee naar Indonesië?' En ze ging mee.

'Kom je me opzoeken in Bangladesh?' En ze kwam.

Wil je me vergezellen in Sri Lanka? In Maleisië? Op de Filippijnen? – Ik heb twee tickets voor Japan. – Ga je mee naar Caïro? – Heb je zin in Florence?

'Mag ik een tijdje bij je logeren, want ik moet een onderzoeksverslag schrijven in Nederland.' En dan ging hij de eerste maanden niet meer weg.

'Wat dacht je van een weekend naar Londen?'

Ze hield van zijn spontane plannen, en kwam zelf ook regelmatig met voorstellen. En als ze hem opeens miste haalde ze haar laatste geld van haar spaarrekening en zocht hem op. Waar hij ook zat, altijd had ze een telefoonnummer waar ze hem binnen vierentwintig uur zou kunnen bereiken naast haar bed.

Len zei een keer spottend: 'Je bent met hem getrouwd.'
'Als dat zo is, is het een best huwelijk,' had ze vlot geantwoord. Maar het knaagde.
Dat had Len vast zo bedoeld.

Toen Len voor de eerste keer over kinderen begon gloeide ze van binnen. Het verlangen moeder te zijn had ze niet eerder gevoeld. Het was bedacht door mannen om vrouwen zoet te houden, zei ze altijd, en nu wilde ze zelf. Als passie was het. Ze zag het hulpeloze jongetje (want dan was het een jongetje dat sprekend op Len leek, met zijn neus, zijn mond, zijn zachte lach) in haar armen. Werd bang om wat het zou veranderen.
Na een heel lang zwijgen had ze gezegd: 'Ik ben een slechte moeder.'
'En een slechte minnares,' zei Len met ernst in zijn ogen.
Weer zwegen ze lang. Het was zo stil. Was het ooit zo stil geweest?
Toen voegde hij eraan toe: 'Je geeft heel veel, maar nét iets te weinig.'
Zei Vos niet hetzelfde, maar met veel meer woorden?

Vos schreef veel. Ook als ze op reis was kon ze op elk poste-restanteadres dikke enveloppen vinden. 'Vos schrijft boeken, geen brieven,' zei Iz altijd als ze opmerkte: 'Ik ben benieuwd of er een brief van Vos ligt.'
Iz mocht Vos niet, maar deed zijn best hem te mogen. Om haar een plezier te doen hadden Vos en hij zelfs afspra-

ken om Vos wat meer zelfvertrouwen te geven. Vos zei dat hij het nodig had met Iz te praten om haar te kunnen vertrouwen. Als Iz bij haar logeerde stond Vos erop dat ze hem met dezelfde regelmaat bleef zien, en dat ze hem ondanks Iz' aanwezigheid bleef ontvangen. Ook al kwam Iz slechts een weekend, dan wilde Vos toch dat weekend bij haar logeren.

Ze wist niet bij wie ze in bed moest kruipen, en kroop daarom meestal op de bank om niemand te kwetsen. Vos vond dat een prettige oplossing, maar Iz was er erg droevig om omdat hij haar dan soms vijf maanden niet gezien had, en haar na dat weekend ook weer een lange tijd zou missen. Hij noemde Vos een slang omdat hij zich tussen hem en haar wrong. En dan nam zij het voor Vos op, zei dat het al moeilijk genoeg voor Vos was om haar met hem te delen, en dat Iz consideratie moest hebben. Het zou immers normaler geweest zijn Iz op te geven voor Vos.

Nu schaamt ze zich hiervoor.

Len had niet willen komen als Iz in Nederland was. Naderhand begon hij eisen te stellen. Ze moest bij hem komen wonen. En toen ze dat weigerde trok hij zijn eis niet in, maar voegde eraan toe: 'Als Iz dan weer eens in Nederland is mag je die periode met hem doorbrengen. Als het maar niet langer dan een week duurt.'

Hij vond het genereus van zichzelf, en was beledigd dat ze op dit goedmoedige voorstel niet inging.

Ze kregen steeds vaker ruzie. Hij slingerde haar naar haar hoofd dat ze niet volwassen wilde worden. Hij smeekte haar hem een rustig leven met een vrouw en een kind te gunnen. Later ging hij gooien. Het begon met glazen, toen borden en bierflesjes, toen zijn televisie, en op een dag was er niets in zijn woning nog heel.

Altijd kwam het weer goed. Zij reisde, kwam terug, en weer was er overgave. Ook na de paar reisjes die ze samen in Europa maakten, en waar het altijd fout ging omdat zij ze vergeleek met de reizen met Iz en hij radeloos en machteloos werd omdat hij haar onrust en ongenoegen voelde, maar er niets aan kon veranderen.

Toch hield ze van hem.

Toch was hij de enige man bij wie ze, in een vrijage, alles kon vergeten, zichzelf verliezen.

...

Er was weleens zomaar iemand. Geen naam, of een naam die snel verdween. Dan was er niet gesproken, niet gewandeld, wel gekeken. Soms hete blikken, urenlang, of dagenlang, verboden blikken.

Het was al de tweede dag dat hij haar volgde zonder haar aan te spreken, ook als hij de kans ervoor kreeg. Het was begonnen aan het strand, waar zij het water in liep toen hij er net uitkwam, en ze elkaar recht in de ogen keken. Zij stond stil en hij stond stil. Zij deed als eerste een stap vooruit, en ze wist zeker dat hij haar nakeek, en even later achterna kwam.

Ze zwom ver, de diepte trok haar, en ze liet zich nemen door de koelte van de oceaan. Zo ver was ze nog nooit gegaan. Er waren geen wilde golven, maar toch was ze bang, en zwom ze met krachtige slagen tegen haar angst in. Ze vermoedde dat hij achter haar bleef. Als zij zich liet drijven om uit te rusten van de krachttoer, gaf hij zich ook over aan de golven.

Ze verbood zichzelf te kijken toen ze onder water dook. Fantaseerde wat ze zou zien. De zee was helder, wist ze.

Weer boven water had hij zijn gezicht van haar afgewend. Verlegenheid?

Iz was een puntje tussen vele anderen op een strook die geen kleur meer had. De palmbomen erachter waren één geworden.

Kom dan, zei ze hem zonder te spreken. Waarop wacht je? Uitdagend zwom ze in zijn richting. Even voor hem boog ze af, richting kust.

Hij volgde.

Hij had haar al zo lang zo onbeweeglijk aangestaard, vanaf de hoek, die hem schuil hield voor hen die met haar op het terras zaten te lunchen.

Ze keek. Ze keek. Ze lachte. Iz zag haar lach en herkende het dier. Zocht onmiddellijk de aanleiding, en keek naar de hoek, maar zag hem niet. Zij wendde haar blik naar de andere tafeltjes om zijn aandacht af te leiden.

Enkele dagen later, toen ze keer op keer getracht had zijn kastanjebruine haardos te ontdekken, ziet ze hem opeens voor een horlogewinkel. Hij zet zijn horloge gelijk met een van de klokken in de etalage, luistert of het tikt, en precies op dat moment ziet ze hem, en hij haar.

Ze rent. Zijn bruingroene ogen, zijn felle wenkbrauwen, zijn dorstige mond. Hij is iets kleiner dan zij.

Uit vrees wakker te worden als ze het zoenen stopt, ademt ze via hem en hij via haar. Hoe lang ze daar staan weten ze niet. Het is schemerig als ze besluiten te lopen, zonder overleg. Haar en zijn benen bewegen. Een zelfde richting. De zon had zelfs in de schaduw op hun kleding ingebrand.

Nog steeds wisselen ze geen woord, geen gebaren, wel tederheid.

Ze weet niet welke taal hij spreekt. Zijn kleding lijkt Amerikaans.

In een portiek, waar hij haar in trekt, zoenen ze opnieuw. Hij kijkt haar even vragend aan, en likt haar oogleden, kust haar neus, en ze wil dat hij doorgaat, altijd, altijd.

Opeens maakte ze zich van hem los. Iz wachtte op haar in een restaurant dat ze zelfs nog moest zoeken. Hij belette haar niet weg te gaan. Vroeg niets, zei niets. Nu zag ze pas dat hij jong moest zijn. Achttien, negentien hooguit. En zij was al dertig toen.

'Sorry, heb je lang gewacht?' vroeg ze Iz.

'Het kostte me slechts twee kopjes koffie,' lachte hij. Hij was het wachten gewend.

...

Er zijn er enkele die terugkomen. Enkelen hebben naam.

Vermoedelijk heette hij Simon Oort, maar noemde hij zich Stan Oliver. 'Schijnbaar Onschuldig', noemde Iz hem naar aanleiding van zijn initialen die hij op de achterzijde van zijn brieven zodanig combineerde dat ze een Q leken. Een mysterieuze letter die meer doet vermoeden dan er is. Ze noemt hem echter Vos, met de V van *vermoedelijk, volhardend, veeleisend, verlangen, vrijen,* en *vrouwelijk,* want hij leek op een vrouw, maar was meer man dan ze wenste. Vos rookte sigaren, bezocht de juiste feestjes, was beminnelijk als het de moeite waard was een glimlach te investeren, maar spaarzaam met sympathie als hij de oogst niet kon voorspellen.

Daarna was er een met de L van *lief,* en *laatste,* een clown wiens grimassen ze mist in elke andere man. Alle letters van het alfabet zijn te gering om hun passie weer te geven. Hij zoende met zijn ogen. Toen het uit was ging ze roken, zijn merk zware shag en zijn vloeitjes, en ze dronk, zijn cognac, zijn whiskey en zijn tequila met zout – waar ze niet van hield – tevergeefs, want ze vond de smaak van zijn mond niet terug.

Er was een jongen, Ewald. De E van *eerste,* die nu man is, naast haar loopt, en zwijgt. Geen pijnlijke stilte, dacht ze, want hij loopt kalm, en ademt rustig. Er is een beetje zon en er zijn wolken.

Altijd is er Iz. De I van *intelligent* en *intellectueel.* En van *ik,* omdat hij degene is die haar het beste kent, of die haar ziet zoals ze is, of meestal denkt te zijn, haar jaloezie, haar chagrijn, haar weggemoffelde afhankelijkheid, en die toch van haar houdt, wat ze moeilijk kan geloven.

Er waren er meer, maar die gaf ze geen naam. Dus was er de anonimiteit die ook noemenswaardig is. Mannen voor één keertje die ze zich niet meer herinnert als ze bellen of schrijven, of die ze zich altijd zal herinneren terwijl ze elkaar noch gekust noch gesproken hebben.

Soms is het een geur, soms een kledingstuk, soms zesendertig uur achtereen beminnen, soms een duurzame liefde. Bij elke stad hoort een naam. En elke naam is ze kwijt.

...

Ze zou vrolijk moeten zijn. Ze zitten op een terras met uitzicht op zee. Een verlaten strand. Vissersboten tussen de palmbomen. Het lichte ruisen van de takken. Ook de zee is kalm. Zonsondergang. Zelfs de zon zakt oranje, iets te kitscherig precies in het midden van de horizon.

Iz verbreekt de stilte. Hij praat over zijn onderzoek. Over het interessante van de rituelen in de dorpen die hij bezocht heeft voordat zij kwam. Ze twijfelt of ze zal glimlachen en net doen of ze luistert, of haar ergernis, dat hij haar stilte onderbreekt, zal tonen door een zucht of een schouderophalen.

Ze kiest voor een glimlach.

Juist op dat moment arriveren twee reizigers. Elk draagt een zware rugzak, en een van hen kruist haar blik. Haar lach wordt echt, voor de vreemdeling weliswaar, maar Iz ontvangt hem, en vervolgt met meer enthousiasme dan voorheen zijn verhaal.

Ze probeert haar hoofd onverschillig de andere kant op te draaien. Maar de vreemdeling leest haar lach beter dan Iz. Laat zich niet beetnemen.

Ze kijkt naar de zon, naar de golven die zacht over het zand rollen, en als ze zich weer naar Iz wendt, met de balie op de achtergrond, ziet ze de vreemdeling, ietwat onnatuurlijk met zijn rug tegen de balie geleund, naar haar staren.

En dan is ze opgewekt. Walgt van zichzelf, maar is opgewekt. Ze luistert naar Iz, hoeft geen interesse te veinzen, en weet zich mooi in dit licht. 't Is vakantie.

...

Ze zou een roman willen schrijven. Meteen nadat haar bundel uitgekomen was ontstond de behoefte zich te distantiëren van dat werk met iets geheel anders. In die periode (totdat Len op het toneel verscheen) klampte ze zich nogal vast aan Iz. Ze kroop tegen hem aan terwijl hij zat te lezen of te schrijven, en noemde dat voor zichzelf 'het wonder van de liefde'.

Ze wilde erin geloven. Het moest het mirakel van het ondefinieerbare gaan heten. Maar er kwam niets uit haar pen.

Op een kladje had ze geschreven: het mirakel van het ondefinieerbare, dat, ook al zijn de vorm, de zwaarte, de positieve en negatieve krachten ervan onderhevig aan voortdurende veranderingen, Iz en mij blijft binden, en dat we menen te moeten concretiseren in bijvoorbeeld het cliché dat 'liefde' heet, dat wonder, mijn geloof in dat wonder, houdt me op de been.

Het ondefinieerbare wordt naamgegeven zodat wij en de anderen weten waarover we het hebben, en het unieke wordt middelmatig, platvloers, vergelijkbaar met de vele andere relaties waarbinnen men eveneens middelen zoekt om uitdrukking te geven aan wat hen bindt.

Ze wilde over de liefde schrijven zonder het woord te hoeven noemen, zonder te verzanden in houden van, ouder-

54

wets beminnen, liefhebben, maar dan belandde ze al gauw bij begeren, wat iets anders is, weet ze, en haar verhalen werden erotisch, maar liefdeloos.

(*Liefdeloos* was een woord dat ze kon accepteren. Het was minder banaal dan *liefde*, terwijl *gelukkig* en *ongelukkig* – woorden die Len gretig gebruikte – qua banaliteit niet verschilden.)

...

Ze zag dat het licht beneden, in de huiskamer, uitging. Het traplicht daarentegen, een zwak schijnsel dat zichtbaar was via de badkamer, ging aan, en daarna was alles donker. Dan zat hij in zijn studeer-slaapkamer, vermoedde ze, want ze kende zijn huis immers niet. Waarschijnlijk was het zijn studeer-werkkamer, want zijn vrouw zag ze er nooit. Hij zat er overdag en 's avonds, altijd op dezelfde plek bij het raam. Hij leek te lezen, of te schrijven. Ze kende zijn beroep niet.

In het begin had ze gedacht dat hij dichtte, net als zij, maar dan zou ze toch weleens van hem gehoord moeten hebben. Zijn gezicht kende ze niet van de opiniebladen die ze weleens doorbladerde. En tv keek ze niet.

Op hun naambordje had ze nog nooit een blik geworpen. Ze kwam zelfs niet op de stoep voor hun huis. Als ze naar de bakker loopt steekt ze altijd schuin over.

Zijn vrouw doet iets met mode, althans hoogst waarschijnlijk, want ze loopt er altijd zeer modieus bij, en wordt door dezelfde types, maar dan van het andere geslacht, afgehaald in te nieuwe auto's.

Misschien studeerde hij nog. Ze kon zijn leefijd van deze afstand niet schatten. Ze hoopte dat hij vijfendertig was, hooguit zevenendertig, liever niet ouder, maar ook niet jonger.

Zoals altijd wanneer hij in het donker op zijn werkkamer

ging zitten, knipte zij nu het spotje, dat normaal op een vergrote foto van een oude Aziatische marktvrouw gericht stond aan en draaide het naar haar toe. Ze schoof de gordijnen iets toe, zodat het midden van het raam vrijbleef.

Ze werd er handig in. Nu bracht ze het spotje in een handomdraai in de juiste stand. Ze had er nooit bij stilgestaan of deze stand haar lichaam wel voordelig uit deed komen. Het felle lamplicht viel op haar platte buik, net onder haar navel als ze haar donkerblauwe kabeltrui tenminste uit zou trekken. Maar daar wachtte ze nog even mee.

Het moest niet te snel.

Tergend langzaam zou ze de trui uittrekken, net als de eerste keer, toen hij het licht van zijn kamer eerst nog aan had, en het pas uitdeed toen zij op het idee kwam het spotje erbij te nemen.

De keren erna hadden ze eigenlijk geen nieuwe handelingen ingebracht. Toch was er nog steeds geen sprake van routine. Iedere keer weer was het alsof ze het voor de eerste keer deed, en iedere keer weer bleef ze de spanning voelen dat ze zijn aandacht vast moest houden, dat ze hem niet mocht gaan vervelen.

Een keer was ze geschrokken. Terwijl zij juist in extase haar zwarte leren rok tot boven haar heupen optrok, zag ze opeens dat het licht van de huiskamer bij hem aanging.

De schaamte die haar overviel gleed weg toen ze zag wat de reden was. Zijn vrouw was onverwacht thuisgekomen, en hij was natuurlijk in allerijl naar beneden gegaan om haar te verwelkomen.

Ze had haar act desondanks afgemaakt, maar wel in het donker. Op het koude parket, de hardheid van de vloer tegen haar billen, was ze klaargekomen omdat er nu geen belang bij was om te blijven staan.

(Liggend ging het beter dan staand.)

...

Ze had haar erotische fantasieën en werkelijkheden als anekdotes onder elkaar gezet, en was verrukt over het poëtisch effect geweest, maar haar uitgever had het teruggestuurd met het commentaar dat hij literatuur uitgaf, en geen porno. Toen hij veertien dagen later op haar verjaardag kwam durfde ze er niet op terug te komen, en daarna hebben ze het er nooit meer over gehad.

Ze kon het niet laten. Altijd wanneer ze in openbare gelegenheden met massa's mensen te maken had, kreeg ze fantasieën die ze klaarblijkelijk niet aan anderen kon vertellen als ze tenminste wilde dat men haar met respect bleef behandelen.

...

Iz vindt dat ze haar roman moet baseren op brieven. 'Je schrijft zulke mooie brieven. Die zijn zonder enige wijziging al de moeite van het publiceren waard,' zegt hij.

Als ze echter bij Len thuis is (hij is even voor sluitingstijd vlees, groenten en een pakje shag gaan kopen) en stiekem enkele van haar eigen brieven leest bloost zij zich paars.

Wat haar opvalt is het puberale toontje. De kinderachtigheid waarmee ze haar positieve gevoelens probeert te beschrijven. Ik zou zo'n brief niet geloven, bekent zij zichzelf. En ze verbrandt ze in de vuilnisbak.

Len ruikt de walm niet die achterblijft. Zelfs de as in de vuilnisbak, wanneer hij de uieschillen weggooit merkt hij niet op.

Alles is vergankelijk, denkt ze.

Terwijl ze Len de stukken karbonade met peper, zout en knoflook in ziet wrijven vraagt ze zich af of ze nog wel van hem houdt.

Ik voel niets, denkt ze verschrikt. Voelde ik dan in elk geval nog maar afkeer, maar zelfs dat ontbreekt.

...

Er was ook een vrouw. Een meisje, dacht ze, maar ze had zich vergist.
Malika.

...

Opeens houdt het pad op. Het eindigt in een hek, hoog, met langs de randen prikkeldraad. Daarachter ligt een afgraving.
'Weet je nog van die scooter?' vraagt Ewald.
Nee, dat was ze vergeten.
Hij had de conciërge wijsgemaakt dat hij interesse in diens scooter had, en het ding meegenomen op proef. Het hek was er toen niet, de kuil wel, maar niet zo diep, en met begroeiing. Ze hadden er beiden op los gecrosst, vertelt hij, en zij was gevallen maar had zich niet ernstig bezeerd.
Dan weet ze het vaag. Ze reden door kuilen, en als een stuiterende bal hadden ze door de wildernis gejaagd.
'Jij scheurde dwars door een struik heen,' lacht hij.
'Reed ik?' vraagt ze verschrikt. 'Ík?'
'Ja, jij ook,' lacht hij.
Ook dat wist ze niet meer.

Hij haalt zijn handen door zijn haren. Schudt de krullen op zijn hoofd waardoor hele kleine druppeltjes in het rond vliegen.
'Echt waar,' herhaalt ze ongelovig, 'reed ik?'
Hij knikt.
'Maar ik kan helemaal geen scooter rijden.'

'Dat klopt,' lacht hij. Waarop ze beiden schateren. Hij is weer jong. Ondeugend. Toch ziet ze niet of de lach een pose is of echt.

Hij vertelt hoe boos de conciërge was toen hij hem een kapotte scooter terugbracht met de woorden: 'Hij is niet zo best, ik koop hem toch maar niet.'

Opnieuw lachen ze. Hij pakt haar en kust haar op haar voorhoofd. Ze laat hem. Leunt tegen hem aan omdat het zo hoort. Dat ze niks voelt ligt niet aan hem, of aan het verleden, het ligt aan haarzelf. 't Is immers vaker dat ze niets voelt. Dat gaat wel weer over.

...

Er zijn enkele vrouwen. Twee, of drie, nee meerdere. Vooral één.

Er was er een die zij betaalde. Die haar masseerde. Kathmandou. Geen naam, geen gezicht, slechts twee handen. Een rieten matje, rieten wanden. Zwarte kleine krachtige gezwollen voeten. Vers zweet, en een licht hijgen in het ritme van de beweging van koele handen over haar billen, rug, benen, armen. Vooral de armen met haar gezicht, haar hijgen bij haar oor en hals.

...

Een hartstochtelijk uitwisselen van naam en adres zonder elkaars taal te kunnen spreken, zomaar op straat of op een vliegveld, terwijl de wereld om hen heen zich niet aan hen stoort.

Dan is er Jolisa, er was Fu Wei, en Malika.

Malika bleef en verdween.

Ze leerde Vos kennen toen Iz in Afrika zat. Hij was nog niet lang geleden vertrokken. Ze had zijn kaartje ontvangen, en verder niets gehoord. Vos lag haar niet. Hij fascineerde haar wél, toen ze hem voor de eerste keer zag, omdat ze hem voor een vrouw aanzag. Een adembenemende vrouw. Ze kon haar ogen niet van hem afhouden.

Het was op de opening van een expositie van een vriend. Vos was daar omdat hij van plan was met die jongen een filmpje te gaan maken. Zij kende de jongen nog maar net. Hij was al van de academie, en ze had hem op het eindfeest van zijn jaar leren kennen doordat hij haar een prijs voor de mooiste babyfoto overhandigde.

Hij keek ook naar haar. Dezelfde strakke blik. Pas toen hij naderbij kwam zag ze aan zijn postuur dat hij een man moest zijn. Jongen nog. Toen nog wel, maar dat zou weldra veranderen.

Ze raakten aan de praat. Een raar gesprek over kunst. Schertsend. Hij nodigde haar uit voor een 'rendez-vous'. Hij had er plezier in gewone dingen bijzondere namen te geven en ze zo uit het realisme te halen en op 'abstraktienivo' te brengen. Ze deed eraan mee, aan dat woordenspel. Hij had ogen waarin ze verdronk. Nog wordt ze week van zijn ogen, hoewel zijn mond – smalle lippen die minachting uitstralen – het tegenwoordig van zijn ogen wint.

Toen werkte ze hard. Had geen tijd voor afspraakjes, en meende Iz te missen, op wiens terugkeer ze vol smart zat te wachten. Maar even voordat Iz terugkeerde, waar ze niet op rekende, anders had ze het niet gedaan, belde ze Vos en ontmoetten ze elkaar in een restaurant waar hij vóór en ná haar figuranten zou ontmoeten in auditie voor zijn film.

Hij zat daar tegenover haar, met zijn notitieboekje. Als ze iets zei waar hij om moest lachen noteerde hij het met een klein handschrift in zijn minuscule schriftje, waardoor ze ging geloven dat ze leuke dingen zei.

Hij vroeg haar mee naar een voorstelling de volgende avond. Ze zei ja, en zag iets macabers dat indruk maakte, maar waar ze te weinig aandacht voor had, want ze kan geen twee dingen tegelijk, en zijn hand lag niet stil onder haar blouse.

Later, vele jaren later bleek het stuk van Len te zijn uit de tijd dat hij nog in een groep zat. Ze had hem kunnen ontmoeten, als ze niet geweigerd had mee naar de kleedkamer te gaan. Vos moest wel. Het was een werkontmoeting, maar hij hield het kort zodat ze hun eerste vrijage al spoedig in haar auto voor de schouwburg hadden.

Nog steeds was ze niet verliefd. Ze betrapte zich er tijdens het zoenen op dat ze zijn kussen vergeleek met andere omhelzingen, waardoor ze vergat mee te doen. Ze was verbaasd over zijn naaktheid die haar plots zo overdreven mannelijk voorkwam en betastte hem alsof ze verwachtte dat hij toch vrouw zou zijn. Haar verbazing was oprecht toen zij zijn witte onderbroek van zijn smalle heupen trok, en het was geen grap wat haar ontglipte. 'Oh, ik dacht dat het plastic was.' Haar handen bleven op zoek naar sporen van vrouwelijkheid, die ze niet vonden. Die keer was het vrijen net gymnastiek.

Later werd het anders. Zij leerde hem en hij leerde haar. Ze deden niet veel anders. Aten niet, dronken niet. Sliepen in elkaars armen. Ze werd vaak in een orgasme gewekt en ontdekte zijn fijne gezicht tussen haar dijen, zijn ogen boven haar zwarte schaamhaar uit vol tedere afwachting op haar gericht.

Alles veranderde door de komst van Iz.

Ze had Iz niet over Vos geschreven. Ze kende slechts één poste-restanteadres, en wat moest ze hem schrijven? Ik ken iemand, maar ik ken hem nog niet. We doen niets anders dan vrijen, meer hoeft ook niet.

Hij was regelrecht naar haar huis gekomen. Wankelde

op zijn benen want hij had vierentwintig uur aan één stuk gereden, zei hij. Zijn handen trilden, en als hij sprak hingen er slierten wit slijm aan zijn lippen.

Het was toeval dat ze thuis was. Juist die dag was Vos begonnen met draaien. Een lange speelfilm waar hij zes weken achtereen mee bezig zou zijn, en dan was ze liever thuis. Hij had het liefst dat ze in het naburig hotel zou wachten op de vrije uurtjes die hij voor haar over had, maar die rol lag haar niet. Hij nam het haar kwalijk, maar zeurde niet meer toen ze zei dat ze moest schilderen. Olieverf. Dat wilde ze weer gaan proberen.

Hun eerste ruzie ontstond omdat hij, toen hij haar die nacht belde, en zij uitlegde niet lang te kunnen praten door de komst van Iz, beweerde dat zij gehuicheld had. Dat niet de schilderijen, maar Iz haar ervan weerhouden had bij hem te blijven. En hoe ze zich ook verdedigde, hij geloofde haar niet.

Iz had eerst geërgerd de ene na de andere plaat opgezet, toen onderbrak hij haar: 'Kan die meneer niet snappen dat wij, als we elkaar een jaar niet hebben gezien...'

Uiteindelijk was hij weggegaan. Zij en Vos hadden nog uren gesproken. Hij eiste dat ze kwam, nu, met de auto. Het was slechts drie kwartier rijden. Dan zou ze pas bewijzen dat ze van hem hield. Wat was dat voor figuur dat hij na een jaar lang niets van zich te hebben laten horen zomaar binnenliep en gastvrijheid verlangde! Met hem in één huis. Waar zou hij slapen? En hoe kón ze terwijl híj naar haar verlangde. Terwijl hij zich uitsloofde aan een film had zij meteen een ander. En nu kon hij niet meer slapen, terwijl hij morgenochtend toch om zeven uur weer op moest, en aan het werk. Had ze dan geen gevoel?

Hij was gerust toen ze vertelde dat Iz inmiddels was vertrokken. Er was nog een uur over van de nacht.

Ze kon niet meer slapen. Vroeg zich af waar Iz uithing.

Maakte zich ongerust. Had zijn vermoeide gezicht gezien. Zijn bevende handen. Hij had niets gegeten...

De volgende ochtend belde hij haar vanaf haar ouders. Hij had bij hen geslapen, en vroeg of hij nu misschien welkom was.

Ze spraken af op een neutrale plek. Precies tegelijk stonden ze voor de deur van de coffeeshop waar ze hadden afgesproken. Hij zag er uitgerust uit. Zijn lichtblauwe ogen straalden. Zijn haar was verwaaid. Ze zag hoe bruin hij was. Voelde zijn grote stevige handen om haar middel. 'Wat ben je sterk,' zei ze. Zijn mannelijkheid overweldigde haar. Hij voelde vertrouwd, en thuis. Hij drukte haar bijna fijn en ze genoot van de pijn. Gingen het koffiehuis niet binnen, maar liepen naar haar huis. Met stevige passen.

Ze had de stekker eruit getrokken. Vreesde de telefoon. Het was zo anders. Zo familie. Zo veilig.

'Jouw brief heeft me eerder naar huis gebracht,' zei hij.

'Welke brief?'

'Dat je me schreef dat je me miste, en dat...' Hij keek haar aan. 'Ben je die brief alweer vergeten?'

Ze wist het een beetje. Herinnerde zich de momenten van zwakte. Dat was voordat ze Vos ging zien. Die ogenblikken dat ze in haar adressenboekje bladerde en dacht: niemand houdt van mij. Dat ze zichzelf verafschuwt en er niemand is die haar van het tegendeel overtuigt. In zo'n stemming moet ze Iz geschreven hebben, en misschien zelfs een uur later Vos hebben gebeld.

'Was hij niet gemeend?'

'Van wanneer was hij ook al weer?' waarmee ze uitstel vroeg.

'Ik weet niet, je hebt me maar één keer geschreven.'

Ze zoende hem. Om hem te troosten. Om niet te hoeven praten. Hij had geen woorden nodig.

Hij las de kranten die er lagen. Een grote stapel in de hoek. Zij mengde verf. Doelloos.

'Ik ben verliefd,' zei ze. Haar stem klonk hard, maar ze moest Mahler overschreeuwen.

Hij keek haar aan, droevig, strak, en zei: 'En zo te zien niet op mij.'

Ze lachten.

'Zal ik weggaan of blijven?'

'Blijf,' zei ze zonder aarzeling.

'Doe de stekker er dan in elk geval maar weer in,' zei hij, en deed het zelf. Meteen ging de telefoon.

Er volgden weken van vertwijfeling. Een eisende Vos, die tussen de opnames door opbelde, en naar ze later hoorde, op de andere crewleden schold als zij de telefoon bezet hielden. Die haar verweet dat ze hem belette ontspannen te werken. Dat ze niet solidair was, omdat ze eigenlijk bij hem op locatie moest zijn. Ze kon haar schilderspullen toch meenemen?

Iz wachtte geduldig. Hij vertelde haar kalm niets van haar te verlangen. Hooguit een thuis, voorlopig, totdat hij weer zou vertrekken, want blijven zou hij niet. Dat hij haar niet tot last wilde zijn, maar dat hij een jaar lang had uitgekeken naar het moment haar van zijn reis te vertellen, net zoals hij toentertijd met haar nachtenlang had kunnen praten over zijn reis naar Israël.

Iz was ooit op het juiste moment in haar leven verschenen.

Iz gaf niet veel om zijn familie. Hij had een jongere broer die anders was dan hij, en die bij zijn moeder woonde. Ze lagen hem niet. Van zijn vader had hij veel gehouden, maar die was gestorven juist toen hij haar leerde kennen. Hij deed stage in het ziekenhuis waar zij heen gestuurd was door het hoofd van de school.

...

Ze kan zich er niet veel meer van herinneren.

De vakantie, die treurig was geweest. Ze had in haar eentje door Nederland gereisd. Liftend. Buiten in parken geslapen. Haar enige bagage was een slaapzak. Ze had nauwelijks geld voor eten en leefde op water en brood. In die tijd schreef ze veel gedichten. Zinnen die ze zelf niet begreep, maar die ontstonden terwijl ze met haar duim omhoog aan de rand van de weg stond. Ze had geen plannen. Liet zich van stad naar stad brengen zonder veel van zo'n plaats te zien. In de ochtend werd ze wakker en verbaasde zich telkens weer hoe nacht en dag verschilden. Ze zocht nooit eerder een plek dan wanneer het donker was. Kroop tussen struiken, of onder een boom. Had geen angst.

In grote steden waren er weleens meer jongeren die net als zij reisden. Daar kreeg ze een slok melk van of wat fruit. Alcohol of roken wilde ze niet. In Maastricht kroop ze bij een jongen in zijn slaapzak om zich te beschermen tegen de kou en de regen. Hij had een groot stuk plastic om zijn slaapzak gewikkeld. Een magere jongen met krullen die ze zelfs niet zoende, en wiens naam ze niet wist. In de ochtend schrok ze meer dan anders van de starende ogen in het zonnige daglicht. Ook hij zag er anders uit dan ze de vorige nacht gedacht had. De puistjes op zijn kin had ze toen niet gezien. Hij kocht brood en kaas, en toen trok ze weer verder.

Ze was een hele zomer niet verliefd geweest.

Haar ouders had ze verteld dat ze bij een vriendin ging kamperen. Jolisa. Een meisje dat ook vaak als alibi voor haar ontmoetingen met Ewald had gediend toen er nog school was. Ze maakte huiswerk met Jolisa. At bij Jolisa. Had Jolisa geholpen op haar vaders boerderij.

Jolisa bestond wel echt, maar ze was slechts één keer bij haar thuis geweest. Er was geen tijd voor Jolisa sinds ze elke dag met Ewald op het pad achter de school liep te wandelen. Ze had niet opgemerkt, toen ze door Nederland zwierf, dat haar menstruatie uitbleef. Ze had geen schone kleren. Om niet te hoeven sjouwen had ze haar tas met kleren in een kluis op het station gestopt. Haar laatste guldens. Ook over geld dacht ze niet na. Ze had een schriftje en twee pennen. Een rood, een blauw.

Een keer was ze naar zijn huis gegaan. Hij was er niet. Zijn vader zond haar weg alsof ze om een aalmoes kwam. Hier in dit bos, op dat bankje had ze gezeten, en de tranen laten stromen. Daarna had ze zich gewassen op het station, en had zonder kaartje de trein naar Maastricht genomen.

Toen de school weer begon maakte ze zich ongerust. Durfde niet naar de huisarts in verband met haar ouders, maar had geen geld voor een andere dokter. Een jongen uit een lagere klas, een buitenstaander op school, vertelde ze haar probleem, en hij bracht haar onder schooltijd naar een arts in de stad. Betaalde de rekening die driemaal haar maandzakgeld was. Ze moest later die week de uitslag komen halen.

Toen ze kwam gaf hij haar pillen. Die konden de menstruatie misschien nog oproepen, zei hij, hoewel de test had uitgewezen dat ze zwanger was. Hij vroeg hoe oud ze was, en of die jongen misschien de vader was.

'Nou, sterkte,' zei hij, en hield de deur voor haar open.

Ze wachtte het weekend af, en slikte de pillen. En toen ging ze naar de directeur. Ewald was al van school. Zou op de TH beginnen. Was nu druk met het corps, had ze gehoord.

De directeur, een rood gezwollen gezicht en een lieve stem, moest eerst de dader weten. Ze zei dat haar vader haar dood zou slaan, en hij beloofde alles keurig te regelen. Diezelfde middag moest ze naar een dokter die op zijn deur had staan dat hij psychiater was of psycholoog, iets met psyche. Hij onderzocht haar, vroeg welke huisarts ze had bezocht, en stelde haar vragen over kinderen, en wat ze later wilde worden.

'Dichteres,' had ze gezegd, en hij had luid gelachen, wat ze niet leuk vond, hoewel hij verder aardig was.

'We zullen alles netjes regelen,' zei ook hij.

Haar ouders kregen een brief dat er oriëntatiedagen waren voor een opleiding. Voor de TH, als ze zich niet vergist. Een mevrouw met schone tanden, elke tand stond vrij in haar mond en glansde als ivoor, haalde haar van school, en ze ging bij haar logeren.

Verder kan ze zich niets herinneren. Wel dat het allemaal zo simpel was, twee verpleegsters die fluisterden, en daar was Iz.

Na afloop moest ze huilen. De mevrouw was met formulieren in de weer.

Ze was moe. Verlaten.

Iz stond daar. Hij had iets in zijn hand. Droeg een witte jas. En liet haar praten.

Bij het weggaan moffelde hij een papiertje in de zak van haar jack, en daarop stond: je moet me bellen. Een nummer in de stad van haar school.

De kamer van de mevrouw was blauw. Toen ze had geslapen zat de dame naast haar op het bed. Die stralende tanden. Ze was zo schoon. Al oud en toch jong.

'Slaat je vader je vaak?' vroeg ze, en aaide haar voorhoofd en haar wangen

Ze had er nooit over nagedacht, over de directeur, diens hulp, over de dame met de blinkende tanden, wie ze was, en waarom ze naar die dokter moest met al die vragen. Zijn baard in een punt. En een spreekkamer die niet op een spreekkamer leek. Alles was gek en tegelijk vanzelfsprekend.

Nu vraagt zij zich af wie het betaald heeft. De school? De directeur zelf? Die dokter met zijn vragen? Of die dame?

Uit dankbaarheid had ze verder haar best gedaan op school. Het was haar eindexamenjaar. Ze spijbelde niet meer, en haalde hoge cijfers. Deed ook niet meer mee aan het cabaret, en zat niet meer in feestcommissies want het was net of dat niet meer paste na zoiets.

Iz werd haar vriend. Ze studeerden vaak samen. Hij kwam bij haar thuis met zijn studiemateriaal. Haar moeder noemde hem meneer, en eiste dat ook van haar broertjes.

Iz rookte pijp, maar stopte ermee omdat zij niet rookte. Hij leerde haar te luisteren naar klassieke muziek, en adviseerde haar welke boeken ze moest lezen. Ze discussieerden veel, en altijd heftig.

Hij kende Ewald en zei: 'Dat stuk onbenul is jou niet waard. Een kind van burgerlijke ouders. Plaste nog in zijn broek toen ik al met de meisjes het portiek in dook.'

Over het gebeurde sprak hij slechts één keer, en toen nooit meer: 'Een kleine medische ingreep. Niet meer dan het doorspuiten van je oren. Een prop vuil waar je last van had.'

Hij zei haar dat ze mooi was. Iets dat ze niet geloofde, maar dat fijn was om te horen, want dat had niemand nog gezegd.

Ze kreeg brieven van Ewald die ze las en verscheurde. Hij wist van niets, en dat zou zo blijven. Schreef dat het studeren hem beviel. Schreef van het plezier in de vereniging, maar dat hij kameraadjes zoals zij miste.

Ze reageerde niet.

Iz kon alles tegelijk. Praten, luisteren en lezen. Hij zag dat ze enkele regels uit een gedicht van Slauerhoff boven haar bed gehangen had, en las ze hardop, op vragende toon:

Wel leef ik 't zwerven liever dan het vaster
Landlijk geluk, dat wortelt als een boom
In één trouw, voor één einder;...

'Zou je naar Indonesië willen?' vroeg hij.
'Ik zou willen reizen,' zei ze.
'Ik heb altijd naar Indonesië gewild,' zei hij, 'meer nog dan naar Israël.'

Of ze meeging meteen na haar eindexamen. Maar de kibboets trok haar niet. Hij móést er heen, zei hij. Van zijn familie was er behalve z'n vader na de oorlog niemand meer over. Zijn moeder was geen joodse. Hij wilde meer over zijn vader en diens achtergrond weten.

Maar ze wilde reizen, geen dood zoeken. Zo zei ze het. Zo onbeholpen. Hij begreep haar echter wel. Toen gingen ze vier maanden naar Spanje, waarna zij op de academie zou beginnen, en hij zijn wachttijd in Israël doorbrengen zou. (Hij studeerde medicijnen.)

Hij bleef er niet lang. Was aan haar gehecht geraakt tijdens het verblijf in Spanje, waar zij als man en vrouw geleefd hadden in een kamertje van een studentenhotel dat zij met z'n tweetjes moesten runnen. Daarna zat hij in ziekenhuizen in uithoeken van het land vanwege zijn senior-coschappen, en zagen ze elkaar zelden.

'Wil je met me samenwonen?'

Hij had de vraag gesteld in de pauze van Woody Allens *Play it again Sam*. Vroeg het haar alsof hij haar uitnodigde voor een ijsje in de kantine.

En vroeg het haar nooit weer.

...

'Waarover spraken wij?' Ewald stelt de vraag voor de tweede keer.

'Jij sprak vooral,' zegt ze. 'Over mannen, over je vrienden. Over de leraren op school. Je vond ze tof. Juist als ze je de klas uitstuurden, als ze je je fratsen niet gunden, dan bewonderde je ze. De scheikundeleraar, toen je een brandje had gesticht tijdens een practicum. De leraar Frans die jou alle gedichten van Verlaine liet overschrijven. Die jonge wiskundeleraar.'

Hij vult haar aan. Herinnert zich namen. Zij weet anekdotes. De directeur noemt ze expres niet.

Hij zocht naar voorbeelden, denkt ze. Hij wilde weten hoe hij moest worden. Hij bestudeerde hun gedrag, hun motoriek, hun humor, en probeerde die uit. Ze ziet hem weer. Juist als hij een leraar te vrezen had was hij vol lof over hem. Over de scheikundeleraar zei hij eens nadat deze hem drie maanden voor het eindexamen bijna voorgoed van school had laten sturen: 'Een goeie kerel. Hij ziet dingen die andere mensen niet zien. Van zo'n man kun je leren.'

Zij was anders. Schold ze uit als ze haar straf gaven. Vond hen altijd onrechtvaardig. Ook als ze gespijbeld had, of gespiekt, waren zíj degenen die haar dwars wilden zitten.

Op die momenten kon haar eigen woede haarzelf gemakkelijk overtuigen. Ze verzon haar eigen argumenten en geloofde ze zelf. Zo was ze. Maar zo is ze toch niet meer?

...

Ze weet wel vaker niet wat gebeurd is en wat ze verzint.

...

Van hun vakanties herinnert Len zich, in Portugal: hoe zij twee dagen lang naar hotels zocht waar ze internationaal kon bellen. Zovele malen tevergeefs vanwege tijdverschillen, en omdat Iz niet te bereiken was. Hoe hij buiten wachtte om het gesprek niet te hoeven horen. Hoe ze vele uren belde, wachtte, belde, en dan toch weer buiten kwam en Iz niet had gesproken.

Hoe hij achter haar aan sjokte, haar niet kon troosten toen ze op haar hurken achter een vissersboot op het droge was weggekropen. Toen hadden ze de telefooncel geprobeerd en al hun papiergeld in een bar gewisseld voor munten. Hij stond nu naast haar in de cel om de munten aan te geven. Ook dat mislukte.

Uiteindelijk sprak ze Iz toch, en toen werd ze weer vrolijk, doch voor Len was de grap eraf.

'Maar Iz was jarig. Zat heel alleen in Bangladesh!'

'Hou jezelf toch niet voor de gek,' zei Len. Hij was het evenwel vergeten, van die verjaardag. Herinnerde zich slechts de pijn. Het argument was voldoende om het opnieuw te proberen. Nieuwe vakanties. Nieuwe voornemens.

Van Spanje herinnert hij zich de dagen dat hij zich bedronk omdat zij hem plotseling achterliet. Iz zou voor haar verjaardag naar Europa komen. Ze had hem maanden niet gezien, en alles was reeds afgesproken. Het reisje met Len naar Spanje was spontaan, en had met zijn werk te maken. Ze stuurde Iz een telegram dat hij haar niet thuis kon verwachten, maar dat ze er daarna zou zijn natuurlijk. Maar in Bilbao kreeg ze last van haar maag. Al de eerste nacht kon ze niet slapen. Dus vervroegde ze haar ticket om op tijd voor Iz in Nederland te zijn.

Len kon zulke dingen niet begrijpen. Zag zo'n gebeurtenis als een symbool van hun onevenwichtige liefde. Dramatiseerde te veel.

Toen ze later met Iz was voelde ze zich licht schuldig. Niet heel erg, want was het verkeerd om op tijd terug te gaan voor een vriend?

Van Portugal herinnert zij zich de wind, haar rok die bol stond, en zijn lenige lichaam zoals het over het strand bewoog.

Van Spanje herinnert zij zich hoe Len te midden van hoge functionarissen uit vele landen, een belangrijke Rus een handkus gaf omdat de man háár even tevoren een handkus had gegeven. Ze herinnert zich haar onstuimig lachen. Een pret die ze zo zelden heeft.

Van Frankrijk herinnert hij zich hoe zij hem heeft verworven. Haar zorgzaamheid. Haar lenige vingers die zijn stijfheid wegmasseerden. Hun wandelingen langs havens, en hun vrijages in de open lucht. Hoe hij zich bij haar kon ontspannen na de vele optredens, en weer zin kreeg om opnieuw aan het werk te gaan. Hoe hij droevig was dat ze er niet wou blijven.

Van Frankrijk weet zij alleen nog hoe haar geduld verdween. Hoe ze zich ergerde aan zijn onrust. Hoe ze tegelijk bereid was die te nemen omdat ze zich bij hem zo gemakkelijk verloor.

...

Ze dacht dat ze geleerd had van de tijd waarin ze zich als een elastiekje voelde tussen Iz en Vos die beiden aan haar trokken, terwijl zij alleen haar best deed niet te breken. Het had haar toen geholpen te gaan werken, al weet ze daar weinig meer van. Ze herinnert zich de gesprekken over de telefoon met Vos waarin ze steeds weer eindigden waar ze begonnen. Ze weet nog dat Vos terwijl zij op reis was met Iz, stiekem in haar dagboeken las, en haar bij haar terugkeer verweet dat ze alles fout had beschreven.

Iz vroeg haar mee naar Indonesië. Ze kwam thuis van een dag met Vos die zij slenterend over het Waterlooplein en spelend met een geleende videocamera op de Dam hadden doorgebracht. Ze had pret gehad, en die glansde in haar ogen.

Hij zat bij haar thuis, ontving haar met een uitgebreid diner (krabcocktail, gegrillde zalm en citroenbavaroise) maar ze had met Vos al salades van de nachtwinkel gegeten. Ze at traag, had geen trek, doch hij eiste dat ze at, en ze was bang voor de drift in zijn gezicht.

Hij had gelijk. Ze had hem beloofd met hem te eten – 'souperen' noemde hij dat. Hij zou koken. Naarmate hij meer wijn dronk (een schijnbaar onschuldig etiket, zei hij spottend, en opende een zelfde fles muscadet als Vos een keer had meegebracht op een van zijn bezoekjes) verdween de bittere trek om zijn mond, en lette hij gelukkig minder op of ze wel zat te eten. Tijdens de bavaroise vroeg hij: 'Ga je met me mee naar Indonesië?'

Zijn ogen waren rood. Van de drank (missschien had hij die dag al meer gedronken?) of van verdriet. Ze wist niet wat te zeggen. Dus lachte ze maar wat dom.

'Ik betaal je reis,' zei hij, en schonk zichzelf opnieuw een glas vol.

'Ik begin Vos nu juist een beetje te leren kennen. Het zou niet eerlijk zijn,' zei ze zacht.

En toen stond hij op, de fles nog in zijn hand, en citeerde de zinnen van Slauerhoffs gedicht die zij toentertijd in haar ouderlijk huis boven haar bed had hangen.

'Ken je het uit je hoofd?' zei ze, half lachend, want ze wist zich niet goed raad.

Hij trok een boekje uit de kast, met één beweging, wist klaarblijkelijk waar het stond, en wierp het haar triomfantelijk voor de voeten.

'Uit mijn hoofd geleerd. Ik had de hele dag om te oefenen.'

Dat was Iz, ad rem, en niet bang voor een confrontatie.

Ze ging met Iz mee, wat Vos haar kwalijk nam, maar tolereerde. Ze werd ziek van heimwee. De kramp verdween toen ze het land ging ontdekken. Ze was Iz dankbaar voor zijn ideeën die haar altijd weer verder hielpen. Ze dichtte veel, en tekende. Ditmaal portretten van vrouwen in hun dagelijkse bezigheden. Een soort stripverhaal. Ze raakte geboeid door het leven van vrouwen, hier aan de andere kant van de aardbol, leerde de taal en leerde, hier waarschijnlijk voor het eerst, van vrouwen te houden, meer dan van zichzelf. Vos raakte op de achtergrond.

Eenmaal terug in Nederland miste ze het land, en binnen drie maanden was ze er weer van het geld van de stripverhalen die in serie werden gepubliceerd. Iz zat in Nederland, gaf er een cursus, en had er dingen te doen waardoor hij niet kon reizen. Ze was blij er alleen te zijn, en had Vos' voorstel om haar te vergezellen afgewimpeld.

Ze wilde onderzoeken wat ze wilde, wie ze was, had ze gezegd. En dat had hen legitiem geleken.

Vos moest naar andere vrouwen kijken, net als Iz. Dat leek haar verstandig, zei ze. Eigenlijk éíste ze het van hen, alsof ze hoopte dat er dan eentje af zou vallen, en zij zich vanzelf zou schikken naar het lot.

Daarna volgden andere reizen. Alléén, of met Iz. De periodes ertussen zat Vos veel bij haar. Bij hem sliep ze niet graag, tenzij overdag, omdat ze vreesde eraan te gaan wennen, er te wonen, en niet meer vrij voor Iz te zijn.

Als ze aan die jaren terugdenkt weet ze alleen nog van de scheldpartijen. De keren dat ze Vos uit haar auto zette midden op de snelweg, en de keren dat ze Iz een theepot met zojuist gezette thee naar zijn hoofd had gegooid.

...

Ze was geen vrouw om van te houden.

...

Er waren tijden zonder mannen met alleen de stilte, en haar doodse ogen. De leegte en de routine van het schilderen. Dan had ze niemand nodig. Dacht niet na over houden van, niet over de liefde voor zichzelf of voor anderen. Dan nam ze haar penseel. Ze at niet, dronk niet, soms voor het slapen wat oud brood of iets anders wat ze kon vinden.

In zulke periodes leek Vos haar te haten. Geloofde pas dat ze echt even niet had geleefd als hij na twee, drie weken haar werk mocht bewonderen. Was altijd vol lof, en vroeg een aquarel cadeau.

Iz hield het meest van haar op zulke momenten. Als hij in het land was wipte hij af en toe aan met een taart of wat fruit, en ging na een uurtje weer weg zonder dat ze het hem hoefde te vragen. Dan logeerde hij bij haar ouders, en hielp hen in de tuin of met schilderwerk in huis. Hij kon het aan haar zien als ze wilde werken. Verdween geruisloos. Moedigde haar aan door er niet te zijn.

Hij kon die stemming scherp van andere onderscheiden. Ze hoefde niet net te doen alsof.

Als hij op reis was, was dat vaak het moment om hem te schrijven. '*Het gaat weer goed. Ik teken elke dag*', kon ze hém het beste schrijven. Het gekke was dat bijvoorbeeld Vos, of Len of anderen die haar lichaam goed kenden de kracht die bruiste achter de matheid van haar ogen niet konden zien. Als ze haar zo zagen werden ze ongerust, en vroegen of ze ziek was, of misschien depressief. Waardoor zij zich eveneens ging storen aan haar gezicht.

En dan lukte het werken niet meer.

...

Ewald stelt voor het pad te verlaten en ergens wat te gaan

drinken. Ze hadden hun auto bij de verlaten school geparkeerd. Terwijl ze het plein oplopen zegt Ewald: 'Gek, maar ik heb je vast niet verteld dat mij iets heel raars is overkomen.'

Ze zwijgt. Hoeft immers niets te bevestigen. Er is nog niet zoveel gezegd.

'Toen ik al een paar maanden studeerde ben ik naar school teruggekeerd. Het was een doordeweekse dag. Jij had les, denk ik. Ik was van plan je te bezoeken omdat ik nooit een reactie op mijn brieven had gehoord. Ik kwam zelden bij mijn ouders, en als ik er toch heen moest kreeg ik na een uur al de kriebel in mijn benen.'

Ze staan bij haar auto. Ze heeft de sleutels in haar hand. Hij leunt op het dak, en praat verder.

'Mijn vader was jarig, en mijn moeder was voor een maandje thuis om het weer eens te proberen. Ik had het er al gauw gezien. Die grijze tantes, en diezelfde praatjes die ze toen al elk bezoekje en nu nog steeds elke verjaardag aan elkaar komen vertellen.

Ik had in de pauze willen komen, maar was te vroeg, en liep het gebouw in, als vanzelfsprekend in de richting van de kamer van de directeur. Ik heb die man altijd gemogen. Zijn rare rode hoofd. Dat zware montuur. Zo'n serieuze man die toch zijn verlegenheid liet blijken. Hij had iets fideels als ik weer naar hem toe was gestuurd. Hield me altijd de hand boven het hoofd.

Enfin, ik klop op zijn deur, en op zijn "binnen" zwaai ik de deur open, en...'

Hij doet de beweging voor. (Plotseling ziet ze Ewald zoals hij altijd overal furore maakte. Een tweederangs cabaretier op een Hollandse bruiloft. Dat vond ze toen, en dat vindt ze nu nog. Die beweging, een soort dansje, met daarbij zijn 'hallo' omdat hij een applaus verwacht.

'... zei "hallo". Ik begrijp er nog steeds niets van.'

Hij wrijft over zijn kin. Een gladgeschoren kin. Verzorgde handen.

'Ik zie het nog precies voor me. Die man, die keurige gemoedelijke man, die ziet mij staan. Zijn mond valt open van verbazing. Hij staat op van zijn stoel, is in twee stappen achter zijn bureau vandaan. Och, het waren enkele seconden, niet meer, en hij slaat me met zijn volle vuist, één twee keer op mijn gezicht. Mijn kin, mijn oog.'

Zijn handen gaan langs de plekken die hij noemt alsof hij de pijn opnieuw voelt. Hij zwijgt.

Ook zij is verbouwereerd. Zwijgt. Wat moet ze zeggen?

'Ik lig op de grond. Krabbel overeind, en wil vragen waarom. Maar hij neemt een aanloop en trapt mij, echt, hij trapt mij met zijn zwarte puntschoenen de kamer uit. Kun jij je dat voorstellen? Van hem? Die goedige man? En waarom?'

'Heb je hem dat nog gevraagd?' zegt ze. Haar stem klinkt als van een ander.

Hij schudt zijn hoofd. 'Ik ben weggerend. Als een bange hond ben ik weggerend.

Later heb ik er nog weleens aan gedacht hem op te zoeken om het te vragen. Ik las dat hij naar een andere school was gegaan, en ik heb op het punt gestaan hem te bellen voor een afspraak. Maar niet gedaan.'

Ze ziet dat zijn kleding, het colbert, de jas die hij over een schouder draagt, nog nat is. Ze ziet rimpels op zijn gezicht. En iets wat op wallen lijkt. Een vermoeide man die piekert. Niet meer de jongen die ze kent en toch vergeten is.

'Zullen we naar Alberts Corner rijden,' zegt ze om een einde te maken aan de stilte die ze nu niet wenst.

Hij lacht: 'Die bestaat niet meer. Nee, rijd mij maar achterna. Ik weet iets aardigs.'

Als ze zijn auto volgt (zilvergrijs, zilvergrijs, het kenteken onthoudt ze zeker niet want dan zou ze haar eigen nummer ook weten, maar de kleur is ongewoon, gelukkig), aarzelt ze bij elke bocht die hij rechts gaat of zij links zal gaan, en andersom.

...

Na elke reis probeerde ze met Vos te stoppen, en telkens zag ze hem weer, eerst als vriend, maar al spoedig gingen ze vrijen.

Vos zei dat ze niet hoefde kiezen, maar zei ook: 'Alles of niets.' Bekende: 'Ik wil je hebben. Je bezitten. Daar kom ik eerlijk voor uit.' En als ze erover nadacht wilde ze hem eigenlijk ook liever niet delen met een vrouw die even belangrijk was.

Wel stimuleerde ze hem in de omgang met andere vrouwen opdat ze rust kreeg, en zijn liefde haar minder benauwde. Maar hij wilde niemand anders, zei hij, hij wilde haar.

Dat had Len haar ook eens gezegd: diezelfde avond nog vree hij met een ander.

Ze was bijna drieëntwintig toen ze een telegram kreeg van Iz met de volgende tekst: BEN ZIEK: PARATYFUS STOP REIS WERK LEEF ALLEEN VOOR JOU STOP DENK VEEL NA STOP BEL SPOEDIG.

Nu is ze ouder. Ze gelooft die dingen niet meer. Ze zal ze zelf ook niet meer zeggen. Ze wordt wantrouwig als ze het hoort. 'Ik kan niet zonder jou.' De zin doet haar lachen. Hoewel ze het altijd denkt als ze bemint. Als ze de huid van de ander langs de hare voelt gaan en zelfs haar denken huid wordt, dan is de ander haar leven, en haar eeuwigheid. Daarna en daarvoor wil je alles zeggen, alles geloven om de illusie te behouden dat je er patent op kunt nemen.

De angst om te verliezen.

...

Toen ze hem die middag voor 't eerst terugzag, leunend op het portier van zijn auto, hem hoorde vertellen hoe hij altijd aan haar gedacht had wanneer hij emoties had, was ze verbaasd dat hij ze had, emoties, want zijn gezicht was als versteend en zijn mond bewoog mechanisch.

Ze vraagt zich af of ze hem al die dingen die ze toen dacht en voelde over zichzelf, en over hem, ook vertelde. Misschien had zij toen nog geen gedachten, kwamen die pas later, toen alles voorbij was.

Hij was het die er een eind aan had gemaakt. Hoewel hij toen sprak van een tijdje 'rust' om uit te vinden wat hij wilde, was het een schok, dat besluit, want voor haar waren die krappe twee jaar, ondanks alles wat ze op zijn gedrag en denkbeelden aan te merken had gehad, vanzelfsprekend en goed geweest.

Nooit weet je, en daar is ze droevig van, wat echt gebeurd is of wat je je achteraf herinnert. Je weet niet of je houdt van de herinnering, van wat er was, of van hem die nu veranderd is.

Tijdens het wandelen besefte ze dat ze zoveel had kunnen zeggen over toen, over hun liefde, maar ze had het allemaal moeten verzinnen.

Het doet pijn, het vergeten doet pijn, niet de scheiding, niet het weerzien, alleen het vergeten van de liefde waarvan je vermoedt dat zij er ooit geweest is.

Het vergeten is erger dan de pijn van de breuk.

Het vergeten is erger dan de breuk.

...

En dan schreeuwt ze zijn naam. In de auto. Terwijl de ruitewissers wild bewegen, want natuurlijk regent het weer. Zijn naam.

Er waren veel nachten zonder slaap aan voorafgegaan toen ze dacht een beslissing te nemen. Eerst belde ze Iz. Het was definitief uit.

Ook hij was verlost, zei hij. Het putte hem uit, al die twijfels en dat wachten op betere tijden.

Len belde ze niet, ze nam de auto en ging naar hem toe. Las de krant in een naburige coffeeshop tot het halftwaalf was, een tijdstip waarop ze hem kon wekken.

Toen ze aanbelde, ze had immers zijn sleutel niet meer, begon ze te beven, een eigenaardige angst die ze niet weg kon rationaliseren. Gistermiddag hadden ze elkaar voor het laatst gezien. Hij, triest met zijn hoofd in haar handen, had gezegd dat hij niet zonder haar kon. Dat hij wilde trouwen, een kind, dat ze werkelijk zou moeten kiezen.

Gun me tijd, had ze gezegd of gedacht, dat weet ze niet meer, en sneller dan ze vermoedde had ze gekozen. Het duurde lang voor hij opendeed. Zou hij nog slapen? Had ze maar tot na twaalven gewacht. Hij was zo afwezig 's morgens.

Maar geheel gekleed, geschoren en lachend deed hij open.

Allerlei tekens dat er die nacht iemand bij hem was. Zijn uiterlijk. Twee kopjes met restjes koffie op zijn tafel, en het restant van de koffie in de kan. Zoals de kopjes er stonden was het duidelijk dat twee mensen samen aan dat kleine tafeltje koffie hadden gedronken.

Hij maakte er een grapje over toen ze binnenkwam. 'Er is iemand boven hoor,' met ondeugende ogen. Zijn manier om de waarheid te liegen zodat hij niet wordt geloofd.

Alles wees erop dat er inderdaad iemand bij hem geweest was. Ze zag een haarspeld op het aanrecht. Twee wijnglazen in de gootsteen. Een lege fles op de vuilnisbak, fier rechtop alsof hij haar wilde bespotten.

Gekwetst en tegelijk onverschillig. Ik wil weg, dacht ze, ik wil weg. Ze bleef nog even. Onrustig.

'Ga je mee ergens wat drinken?' vroeg hij, een rare vraag, vond ze, maar knikte ja. Toen hij eerst nog naar de wc ging sloop ze zachtjes naar boven, om te gluren naar zijn bed. Zijn dekbed op een hoop, net als altijd. Ze probeerde te ruiken wat er was gebeurd, maar snoof niets anders dan vernedering.

...

Ze neemt een andere weg. Na vijfhonderd meter stopt ze en huilt.

Nu is het Len. Toen was het Vos. Straks is het een ander.

Over de telefoon zei Ewald: 'Altijd als ik pijn heb, om wat voor reden ook, maar ook altijd als ik gelukkig ben door hartstocht en verliefdheid, of ontroerd door een warm samenzijn, denk ik aan jou.'

Hij staat naast haar, tikt op haar raam. Zijn gezicht staat bezorgd. Een pose, dat ziet ze meteen. Met tegenzin draait ze haar raampje open.
   'Wat is er Knijntje?' Hij lijkt werkelijk bezorgd te zijn.
   Mijn God, denkt ze, hij denkt toch niet dat ik... mijn God, moet ik nu zeggen: nee, het is om een ander.

...

Onmiddellijk na zijn ongerust makend telegram had ze een telefoongesprek aangevraagd. Daar kon wel vierentwintig uur overheen gaan had de telefoniste gezegd want de gesprekken met Dacca verliepen niet rechtstreeks.
   Ze had al acht uur naast de telefoon gezeten. Durfde niet naar de bakker of de melkboer, hoewel het zaterdag was en Vos zou komen. Ze had het telegram verzwegen toen hij

belde. Was in de war. Het was een zonnige dag. Vos belde elk kwartier, en telkens dacht ze dat het Dacca was. Werd chagrijnig van zijn telefoontjes. Hij was zijn motor aan het repareren, en bij iedere schroef die hij vastdraaide wilde hij zijn komst melden.

Vos was vrolijk. Hij had zijn motor al twee jaar niet meer aangeraakt en had weer zin hem te gebruiken. Zijn broer hielp hem daarbij. Het was zijn eerste vrije dag na een langdurige speelfilmmontage, en hij bofte met het mooie weer.

De laatste keer had ze kribbig gezegd: 'Oké, ik verwacht je om vier uur, maar nu niet meer bellen want ik ben aan het schilderen.'

Toen was het een tijdje rustig, maar om halfvier belde hij opnieuw.

'Kun je me onmiddellijk komen halen? Ik sta hier...'

Ze liet hem niet uitspreken. Snauwde: 'Nee, dat kan ik niet. Ik heb je toch gezegd dat ik bezig ben.' Schrok zelf ook van haar woede.

Hij huilde. Jankte, vond ze, als een kind. Ze liet hem niet praten. Zelfs niet toen hij schreeuwde: 'Versta je me niet. Ik was bijna dood geweest.'

Zelfs toen was haar ergernis er nog steeds. Ze geloofde zijn verhaal over de val met de motor op de snelweg niet. Een klapband. Hij had niets, maar hij stond te trillen op zijn benen. Hij was door het oog van de naald gekropen, zei hij.

Ze wantrouwde zijn woorden. Het was een leugen om haar te straffen voor haar reactie. Haar onwil hem te halen. Zelfs toen ze hem bevend langs de snelweg vond, zijn motor tegen de vangrail, dacht ze: hij stelt zich aan. Er is niks bijzonders gebeurd.

Dat hij zweeg kwam haar goed uit. Ze was zelf evenmin van plan te praten.

'Vraag je niet hoe ik me voel?' zei hij zonder zijn verwijt te verbergen.

Ze haalde haar schouders op. Wat moest ze anders doen? Nu kon ze niets meer vragen. Elke vraag zou belachelijk zijn.

Ze kon ook niet vertellen van het telegram. Het zou een bedenksel lijken. Hij zou haar telegram zelfs zwart op wit niet aanvaarden als excuus, net zomin als zij de klapband als bewijs kon accepteren.

Hij zat in haar tuin. Haar huisje was groot genoeg om elkaar te ontwijken. Zij zat naast de telefoon. Had pijn aan haar hoofd, en wachtte.

Opeens hoorde ze de voordeur. Een harde klap. Ze ging hem niet achterna. Vond zijn briefje op de tafel in de tuin, een steen op het papier opdat het niet weg zou waaien.

'Het is voorbij. Ik was bijna dood, en jij reageert als een autistisch kind. Ik wil je nooit meer zien.'

Toen belde Dacca. Vele minuten alleen maar tranen. Ze beloofde te komen. Zo gauw mogelijk. En als hij beter was zouden ze reizen. Vijf of zes maanden. Het gaf niet hoe lang. Ze was vrij.

Aan niets komt een einde, ook aan een einde niet.

Diezelfde nacht, enkele uren nadat ze Iz snotterend eeuwige trouw had beloofd begon ze alweer terug te krabbelen. Vos was niet thuis, maar ze belde alle kroegen en bars die ze kende. Bij de twaalfde, een overvolle zaak waar ze samen zelden kwamen, trof ze hem. Zijn stem klonk koel, geen spoor van droefenis.

Ja, hij was blij dat ze belde, maar hoe kwam het toch dat ze zo merkwaardig deed. Ze vroeg om vergiffenis, moeilijke zinnen uit haar mond die hij leek te accepteren. Morgen zou hij komen, en dan spraken ze weer. Hij kon haar slecht verstaan. Het was onmogelijk om te komen, er reed geen trein meer, en hij had geen vervoer. Maar dat wilde ze immers niet. Ze had behoefte te slapen, te rusten, en morgen was goed.

Natuurlijk sliep ze niet.

De volgende dag begon hij bij de voordeur al te vrijen. Hij zoende heet, en vrolijk. Toen werd ze ongerust. Bespeurde een ander, maar durfde niets te vragen, liet hem begaan. 'Ik wil je likken, 'k wil je ruiken,' ook die woorden wekten argwaan.

'Wat heb je gedaan?' vroeg ze plotseling. Ze lagen in haar gangetje, op het parket, zijn hoofd tussen haar benen, zijn handen overal.

Zijn schuldige ogen. Ze had geen uitleg nodig. Krijste als een beest. Een dier. Had niet de wens om mens te zijn. Ging slaan en schoppen. 'Weg. Weg jij. Weg. Ga weg.'

Slechts één keer was ze jaloers om Vos. Die éne keer. Verder was er geen reden of geen gevoel. Dat weet ze niet.

...

Len en zij hadden voortdurend last van jaloezie. Als hij iemand groette, als zij naar iemand lachte. In elke man zag hij een kandidaat voor haar, en als zodanig concurrentie. Zij herkende interesse in zijn ogen ten aanzien van elke vrouw die jong was en lachte, en er lachten er veel.

Iz is een heel ander verhaal.

...

Intermezzo

Mocht God bestaan, dan schiep hij de hemel als op de foto's van woestijnen uit de reisbureaufolders van Marokko, Arabië, Mongolië... Het verblíjf in een woestijn is echter een hel. De wind die je niet met rust laat, en voordat je met je ogen hebt kunnen knipperen er alweer nieuw fijn zand in blaast. De droge mond omdat er slechts dat te drinken is, wat je met je meedraagt. De hete zon die op je huid brandt. Het eindeloze uitzichtloze zodra je de oase achter je laat. Al na veertig meter lopen krijg je spijt.

Een foto van een woestijn, genomen door een goede fotograaf (voor reisbureaus) is als Levi's beeld van de liefde. De woestijn is als de liefde zelf.

Brandende ogen, een droge keel, vermoeide benen, kortom zoveel pijn dat de schoonheid, die nog wel zichtbaar was toen je haar vanuit de oase voor je zag liggen, niet meer voor je leeft, zodat je de schoonheid die je zo hevig beroerde voordat je besloot je voetstappen in het mulle zand te zetten, vergeet.

Jouw voetstappen in het zand, sporen die door de wind weer worden weggevaagd, of je nu doorloopt of besluit terug te keren.

Ze was ervan overtuigd dat ergens op de wereld een volmaakte man voor haar rondliep. Al bij het horen van zijn naam zou ze hem herkennen.

Vos meende dat zij de volmaakte voor hem was, maar hij heeft geen zelfkennis, en beoordeelt haar daarom ook niet op haar juiste waarde voor hem.

Iz zegt dat zij de ideale voor hem is, maar in zijn hart weet hij dat zij niet diegene is, want anders zou hij niet zo zwerven. Hij denkt dat hij zijn idealen nastreeft, maar feitelijk is hij slechts op zoek naar die ene vrouw.

Len verkeerde in de veronderstelling dat zij de enige juiste voor hem was omdat hij haar nog steeds niet voor zich alleen had, terwijl hij doorgaans elke vrouw binnen veertien dagen aan zich bond, om haar daarna weer in het rijtje te schuiven van 'veroveringen'.

Zodra zij voor hem gekozen zou hebben – iets dat hij haar van tijd tot tijd probeerde af te dwingen – was ze hem net zo goed kwijt geweest omdat hij dan de gelegenheid had in te zien dat ze niet de juiste voor hem was.

Ze weet echter zeker dat er iemand is die bij haar past zonder dat er vermoeiende discussies, machtsspel, touwtrekkerij nodig zijn voordat ze zich geheel aan elkaar zullen overgeven.

Een mens, zo denkt ze, ontmoet zijn of haar volmaakte partner slechts één keer in zijn of haar leven, en dan moet je je kans grijpen. (Als ze tot nog toe maar goed heeft opgelet, en als hij maar niet zo vreselijk laat ten tonele verschijnt, zodat ze er nog wel van kan genieten.) Daarom kijkt ze altijd rond in de trein, gaat ze in een restaurant nooit met haar rug

naar de andere gasten zitten, en kijkt ze elke man op straat
in zijn ogen om te zien of het klikt.

...

Hij leunt met zijn beide armen op haar raam, dat half geopend is. Kijkt haar aan. Ziet dat ze hem nu bekijkt, en
trekt een grimas. Ze zou moeten lachen, dat was vriendelijk
geweest, maar er komt geen grijns.

'Wil je nog wel iets drinken?' vraagt hij geduldig, 'of heb
je betere plannen.'

Ze schudt nee. Waarschijnlijk met een zielige trek om
haar mond want hij imiteert haar, wat een gek gezicht is, en
er verschijnt een lach op haar gezicht. Hij lacht ook, opgelucht, ziet ze.

Jantje lacht, Jantje huilt, verdorie. Ze zal nooit veranderen.

Hij loopt om haar auto heen, probeert het rechterpor-
tier, maar ze schudt nee. Doet de deur niet van het slot,
gebaart hem dat ze wil rijden. Hij moet voorop gaan. Het
oude plan.

Hij is verbouwereerd, draalt even, en loopt dan naar zijn
zilvergrijze wagen, die achter haar staat. Ze ziet hem in
haar spiegeltje, laat hem passeren, hij draait, zij ook en rijdt
hem keurig achterna, vier meter ertussen.

...

Alle stroopwafels die ze voor Iz had meegebracht heeft ze
zelf al opgepeuzeld. Door een vertraging op Schiphol hebben ze nog geen diner geserveerd gekregen. In die paar uurtjes heeft ze Vos een lange brief geschreven. Even voor het
vertrek is alles toch weer goed gekomen. Hij had haar uitgelegd hoe het kwam. Hij voelde zich alleen en afgewezen,
had behoefte aan warmte na die confrontatie met de dood.

Dat zij hem gebeld had was een opkikker geweest, maar zijn eenzaamheid was er niet mee over. Overigens had die vrijage met dat meisje op het strand hem meer ellende dan plezier gebracht. Ze was lief voor hem geweest, maar het was des te schrijnender dat hij naar háár verlangde.

Zijn uitleg maakte niets goed, ze bleef het hem kwalijk nemen, maar ze begreep ook dat ze zelf gedeeltelijk schuldig was. Ze had hem moeten steunen toen hij overstuur was van die val, ook al twijfelde ze nog steeds aan het gebeurde.

De dagen voor haar vertrek hadden ze in bed doorgebracht. Haar reis was niet tegen te houden, en Vos had zich ermee verzoend. Voelde zich misschien op zijn beurt toch ook een beetje schuldig vanwege dat meisje.

Ze denkt beurtelings aan Vos en aan Iz. Heeft beiden lief. Ze geeft de liefde namen. Haar liefde voor Iz is basaler, haar liefde voor Vos gepassioneerd. Zo denkt ze oprecht te zijn, en niemand te benadelen. Wil zich graag voor hen verdelen, ook als het haarzelf belet te leven.

Ik hou van beiden, hamert het in haar hoofd, dat mag toch wel? Ze houdt ook van anderen die ze niet meer heeft kunnen groeten door de haast en door de claim die Vos de laatste dagen op haar legde.

Haar gedachten gaan naar haar vrienden en familieleden, die ze zelden ziet. Jolisa, met wie ze ooit zou willen vrijen, en die een pakketje bij de buren voor haar had afgegeven omdat ze niet opendeed. (Vos dwong haar de bel te negeren.) Een opschrijfboekje en een piepklein doosje met aquarelverf voor op reis. Jolisa die nooit vraagt en veel geeft, maar voor wie ze geen tijd meer heeft sinds ze met Vos omgaat. De laatste keer dat ze met Jolisa om vier uur 's middags had afgesproken vreeën ze zelfs door de wekker heen. Ze had Vos gezegd de wekker te stellen uit angst de afspraak te vergeten, maar het alarm had geen kans gekregen haar uit de roes van het genot te wekken.

Ze kwam om zes uur op de afgesproken plek. Jolisa zat er nog steeds. 'Ik dacht wel dat je zou komen, en dat je gewoon de tijd vergeten was,' zei ze lief glimlachend. Het was immers niet de eerste keer. Ze hadden samen gegeten, en Jolisa was niet aan het woord gekomen. Zij alléén had gesproken, een woordenvloed, over Vos, over Iz alsof er niemand anders bestond.

Nu is er schaamte, nu ze in het vliegtuig zit en nadenkt. Ze schrijft Jolisa een brief, maar vindt hem te hartstochtelijk. Schrijft een andere, met minder woorden, maar verscheurt die ook. Ze schreef geen derde. Veel later, maanden later stuurt ze een kaartje met haar naam en die van Iz, en de woorden 'het is hier mooi', verder niets.

Ze was zo dom geweest te zeggen dat roken of niet-roken haar onverschillig was (het kwam doordat Vos naast haar stond bij het inchecken, en hij zojuist een sigaar had opgestoken) en nu doet haar keel pijn van de nicotine. Een man van de televisie (zo stelde hij zich voor) begint een gesprek. Hij gaat een programma maken over China, en meende dat zij óók op weg was naar dat land.

'Dacca,' zegt hij verbaasd, 'wat moet je dáár beginnen?'

'Daar werkt mijn vriend,' zegt ze dan, en dat klinkt raar, alsof ze zomaar iets verzint.

Omdat ze een goedkope vlucht naar Dacca nam moest ze enkele dagen overnachten in Karachi, een stad die ze nog niet kende, maar waar Iz kleurrijk over schreef. Terwijl ze op haar bagage wachtte zag ze achter glas een jongen, in de verte. Hij droeg een zonnebril. Ze wist niet of hij haar ook bekeek, maar voelde zijn warmte, een hitte die honderd meter overbruggen kon.

Het was niet nodig. Ze hadden geen woord gewisseld. Ze had zijn richting niet meer uitgekeken. Sprak wel met anderen. Drie blonde Amerikanen die haar aanboden mee te gaan in hun taxi. Dat zou haar geld besparen. En toen ze zat was ze niet verbaasd dat hij, die donkere met zonnebril ook in de auto zat.

Ze namen een duur hotel, een dat zij niet kon betalen. Toch ging ze er binnen, op aandringen van de blonde die de grootste was.

Ze klopten één voor één op haar deur, de drie blonden. Stelden zich voor en vroegen: 'Would you mind...' Ze liet hen hun zinnen niet afmaken, en wachtte tevergeefs op hem, met die donkere bril.

Toen verliet ze haar kamer om te kijken in de bar, en daar stond hij op de gang, keek uit het raam naar de lichtjes van de stad.

'You'll have to choose between us,' zei hij.

Is hij gek geworden, dacht ze. Toch wilde ze hem. Zijn domheid liet haar onverschillig.

'I never choose between... I just choose someone for some moment,' zei ze onbeholpen in haar beperkte Engels. Ze wist niet of hij haar begreep.

'They'll be mad,' zei de jongen. Hij was lief, en wist wat zij lekker vond.

Ze dacht noch aan Vos noch aan Iz, maar tegen de ochtend stuurde ze hem weg om weer alleen te zijn. Ze belde Vos. 'Ja, ik mis jou ook.' Werd voor zichzelf een vreemde.

De andere nacht wilde ze niet meer vrijen, wel praten. De jongen sprak over zijn ouders, Italianen in New York. Hij maakte haar aan het lachen. Ze voelde zich ouder, zoveel ouder, en wees hem de deur toen ze moe was, en een telefoontje van Vos verwachtte, dat kwam.

'Dag,' zei ze, 'tot ziens.' De volgende ochtend vroeg zou ze naar Dacca vertrekken.

In de ontbijtzaal zat hij op haar te wachten. Geen kleffe woorden, alleen maar vriendelijkheid. Ze zei oprecht: 'Ik zal je nooit vergeten' en het is waar, want nóg kent ze hem zonder zijn naam te weten.

Ze kon haar rekening niet betalen, dat was al gedaan. Hij

haalde zijn schouders op. Wist van niets, beweerde hij, misschien de andere jongens. Ze liet het zo.

Hij zwaaide. Een korte arm. De donkere bril op zijn grote neus. Ze hield eigenlijk niet van zonnebrillen.

...

Dacca. Altijd die rottige tranen. Het wordt erger als ze Iz ziet staan. Mooi hoofd. Lieve armen die blijven zwaaien. Een gekkenhuis op het vliegveld waar ze zich zonder kleerscheuren doorheen slaat. Het lijkt uren te duren voordat ze door de douane komt. Uitgerekend haar bagage is zoek. En hij staat daar, achter glas en achter tralies, tussen dringende zwarte lichamen.

Zodra ze naast Iz in de auto zit, op weg naar het project waar hij voorlopig woont en werkt, popelt ze reeds om Vos te schrijven. (Dat verlangen had ze in Karachi niet.)

Zijn warme zachte mond en tijdens hun omhelzing, die goed is, daar ligt het niet aan, zo warm, hartstochtelijk zelfs, denkt ze aan Vos.

Ze walgt van zichzelf. Als ze huilt is het omdat ze is wie ze is, anders niets.

Na een paar dagen wordt ze geheel in beslag genomen door het land en de vrouwen, vooral de vrouwen op het project die goed Engels spreken en haar heel open vertellen over zichzelf, hun mogelijkheden. Ze is in de war, het is geen jaloezie, het is verwarring als ze merkt dat de vrouwen Iz erg waarderen. Even voor zonsondergang, het mooiste licht van de dag, wanneer de vaders hun veertienjarige dochters als bruid aanbieden, zingen ze liederen voor hem. Licht giechelend. 'Dat doen ze altijd,' zegt Iz, 'ik weet niet wat ze zingen.'

Een van de jonge vrouwen, ze is arts, en zoals ze zelf zegt omdat ze achtentwintig is al te oud om te trouwen, vertaalt wat ze zingen. Het zijn spontane uitingen, zegt ze. En Levi hoort onmiddellijk de dubbelzinnigheid van de tekst, die ze achter deze liedjes die de gesluierde meisjes zingen niet vermoedde.

Ze slaapt niet bij Iz. Op het project is bekend dat ze niet getrouwd zijn, en de regels van de islam gelden ook voor hen. Iz heeft er moeite mee. Vertelt dat hij eerst had geprobeerd te liegen, maar dat hij naderhand vreesde dat zij er geen prijs op zou stellen als zijn echtgenote benaderd te worden. Ze kon immers al geïrriteerd reageren als ze als zijn verloofde werd voorgesteld.

Quasi onverschillig zegt ze: 'Oh het maakt mij niets uit,' wat hem kwetst. Het wordt hun eerste ruzie, meteen de eerste dag al.

Ze moet haar kamer met nog twee meisjes delen, en dat bevalt haar niet. Ze graaien in haar tas, proberen haar kleding uit, en nemen ook haar enige sieraad, een armband die ze van Vos heeft gekregen, af en gaan er mee vandoor.

Iz verontschuldigt hen. Ze zouden gewend zijn alles te delen. Het ergert haar dat hij het voor hen opneemt.

Bijna alles is reden voor ruzie. Ze vraagt zich af wat ze daar doet. Hij is ruimschoots genezen van zijn paratyfus en hij krijgt aandacht genoeg van die vrouwen. Niet alleen die Bengaalse, maar er werken ook twee Amerikaansen waar hij goed mee overweg kan. Ze heeft spijt dat ze niet in Karachi is gebleven. Het reizen doet haar goed, maar waarom met Iz, die hier schijnt te horen?

Haar ergernis groeit. Ze ontloopt Iz, wat hij voelt. Als hij een brief van Vos brengt, en haar blijdschap duidelijk zichtbaar is zegt hij: 'Ben je hier alleen maar gekomen om de brieven van hém af te wachten?'

Ze gaat van de vrouwen houden. Vergeet zelfs te zoeken

wie haar armbandje heeft opdat ze het terug kan vragen. Op een dag ligt het op haar bed. Net als de kleren die ze voor een keertje proberen. Ze brengen hun eigen sari's en vragen haar of zij ze wil dragen. Ze zouden haar prachtig staan.

Ze raakt verontwaardigd over allerlei onrechtvaardigheden. De vrouwen moeten vóór de mannen op zijn naar buiten gaan om hun ontlasting te doen, en verder moeten ze het de hele dag ophouden omdat de mannen hen niet mogen zien. Op de markt lopen slechts mannen, geen vrouwen. De jonge arts vertelt haar over het hoge aantal zelfmoorden onder de jonge vrouwen.

Ook voor haar boosheid over het onrecht dat de Bengaalse vrouwen wordt aangedaan moet Iz het ontgelden. Ze heeft niet door dat ze hem wil laten boeten voor al het onheil dat niet alleen haar maar ook de rest van de wereld wordt aangedaan. Ze merkt niet wat ze hem verwijt. Hij reageert soms driftig, soms met zwijgen.

'Ik denk dat dit onze laatste reis is,' zegt hij zacht, als ze buiten zitten, op 't gras, ver van elkaar af, en naar de krekels luisteren.

En ook dat maakt haar kwaad. Wat gemeen. Hoe durft hij dat te zeggen. Ze begrijpt haar eigen woede niet. Ze schreeuwt tegen hem, maar haat zichzelf. Ze is te laf om het te zeggen. Tegelijk kermt een zin in haar hart, maar ze durft niet, schaamt zich, en is bang voor morgen als ze het gevoel van nu weer vergeten is, want zo is ze toch, dat ze gevoelens vergeet.

Ik hou van jou. (Ze heeft het niet gezegd.)

San Sebastian.

Len drumde met zijn blote handen op zijn knieën. Zijn ritme was strak. Ze had hem de vorige nacht veel pijn gedaan met wat ze over die vriend van hem zei. Het was on-

doordacht om zo enthousiast over andermans aantrekkelijkheid te praten. Sindsdien mokte Len. Hij sliep lang uit,
en ging met tegenzin wandelen.

Het was er prettig. Ze had haar jas uitgetrokken, en
daarnet balanceerde ze zonder probleem op de rand van een
houten bank waar nu drie mannen en een oud vrouwtje met
hond in de zon zitten te praten.

Ze heeft in de loop van het kanon gekeken. Schrok van
het vieze zwarte water met afval.

'Moet je nooit doen,' zei Len, 'in de loop kijken.' Het enige dat hij tijdens de wandeling heeft gezegd.

...

Kort geleden vloog ze met Pakistan Airways vanwege een
kort verblijf in Japan. Weer leek een van de stewardessen
op Malika. Ze kon niet voorkomen dat het pijn deed. Haar
motoriek. De trotse rechte houding, de ogen die zacht en
warm leken, ook als haar gezicht strak en ernstig stond. De
stewardess was langer, Malika was klein. Dat voelde gek als
ze naast haar liep op straat en Malika haar hand vasthield.

...

Iz sluit zijn werk eerder af. Zijn plan is om naar de kust te
gaan, een vakantieoord waar nu niemand zal zijn en waar zij
dan op hun gemak kunnen praten.

In Cox's Bazar, waar ze eindelijk het bed delen, en zij hem
voor het eerst durft te laten uitspreken, zegt Iz: 'Als het niet
voor jou is, voor wie dan wel? Sinds ik de regels las, boven
jouw bed, wist ik hoe ik bij jou in de smaak kon vallen. Ik
heb ontdekt dat ik reis door jou. Ook al zwerf ik meestal
alleen, jij bent mijn reisgezel die ik alles vertel, met wie ik
mijn lotgevallen deel, de reden om te zijn.'

'Ik heb tweemaal de domheid begaan een ander te proberen,' zei hij.

Ze had het hem nooit gevraagd, er nooit over durven denken zelfs. Iz hoorde bij haar. Maar nu bleek dat het werkelijk zo was, wilde ze het niet geloven.

Toen zij voor het eerst bij zijn moeder thuis kwam, en hij haar even met zijn moeder alleen had gelaten, waarschuwde ze haar: 'Denk maar niet dat je de enige bent.'

Toen ze hem dit naderhand vertelde wilde hij er nooit meer heen. Op zijn moeders verjaardag stuurde hij bloemen, en met Kerstmis een ansichtkaart.

'Als jij definitief voor een ander kiest wil ik nooit meer iets met vrouwen te maken hebben,' zei hij.

'Zo word ik verantwoordelijk gemaakt voor het hele vrouwelijk geslacht,' grapte ze voorzichtig.

Hij lachte niet mee.

Ze vinden elkaar. Ze begint Vos te vergeten. Ze wandelen, praten, en, wat goed is, zwijgen veel. Zijn lichaam is vertrouwd, dat was ze vergeten.

Daarna reizen ze door naar Nepal, India, Sri Lanka, en dan naar Bangkok, waar Vos opdook, want, zo had hij naar Colombo geschreven, hij had zich vrijgemaakt om haar te zien, misschien zelfs samen te reizen, en zou haar vijfentwintigste verjaardag met haar in Bangkok komen vieren.

Meteen hing er weer een schaduw over hun samenzijn. Ze durfde niet blij te zijn met Vos' spontane plan, nam het Vos kwalijk dat hij hun rust kwam verstoren, maar deed geërgerd tegen Iz omdat hij niet blij was voor haar, want het was toch geweldig van Vos dat hij haar wilde verrassen.

'Wat ben je van plan?' vroeg hij haar elke nacht opnieuw sinds de brief van Vos met het grote nieuws van zijn komst. Ze wist het niet, werkelijk niet. Wilde niet denken.

'Ik ga alleen verder,' zei hij, 'voor mij is de grap eraf.'

En dan verzekerde ze hem dat ze bij hem wilde blijven. Of Vos nu kwam of niet. Dat Vos zijn eigen weg moest gaan, zou hij wel snappen.

Iz werd cynisch, Iz werd anders. Bitter.

...

'Hoe ben je in godsnaam aan die gozer gekomen?'

Ewald doelde op Iz. Hij had tweemaal haar vader bezocht, zei hij, en toen had hij de foto gezien waar ze met Iz vrolijk lachend op staat. Op de achtergrond een vulkaan.

'Hij was de schrik van de buurt, weet je dat.'

Ze lacht. 'Hij is mijn vriend,' zegt ze uitdagend, 'nog steeds.'

Ewald praat door. Dat hij bij hem in de buurt woonde. Brandjes stichtte in de speelweide. Kleine meisjes het portiek in sleurde, hun onderbroeken uittrok, en ze in de boom hing.

Ze schatert. 'Echt? Echt?' vraagt ze ongelovig.

Het verbaast Ewald dat het haar amuseert. Maar zij kan zich Iz niet anders voorstellen dan zoals nu, met zijn breedgeschouderde lichaam, zijn nadenkendheid, desnoods als pijprokende medicijnenstudent, maar niet als ondeugende scholier die slipjes in de bomen hangt.

'Willen jullie niet samenwonen?' vraagt Ewald.

'Nee, hij reist liever,' zegt ze, en ook voor haarzelf klinkt dit antwoord als de waarheid. De zuivere waarheid.

...

In Bangkok zijn ze zich bij de hotelreceptie aan het inschrijven als Vos binnenkomt. Ze herkent hem bijna niet. Hij is bruinverbrand en draagt een kort broekje. Zo heeft ze hem in al die jaren nooit gezien. Ze staart hem aan. Is onwennig.

Wat hij haar later verwijt, dat ze hem niet begroette met een kus, een omhelzing, doch dat ze maar een beetje onnozel stond te kijken.

Vos gunt hen geen tijd om hun rugzakken uit te pakken. Hij wil met haar gaan eten, en zíj staat erop dat Iz meegaat, hoewel Iz zich bescheiden probeert terug te trekken. Hij is bleek. Kucht terwijl hij niet verkouden is.

Even later zitten ze met zijn drieën in een lawaaierig restaurant. Praten is onmogelijk door de luide discomuziek.

Zij zit in het midden. Iz zit links en Vos rechts. Een beetje vreemd, maar Iz en zij namen als eerste plaats, en Vos ging stijfkoppig aan haar andere zijde zitten.

Iz deed zijn best. Vroeg naar het weer in Holland, vroeg over sport, en over politiek, en Vos gaf antwoord, niet uitgebreid, maar kort.

En zij bleef zwijgen. Niet expres, ze had graag wat gezegd, maar het wilde niet lukken.

Na het eten, zo zonder omwegen, Iz kon het horen, vroeg Vos: 'Slaap je vanavond bij mij?'

'Nee, bij Iz,' zei ze, zonder aarzelen, ook zonder spijt, het antwoord kwam vanzelf.

Toen stond hij op. Veegde zijn halflege bord van tafel en verdween. Hij sloeg de deur met een klap dicht, wat ze niet kon horen vanwege de muziek.

'Hij komt wel weer terug,' zei Iz, 'is het vandaag niet dan is het morgen.' En ze aten door, niet met smaak, maar schijnbaar onverstoorbaar.

Vijfentwintig zomers.

Als ze even later uitgeput op bed neervalt en naar het plafond staart, denkt Iz haar te troosten met de woorden: 'Meisje, dit is al vaker gebeurd. Vos probeert zijn zin te krijgen, maar altijd belt hij binnen twaalf uur weer op.

Schuif de telefoon maar zo dicht mogelijk naar je hoofdkussen.'

Ze dacht echter niet aan Vos. Was het voorval alweer vergeten alsof het niet gebeurd was. Ze viel snel in slaap. Vermoeid van de reis. En morgen was ze jarig.

De volgende ochtend wilde ze het hotel niet verlaten uit vrees dat Vos zou bellen. Ze bleef in het zwembad en gaf overal briefjes af om te melden waar ze zat. Zelfs voor de lunch wilde ze niet weggaan. Iz zeurde over de slechte kwaliteit van het hotelrestaurant, maar ze bleef volhouden.

Om vijf uur had ze nog niets gehoord, en toen werd ze kregelig. Dat verwende stuk onbenul. Wat een kinderachtig gedoe. Hoe kon hij van haar verlangen dat ze Iz voor hem in de steek liet?

Ze wilde hem opbellen. Hem de huid vol schelden dat hij een egoïst was.

'Het is wel sneu voor Vos,' zei Iz, 'hij voelt zich natuurlijk doodongelukkig.' En toen kreeg ze spijt. Híj was zielig, niet zíj. Wat moest ze doen? Hij had wel gezegd waar hij logeerde, maar ze was de naam alweer vergeten.

'Hij duikt wel weer op,' zei Iz, maar in zijn stem klonk twijfel door.

Er waren in al die jaren dat ze met Vos omging inderdaad nooit meer dan twaalf uur voorbijgegaan zonder dat een van de twee de ander belde. Liever scholden ze elkaar urenlang uit dan niets te horen, niets te weten.

'Hoe wil je je verjaardag vieren?' vroeg Iz. Ook hij was bedrukt door het gebeurde.

'Ik wil iets leuks, iets uitdagends,' zei ze, 'ik wil de excessen van Bangkok meemaken. Ik wil wérkelijk jarig zijn.'

Ze trok haar mooiste kleren aan, maakte haar ogen goed zwart met kohl, haar lippen rood, en zag in de spiegel dat het warempel leek of ze vrolijk was.

Iz wist iets. Zelf was hij er terechtgekomen doordat een taxichauffeur hem er ooit naar toe had gebracht. Hij had er niet om gevraagd, maar de man had gezegd: 'I know something special for you.' Iz had zich laten meenemen. Hij vermoedde dat hij bij een hoerentent gebracht zou worden, of een nachtclub, en op dat moment kon het hem allemaal niet schelen zolang hij maar vermaakt zou worden. Hij vond de stad wel leuk, hoewel hij absoluut geen trek had in een betaald orgasme. Dat was niets voor Iz. En bovendien was hij er te verlegen voor, zei hij. Van schaamte zou hij niet kunnen, dat weet hij zeker. Hij had zich weleens laten masseren. De dames zaten achter een raam, en hij moest er eentje kiezen. Toen had hij niet de mooiste durven nemen omdat hij bang was dat ze niet zouden geloven dat hij echt alleen op een massage uit was. Hij koos daarom de lelijkste. Een oude dikke, zei hij, en nóg wist hij zich geen raad toen hem gevraagd werd of hij werkelijk niet op méér zorg en aandacht gesteld was.

Iz wist altijd overal de weg. Als ze samen in het donker op een station aankwamen, en ze naast elkaar zaten in de bus, zij bij het raam, hij af en toe een woord wisselend met medepassagiers, had zij de volgende dag geen idee in welke richting ze het station moest zoeken, en liep hij er regelrecht zonder vragen naar toe.

Ze konden het lopen, zei hij, het was niet ver van de plek waar ze eerst samen kreeft hadden gegeten. Verwacht geen sex, zei hij, het is meer acrobatiek. Het klonk haar niet aanlokkelijk in de oren. Juist nu zij in zo'n akelige stemming was had ze liever iets waar ze hevig geil van werd, maar ze zei het niet, volgde Iz door het donker. Het begon pas om middernacht, in elk geval niet voor tienen, en er was maar één plek in Bangkok waar je het vinden kon.

Ze kwamen bij een schutting, waar een man te wachten stond die hen snel naar binnen trok, en het hek zorgvuldig achter hen sloot. 'Daar is het,' fluisterde Iz, en hij wees naar een soort garage.

Het was stampvol binnen. Ze hoorde Amerikanen, Duitsers, maar veel zag ze niet. Het was pikkedonker. Ook van binnen was het niet veel meer dan een werkplaats van metaal en ijzer, vond ze, als je de menigte vergat. Men duwde en praatte hard. Iz baande een weg naar voren waar een klein podium was. Een merkwaardige verlichting en muziek. Het clandestiene was wat haar zo fascineerde, niet wat ze zag.

Een man en vrouw, zij leek meer een Chinese, hij was een Thai, strubbelden wat met een kaars. Ze kon niet goed zien wat er gebeurde doordat een dikke Amerikaan van middelbare leeftijd voor haar stond. Iz pakte haar arm en duwde haar naar voren. 'Ga hier staan. Ik heb het allemaal al eens gezien. Dit is nog niets, maar straks komt het.'

Het tweetal op het podium probeerde een dikke witte kaars aan te steken, staande op zijn piemel die in erectie was. Op de een of andere manier bleef de kaars niet staan, of droop er kaarsvet op zijn pronkstuk dat van schrik niet stijf meer was, in elk geval sprong de man in het rond, luidkeels 'au au' schreeuwend, of iets dergelijks.

Opeens stond Vos naast haar. Ook hevig schreeuwend, maar ze verstond hem niet door de schaterende mensen en de gillende man. Ze dacht dat ze droomde, want wat deed hij hier nu? Ze staarde hem verbouwereerd aan terwijl hij iets bleef roepen.

Iz keek juist opzij, grinnikend om de kaars en de man die van pijn stond te springen, schrok en keek snel weer voor zich. Daardoor werd haar aandacht opnieuw getrokken door de man, die ondanks de mislukte poging opnieuw een erectie kreeg en de vrouw de kaars weer aan liet steken.

Vos zag ze even niet. Hij was natuurlijk ook gefascineerd, net als zij. Maar toen kreeg ze een briefje in haar hand gestopt waarop stond: 'Ik wil NU met je praten.' Zijn ogen smeekten, zijn mond dreigde. Hij zag eruit zoals thuis, in zijn streepjespak. (Zo zag ze hem liever.) Hoe kan dat nou. Praten? Hier? Ik wil eerst nog zien wat er gebeurt. Ze zei het niet, maar dacht dat hij dat wel begreep. Door het briefje had ze het hoogtepunt gemist, want iedereen klapte. Dat met die kaars was zeker gelukt.

Iz draaide zich naar haar toe, en schreeuwde in haar oor: 'Nu gaat het komen, dat andere was nog niks.'

Ze keek opzij naar Vos, wilde hem er op attenderen, want hij was hier vast voor het eerst, net als zij.

Hij stond er en gaf haar een nieuw papiertje, dat ze nog niet las, want ze wilde niets missen.

De vrouw van zoëven was nu alleen. Ze had een flesje Seven-up en een glas dat leeg was. Niet om te drinken, zag ze nu, want ze zette de spullen neer. Toen ging ze op haar handen staan met behulp van een klimrek waar haar voet aan hing, zette het flesje aan haar kut en liet het zoete spul erin lopen. Daarna deed ze gymnastische toeren, vooral de spagaat, zonder een druppel te morsen. Levi stond versteld, en was vol respect voor deze vrouw die de handelingen verrichtte alsof het om een kaarttruc ging. En even later vulde ze het glas.

Een groot applaus. Levi keek om zich heen. Wilde haar enthousiasme met Vos delen. Maar hij was weg. Toen las ze het briefje.

'Het is nu voor eens en altijd afgelopen. Nooit meer bellen nooit meer schrijven nooit meer zien. Je bent een mens van de ergste soort.'

Het drong niet tot haar door. Bovendien merkte ze dat de dame op het podium nog meer kunstjes ging vertonen. Wel dacht ze naderhand dat het jammer was dat Vos gemist had hoe de vrouw met haar kut een colaflesje opende.

...

'Heb je nooit kinderen gewild?' vraagt Ewald.

Ze haalt onverschillig haar schouders op. 'Dat weet ik niet,' zegt ze, 'ik heb er nooit over willen denken.'

...

In Colombo; samen met de brief van Vos had er op het hoofdpostkantoor een brief van Jolisa gelegen. Ze had er een trouwkaart bij gestopt en een vrij lange brief. Dat Levi niet moest schrikken, dat ze het steeds had willen vertellen, doch dat het er niet van kwam. Er was altijd iets anders, en de laatste keer was Levi helaas niet thuis geweest.

Ze ging trouwen, niet met een feest maar eenvoudig. Eigenlijk had ze Levi als getuige gewild, doch nu Levi zo plotseling besloten had om voor vijf maanden weg te gaan kon ze niet op haar terugkeer wachten. Ze was namelijk zwanger. Het was niet zo bedoeld maar ze waren er heel tevreden mee. Ze zou doorgaan met werken, en kreeg zwangerschapsverlof. Als het een meisje werd noemde ze het kind naar haar.

Ze stuurde een kaart. Het was te moeilijk om met een brief te reageren. Wat moest ze schrijven?

Toen ze terugkwam van de reis wilde ze bellen, maar op de een of andere manier werd ze moe als ze eraan dacht. Het kind, een jongen, was negen maanden toen ze Jolisa onver-wacht op straat ontmoette. Levi was enthousiast. Kon haar ogen niet geloven, maar Jolisa deed wat stug. Misschien was ze veranderd door de baby.

Vos zeurde over een kind, net als Len. Iz had het daar ge-lukkig nooit over. Als ze er nu over nadenkt zou ze juist van Iz een baby wel durven.

Met Vos wil ze het zich niet meer herinneren, maar met Len heeft ze hevig naar een baby verlangd. Een bewijs van hun liefde. Een symbool van het uiterste genot. Toch was ze altijd verstandig geweest, gelukkig.

(Iz had een baby van een ander echter niet geaccepteerd.)

...

Ewald praat over haar zelfstandigheid. Over de vrouwen in zijn leven die afhankelijk waren. Met wie elk gespreksthema leidde tot een conflict. Ze knikt een beetje. Luistert wazig.

...

Iz noemt haar 'Tijger'. Een compliment? Een koosnaam? Het maakt haar onzeker. Ze wordt lomp en houterig zodra hij haar zo begroet.

...

Bangkok.
Pas op haar hotelkamer realiseerde ze zich de inhoud van zijn briefje. Iz probeerde haar te kalmeren door te zeggen dat Vos morgen heus weer zou bellen, zou schrijven, zou langskomen, enfin, woorden die haar niet meer troostten, want nu was het anders, dat wist ze.

...

(Zodra hoe de ander urineert, of perst, gelaten zit, kreunt van verlossing, onderwijl leest als hij zich ontlast, haar geen opwinding en kriebeling meer geeft maar haar ergert, of, akeliger nog, onopgemerkt blijft omdat het net hetzelfde is als hoe hij drinkt of eet – handelingen die inmiddels eveneens aan haar voorbijgaan – is de liefde dood. Je wordt broer en zus, wat warm is, maar het einde.)

...

Het reizen kon haar geen voldoening meer brengen. Ze was zelfs niet meer kribbig of onrustig, ze was leeg. Er waren geen gedachten. Er was niets. Ze volgde Iz gedwee in alles. Al zijn plannen waren best, waar Iz niet tegen kon. Hij probeerde haar te prikkelen door veel verschillende voorstellen te doen. 'Zullen we dan maar niet naar Singapore gaan?' Ze haalde haar schouders op. 'Zullen we direct door naar Penang reizen, want daar wilde Vos toch heen?' Ze had geen mening. 'Wil je ergens anders naar toe? Zullen we naar Japan vliegen, daar heb je toch altijd naar toe gewild?' Het liet haar allemaal onverschillig.

Iz werd eveneens lusteloos. Verraste haar hoopvol met cadeaus, een paar keer per dag, een witte zijden roos, een opschrijfboekje, nieuwe penselen, een kimono, een marionet van het Thaise traditionele poppenspel (door al die geschenken besefte ze dat ze tot dan toe slechts boeken en vliegtickets van hem gekregen had. Hij hield niet van bezit. Had zelf niet meer dan een rugzak, en wat paperassen bij haar ouders thuis, en bij háár duizenden boeken). Maar ze werd er alleen maar triest van te merken dat ze, zélfs als ze wilde, niet kon lachen.

'Laten we maar naar Indonesië gaan,' stelde ze voor toen ze tien dagen lang in het hotel in Bangkok hadden rondgehangen. In Indonesië zou ze zich thuis en veilig voelen. Daar zou ze Vos kunnen vergeten. Er waren zoveel eilanden die ze nog niet kende. En de mensen mocht ze graag. Ze lachten zonder reden, net als zij. De stralende ogen van oude vrouwtjes op de markt zouden weer zin aan het reizen geven. Naar huis gaan was immers geen oplossing, want misschien trof ze er Vos weer, die vast van ellende was teruggekeerd.

Dit initiatief van haar zijde maakte Iz opgewekt. Hij leek verliefd. Droeg haar op handen. Zei ontelbare malen per dag hoe mooi ze was. Maakte de ene foto na de andere, en zei dan: 'Zo schitterend heb ik je nog nooit gehad.'

Het deed haar goed, zijn aandacht, zijn complimenten. Ze liepen hand in hand. En op de dag van vertrek, toen ze op zoek waren naar een visrestaurant om voor het laatst uitgebreid en gezellig te eten, gebeurde er iets raars.

Hij was vooruit gelopen. Zag een foto aan de overkant. En zij zat te genieten van een oud vrouwtje dat zich langzaam voortbewoog, en onderwijl van alles leek te zeggen, en daarbij lachte, naar haar, alsof ze meende dat zij haar verstond. Toen ze opkeek om te zien waar hij was, zag ze een beeldschoon meisje, iets jonger dan zij leek wel, lang voor een Thaise en slank, prachtig in geel, dat de zon reflecteerde en waardoor ze licht leek uit te stralen. Het meisje had geen tas. Ze was betoverend, ook voor haar. Ze keek altijd liever naar vrouwen. Hield van rechte benen onder lachende rokken. Mannen waren doorgaans saai, en bekoorden haar niet op het eerste gezicht.

De haren van het meisje waren glanzend zwart. Een wilde lange staart die ondeugend op haar naakte schouders danste.

Tot Levi's verbazing rende het meisje op Iz af, die van de overkant kwam, waar hij juist een foto had genomen van een oude man die vruchten verkocht. Ze hield hem staande, half op straat, wat gevaarlijk was want het verkeer raasde voorbij. Iz luisterde, schudde nee, zei iets, kort en vriendelijk. Toen ging ze dichter bij hem staan. Hij lachte. Wat ziet hij er aantrekkelijk uit, zo op een afstand, had ze gedacht.

Ze wilde niet meer kijken. Ze voelde zich grijs en bedompt naast die twee die daar met de zon als schijnwerper stonden te schitteren. Draaide zich om. Zocht het oude vrouwtje waar ze even tevoren zo vol genoegen naar had gekeken, en zag haar niet, waardoor het leek alsof er nooit een vrouwtje was geweest, maar zij zelf zoëven had lopen prevelen, haar rug gebogen, kleine stapjes, dicht tegen het gebouw in de schaduw, omdat ze te lelijk was voor de zon.

Ze deed of ze hem niet zag, niet hoorde toen hij weer naast haar stond, en met zijn opgewekte stem zei: 'Zullen we verder gaan?' Ze stond te staren naar een raam dat van binnen zwart geschilderd was, en merkte het pas toen hij vroeg: 'Waar sta je naar te kijken?'

Ze zag zichzelf. De harde lijnen, want meer gaf die donkere ruit niet terug.

Omdat hij maar niets zei over dat meisje – dat zij nu op haar rug zag, in de verte, hoe ze rende, en dat toen ergens links verdween – werd ze boos. Ze fantaseerde, dat wist ze wel, maar ook die verzinsels zouden waar kunnen zijn.

Ze hadden al honderd meter gelopen, en nog steeds had hij niets verteld.

'Wat een mooi meisje was dat,' zei ze zo vriendelijk mogelijk.

'Wie?' zei hij verbaasd.

'Doe niet zo schijnheilig, dat gele meisje, je weet best wie ik bedoel.'

'Ja,' hij keek alsof hij zich haar nu pas weer herinnerde. 'Ja, ze was inderdaad heel mooi. Dat was zo iets geks, dat heb ik nog nooit meegemaakt.'

Hij vertelde hoe ze had gesmeekt met haar te vrijen. Dat hij niet hoefde te betalen. Als hij maar meeging. Het gaf niet voor hoe lang. Ze had vreselijk aangedrongen, en hij had steeds gezegd dat het hem niet goed uitkwam, beleefd natuurlijk, want hij had haar niet willen kwetsen. En toen ze vol bleef houden had hij gezegd: 'My wife won't like it,' en hij had naar haar gewezen. Toen was ze plotseling weggehold.

Ze werd kwaad. Schreeuwde, en het kon haar niet schelen dat de mensen keken, dat hij een klootzak was dat hij niet meteen gezegd had: 'Donder op!' Dat hij niet wílde, dát had hij moeten żeggen. Nu had hij haar voor gek gezet door het op haar aanwezigheid te schuiven. Hij kon haar niet kalmeren. Vond dat ze overdreef. 'Schrijf voortaan op een briefje wat ik zeggen moet,' zei hij. Maar zij bleef roepen dat hij een hypocriet was. Dus, zo krijste ze boven het verkeer uit, hij was wél meegegaan als zij er niet bij was geweest. Hij ontkende, maar niet overtuigend, en ook als hij zeer beslist was geweest, had ze hem niet geloofd. Ze walgde van hem. Hij moest maar naar die gele trut toe gaan, want zíj had geen zin meer in hem.

...

Later, veel later, had Vos haar verteld dat hij in Bangkok tweemaal een vrouw had gekocht. Eenmaal voor een nacht, en eenmaal vierentwintig uur. Het had haar niets gedaan. Ze kon het enigszins waarderen dat hij zo avontuurlijk was. Ze wisselden hun ervaringen uit. Zij kon hem vertellen van haar avontuur in Karachi. Er was al zoveel pijn geweest, dus kon het hem niet kwetsen. Len bekende haar ook dat hij in vreemde landen liever een meisje huurde dan dat hij iemand uitnodigde waar hij bijvoorbeeld leuk mee sprak. De angst dat de volgende dag broers en vader op de stoep zouden staan met de eis te trouwen was te groot. En in die landen, als je reisde, had je behoefte aan warmte. Len had slechts eenmaal gereisd, en niet zo lang, maar sprak er altijd over. Nog steeds inspireerde die reis hem in zijn theater en bij de keuze van zijn muziek.

Vos had nooit gereisd, en was die keer voor háár gekomen, voor niets of niemand anders, dus was het te begrijpen dat hij troost zocht bij iemand die op haar leek.

Van Vos en Len begrijpt ze meer dan van zichzelf.

Het was een zware reis. Ze hadden niet in de benauwde stad Medan willen blijven, waren de steden beu na Bangkok, daarom stapten ze bij aankomst onmiddellijk in een busje dat hen landinwaarts bracht. De vele uren opeengepakt tussen Sumatranen hadden haar uitgeput. Toch wilde ze direct door naar het oord waar het volgens de reisgids idyllisch zou zijn. Tuktuk heette het gehucht op Samosir, een eilandje in het Tobameer, waar ze naar toe wilden. Er stond een jongen te wachten met een bootje. Zijn gezicht zat onder de littekens. Of ze in zijn bootje mee wilden naar zijn afgelegen logement. Goedkoop, rustig. Hij zag vast aan haar gezicht dat zij behoefte had alleen met Iz te zijn. Er waren geen andere gasten, beloofde hij, ze kon er uitrusten. Slechts een Fransman en een Engelsman, waarvan de een altijd zat te schrijven en de ander wandelde.

'Zullen we dan maar met hem meegaan?' vroeg ze. Van alle jonge mannen die hun hotelletje aanbevalen trok deze haar het meest. Ze wilde nadenken. Geen mensen om haar heen. Ze moest zichzelf vinden.

Het was een lange tocht over het meer. Ze genoot er niet van want ze hield niet van boten. Werd er claustrofobisch van nergens heen te kunnen. En het meer was groot.

Opeens leek de motor te weigeren. In de verte verdwenen motorbootjes in een razend tempo in andere richtingen. Ze ergerde zich. Had natuurlijk uitgerekend de verkeerde boot gekozen. De motor haperde enkele malen, maar altijd weer kreeg de jongen hem aan de praat. Het knaagde in haar. Ze wilde rust. Ze wilde slapen.

Eindelijk zag ze een overkant met kleine huisjes. Het zag er toeristisch, maar toch wel aanlokkelijk uit. Daar was het niet, zei de jongen, dat was het dure hotel. Hij noemde de prijs, inderdaad te duur voor hun manier van reizen. Het was echter niet ver meer, zei de jongen. Toch zag ze geen kust waar het zou kunnen zijn.

Toen wees hij, daar was het, ze zag iets grijs dat leek op een schuur. Ongerust begon ze te vragen: zijn er badkamers? Is er een wc? Er was een wc, maar de badkamer die was hier, om haar heen. Iedereen waste zich in het meer. Ook die Fransman en die Engelsman. Die hadden erom moeten lachen, zei hij. Waarschijnlijk voegde hij dat laatste eraan toe omdat ze zo treurig keek.

'Daar is de Engelsman,' zei hij.

Ze kon een grote tafel onderscheiden waaraan iemand zat te schrijven. Tegelijk hoorde ze Iz, die zei: 'Dat is Vos.' Er ging een steek door haar heen. Een scherpe pijn precies bij haar hart, waar ze van schrok, omdat die pijn voelt zoals hij wordt genoemd.

'Een flauwe grap van je,' zei ze tegen Iz, maar terwijl ze het zei, herkende ze hem. En Vos zag haar ook.

Ze kusten ruw en lang. Wanhopig bijna. Iz was met de jongen de kamer gaan bekijken, althans dat dacht ze achteraf, tóen wist ze niets. Ze zoende. Minuten of urenlang. Het was licht toen ze de boot verliet en in zijn armen sprong. Hij bleef onhandig zitten, trok haar op schoot. Er werd niet gesproken, hun monden gulzig, hun handen overal.

Ze had niet aan Iz gedacht. Geen moment. Pas toen de jongen met de littekens kwam vragen wat ze wilden eten en ze bemerkte dat het donker was, en koel, maakte ze zich uit zijn armen los en zocht om zich heen.

Er zat een vreemde aan tafel. Die Fransman waarschijnlijk, die misschien evenmin Frans was als Vos Brits was geweest. Bij een kamer was er licht. De deur was open. Daar was Iz, vermoedde ze.

Ze bleef bij Vos. Nu pas gingen ze praten. Vos wees op het schrift voor zich en zei dat het een brief aan haar was, en dat hij nóg zo'n schriftje volgeschreven had. Ook stelde hij de ander voor, die inderdaad niet Frans maar Zwitsers was.

Ze at met Vos uit hetzelfde bord. Iz wilde niet eten zei de jongen met de littekens, die voor hen kookte.

'Ik wil wel met je praten,' zei Vos streng, na de maaltijd die voedzaam maar niet lekker was. 'Hij kookt niet zo goed, maar hij is heel erg aardig,' had Vos al eerder uitgelegd, 'en je hebt hier geen keus. Naar het dichtstbijzijnde restaurant is het vijfentwintig minuten lopen. En na zonsondergang regent het. Daar zet men hier de klok op gelijk.'

De nacht bracht zij pratend met Vos door aan tafel, onder het afdakje, terwijl de regen, stevige harde stralen, haar scheidde van het kamertje dat ze sinds hun aankomst nog niet had betreden. Vos vertelde van die aardige Zwitser die een vriendelijk oor was geweest. Gelukkig verspilden ze hun kostbare nacht niet aan verwijten, zoals ze anders altijd deden. Wel namen ze een verstandig besluit. Vos zou die ochtend vroeg met de boot vertrekken en verder reizen. Dat was beter voor iedereen. Hij had toch al drie dagen op dit plekje gezeten, en was niet meer van plan om lang uit Nederland weg te zijn. Zonder haar had zo'n reis niet veel zin, vond hij. Hij begreep dat het geen toeval was dat zij, terwijl ze beiden hun best hadden gedaan elkaar te ontwijken, nu door het lot elkaar weer hadden bereikt. Het gekke was dat hij een voorgevoel had toen de jongen die dag met de boot vertrok. Hij had een pijn, een scherpe pijn in de buurt van zijn hart gevoeld. (Hij zei: 'Zoiets als weleens wordt beschreven.') In zijn verbeelding had hij haar gezien, in die boot, ze stapte uit net zoals later gebeurde.

Ze waren stil en luisterden naar de regen.

Ver na middernacht kwam de Zwitser erbij. Hij kon niet slapen, zei hij, en babbelde mee. Over het eiland, over de mensen daar, en over allerlei onbelangrijks dat ze vergeten is maar dat haar toen deed schaterlachen. Toen de regen stopte ging ze naar de kamer, waar de deur nog openstond, maar de olielamp brandde niet meer. Vos en zij hadden stil afscheid genomen. Nauwelijks meer gezoend. Hij streelde haar hals, en zij pakte zijn vingers en keek naar zijn nagels. Handen van een vrouw.

Iz schold haar uit voor slet. Hij sliep niet. Had nog geen oog dicht gedaan. 'Ik ga morgen weg,' zei hij, 'ik blijf hier niet.'

'Dan moet je de boot van zes uur nemen, want verder gaat er geen,' zei ze koel. 'Vos neemt hem ook, dan kunnen jullie samen.'

Ze sliep vast en werd niet gewekt door het licht of door het geluid van de motor om zes uur. De Zwitser had een briefje voor haar. Met de twee schriftjes, want die had ze op tafel laten liggen.

'Hou je taai. We zien elkaar nog wel deze reis vermoed ik. Ik hou van je voor altijd. Liefs.'

Ze las het briefje en keek op. De Zwitser stond daar zo afwachtend, alsof hij een antwoord verwachtte dat hij door moest geven. Als een koerier. Groene ogen, zag ze, diep door de weerspiegeling van het meer.

...

Ewald praat al een tijd over gebouwen die volgens hem hun tijd ontstijgen. Zijn wens zó te bouwen dat de mens door er doodeenvoudig te zijn gelukkig wordt. Ze laat hem praten. Zijn woorden dringen niet tot haar door. Ze let meer op de lijnen bij zijn mond, hoe zijn mond beweegt, of zijn ogen mat zijn of glinsteren. Als ze gaan glinsteren, en dat gebeurt wat vaker nu ze hem bijna voortdurend in de ogen kijkt, lacht ze automatisch, en, zo merkt ze, dan neemt de frequentie van het glinsteren toe. Ze verbaast zich over die wetmatigheid. Ze verwondert zich ook over het merkwaardige verschijnsel dat ze hem slechts in de ogen kan blijven zien als ze de inhoud van zijn woorden min of meer negeert. Wanneer ze wegstaart praat hij saaier. En zodra ze in zijn ogen kijkt praat hij levendiger, hoewel ze dan minder goed luistert.

Zo kijkt Iz ook vaak naar haar, beseft ze opeens. Hij zit tegenover haar, zij praat en praat, en hij lijkt meer te genieten van de klank van haar stem, van haar armen die met haar woorden meebewegen, en van haar ogen die misschien ook aan en uit gaan als lichtjes die gevoed worden door zijn lach.

..

Iz mocht die Zwitser graag, net als zij. Ze wandelden met hun drieën. Iz had leuke plannen. Wilde traditionele genezers zoeken, en zogenaamde doekoens (tovenaars) die in deze streek zouden wonen. Ze wandelden hele dagen en praatten. Iz liep vooruit, of achteraan omdat hij regelmatig stopte om te fotograferen. Dan spraken zij en die Zwitser over Vos en over haar relatie met Iz. De Zwitser was zeer geïnteresseerd. Ze dacht eigenlijk alleen nog maar aan Vos als ze met de Zwitser over hem sprak, en langzamerhand spraken ze meer en meer over andere zaken. De Zwitser studeerde biologie en vertelde haar veel over de insekten die haar fascineerden vanwege hun mooie kleuren en hun speciale vormen. Ze begon ze te tekenen in het boekje dat Iz in Bangkok voor haar had gekocht. Terwijl zij tekende legde hij uit hoe het beestje leefde. Maar hij vertelde ook over andere dieren die daar niet leefden maar in zee, en die hij van nabij had gezien omdat hij aan diepzeeduiken deed.

Hij was geen mooie man. De verhoudingen in z'n lichaam vond ze raar, en volgens Iz kwam dat van het skiën. Ze hield niet van baarden, en hij droeg een grote. Zijn mond kon ze niet zien, ook niet als hij praatte. Maar zijn ogen waren bijzonder. Zo kwam het herhaaldelijk voor dat ze zat te staren naar dat groen met bruine vlekjes, waar soms grijs en blauw in stond, of rood, zodat hij in zijn grappige Engels of rappe Frans net zo goed het Wilhelmus had kunnen zingen.

De Zwitser.

Hij was er opeens. Als Vos niet de aandacht op hem gevestigd had, had ze hem misschien nooit leren kennen. Op het eerste gezicht trok hij haar immers niet. Pas door de lof van Vos over zijn bereidheid te luisteren, pas door het besef dat de Zwitser veel, misschien zelfs alles van haar wist had ze naar hem gekeken, naar zijn ogen, omdat de baard de rest van z'n gezicht verborg, en zo was het begonnen.

Maanden later vertelde de Zwitser dat hij geschrokken was toen hij haar zag zitten. Zo mooi, zo perfect had hij een vrouw nog nooit gezien. (Hij hoefde haar niet meer te vleien, ze was immers al verliefd.)

Hij had meteen geweten dat zij de vrouw uit Vos' verhalen moest zijn. Daar bestond geen twijfel over, ook al kon het eigenlijk niet, want Vos had hem gezegd dat ze op dat moment door Maleisië reisde. Maar hij wist hoe dat ging op reis. Je kon elkaar niet ontlopen.

Ze reisden met hun drieën. Eerst bleven ze lang op dat eiland. Iz sprak met hem over andere zaken. Daar was zij niet bij. Als ze samen waren, de Zwitser, Iz en zij, dan speelden ze kaart, of gaven elkaar raadsels op. Daar hield de Zwitser van. Hij kende er veel.

Ze vergat Vos' schriften te lezen. Er was ook nauwelijks tijd voor geweest. Als ze alleen was, wat zelden voorkwam, dan zat ze te tekenen, of ze schreef een gedicht.

Ze reisden door het oerwoud, wat geen pretje was. Dat er, in tegenstelling tot wat ze als kind geloofde, in zulke oorden niets romantisch te verwachten was, wist ze wel. De Zwitser had wat te roken waardoor de reis prettiger zou verlopen. Ze hield er niet van, maar nam toch enkele trekjes, net als Iz, omdat zij de Zwitser hun kameraadschap wilden tonen.

Ze zag hem werkelijk als vriend, was toen nog niet verliefd, maar genoot er van tussen hem en Iz gekneld te zitten, in die overvolle bus. En door het spul, dat sterk was, want zoveel trekjes had ze niet genomen, zat ze er niet mee dat haar hoofd, zwaar en loom, af en toe op de schouder van de Zwitser te rusten lag.

Iz en de Zwitser konden uren bomen, en dan keek zij van een afstand toe. Op zulke momenten, dacht zij toen, is het gemakkelijk om van Iz te houden.

Als het hotel smerig of lawaaierig was, de stad te benauwd of te druk, de reis te lang en te vermoeiend, bleef het voor haar een uitdaging door de nabijheid van de Zwitser, door zijn kameraadschap, door zijn voortdurende aanwezigheid. Ook Iz scheen vrolijker te zijn door die nieuwe vriend. Eigenlijk was hij degene die voortdurend zijn gezelschap zocht, en die hem ook vroeg zijn plan om zuidelijker te trekken op te geven, en daarvoor in de plaats met hen op de boot naar Jakarta te gaan.

...

Ewald vertelt van zijn ouders die hem op verjaardagen aan hun kennissen voorstellen als 'de architect'. Iets dat hem niet bevalt gelukkig, want Levi herinnert zich zijn ontzag voor hen. Ze merkt dat hij meer over zijn ouders wil vertellen. Hij wil persoonlijker worden. Vraagt haar om haar mening. Wat ze toen van hen vond. Dat hij zoveel niet doorhad, nog. Dat het later kwam. Dat hij voor dit vak gekozen heeft door hen. Zij wilden niet dat hij 'de kunst in zou gaan'. Zijn vader stelde zichzelf altijd als voorbeeld. Weet zij dat nog, dat hij schilderde? Dat moest je als een hobby zien, vond zijn vader. Hij waardeerde die houding van die man. Dat lachje, Levi herkent dat lachje dat hij altijd had en dat geoefend leek.

'Ze zeiden dat jij het typische voorbeeld was van iemand die haar school niet af zou maken, en die nog vóór haar twintigste met twee kinderen zou komen te zitten. Dat ik me om die reden niet met je in moest laten. En je weet zeker nog wel hoe verzot mijn moeder altijd op poëzie was. Dus toen ik jouw bundel in de winkel ontdekte ben ik die trots komen laten zien. Ze ontkenden beiden dat ze die dingen ooit over je gezegd hadden. Ze zeiden dat ze me slechts hadden willen behoeden voor problemen. Dat ik te jong was. Te onervaren.'

Ze houdt haar woede tegen. Ze haat ze nog steeds die mensen. Misschien niet meer zoals vroeger. Ze voelt nu zelfs een licht medelijden met zijn moeder die jarenlang in een psychiatrische inrichting zat, en met zijn vader die vermoedelijk jaloers was op zijn zoon. Wat anders?

...

De boottocht zou drie dagen duren. De Zwitser, Iz en zij hadden met een meisje dat in Padang in hetzelfde logement verbleef, een hut gehuurd. Het meisje was Duits, maar sprak Nederlands omdat ze acht jaar in Amsterdam gewoond had. Wat grappig was, en Levi verlegen maakte, was dat ze Levi's strips over Aziatische vrouwen in een feministisch tijdschrift had gezien. Ze wilde dat Levi vertelde over haar ervaringen met de vrouwen in Azië, en Levi had er plezier in. Ze stonden urenlang over de reling geleund, en het was vooral Levi die sprak. Het meisje knikte, en stelde vragen.

De eerste nacht sliepen de Zwitser en het meisje op het dek. Ze vonden het te muf en broeierig in de hut. Ze vond het fijn dat Iz en zij alleen waren, ook al sliep Iz snel in, en lukte het haar niet goed in slaap te vallen.

Ze had uren liggen denken. Vooral liggen genieten van de complimenten die het meisje haar naar aanleiding van de tekeningen had gemaakt. Het was voor het eerst dat iemand haar commentaar gaf op haar strips en om die informatie nu juist hier op die boot te krijgen, maakte haar vrolijk en trots. Ze herhaalde de woorden van het meisje in zichzelf zoals een ander schaapjes telt, en ze moest in slaap gevallen zijn want plotseling werd ze wakker uit een droom.

De Zwitser kwam de hut binnen. Dat had haar gewekt. Ze wist even niet of ze wakker was of dat haar droom nog bezig was, want even tevoren lag ze nog naakt op een strand met de Zwitser aan haar zijde. Hun hoofden dicht bij elkaar, warm door de zon. Ze kon zijn adem voelen op haar wang. Het wond haar op. Een intens verlangen te kussen, hem te kussen, te verdrinken in zijn mond die zich achter zijn zachte krulbaard (ze voelde de haartjes kriebelen bij haar mondhoeken) schuilhield.

En nu zat hij daar, op het andere lage bed, nog geen halve meter bij haar vandaan. Hun blikken kruisten. Een raadselachtig licht via het kleine ronde raam.

Eigenlijk had ze vermoed dat het meisje en de Zwitser elkaar zouden vinden. Het was voor haar een vanzelfsprekende zaak geweest. Maar haar eigen droom, die zo voorspellend leek, want ze was immers niet verliefd op die baardige jonge man, had haar aan het twijfelen gebracht. Ze kon niet meer slapen. Hoorde hem draaien in het smalle bed. Hoorde Iz snurken. Vroeg zich af of zij haar verliefdheid misschien voor zichzelf niet erkende.

De volgende dag bekeek ze hem anders. Vertoefde bijna voortdurend in zijn buurt, wat hem leek te bevallen. Het meisje verloor ze uit het oog. En waar Iz was leek haar niet te interesseren.

Hij stond voor bij de reling, en wees haar op de vissen die voor de boot uit dansten. Hij zag overal vogels en vissen die zij niet kon zien, maar door hem in de gaten kreeg. Hij had zijn blouse, een groene van batik waar ze niet van hield, om zijn hoofd gebonden, wat hem tot een speciale verschijning maakte. Het hoofddeksel lichtte het groen van zijn ogen meer op, en ze kon haar ogen niet meer van de zijne afhouden. Hij keek terug, waardoor hij vergat te praten.

Ze zei: 'I had a dream about you.'

'What was it about?'

'I can't tell you.'

...

Maanden later, als ze werkelijk naakt naast elkaar op het strand liggen, de gezichten dicht bij elkaar, bekent ze hem de droom, en zegt hij: 'I knew you wanted me, when I entered the cabin, I could smell it...' en als ze zich ietwat beschaamd verontwaardigd opricht lacht hij: 'What do you think I wanted?'

...

Ze was op zoek naar eten. Eens iets anders dan de rijst met vis die ze driemaal per dag kregen. Ook wilde ze even alleen zijn. Even niet de spanning voelen die fijn was, maar ook verwarde.

Omdat ze niets vond, geen eten, geen drinken dat haar kon bekoren, besloot ze zich te wassen. In de washokken, waar je het koude water uit tonnen moest scheppen en het over jezelf heen gooien, was het donker en een beetje eng, maar daarna zou ze zich frisser voelen, ook in haar denken.

Bij hun hut hoorde ze stemmen. Ze onderscheidde zowel Iz als de Zwitser. De klamme zweterige hitte deed haar duizelen, evenals het tafereel waar ze niet op had gerekend.

Het meisje, wier bestaan ze even vergeten was, lag poedelnaakt, met haar grote borsten, haar brede heupen, en magere rechte benen als een verleidelijke Cleopatra, boven op het witte laken dat haar charme op onschuldige wijze vergrootte door het contrast met haar zongebruinde lichaam, notabene op haar bed. Op háár bed.

En naast haar, op zijn hurken op de grond, zat Iz. Hij had de pols van het meisje vast, en glimlachte wat verkrampt naar haar, Levi, die als verstijfd in de deuropening stond. Met zijn hoofd geleund tegen het bed dat die nacht onbeslapen was gebleven, stond de Zwitser. 'Ze is ziek. Waarschijnlijk zeeziek, want ze heeft geen koorts,' zei Iz, waarmee hij haar vermoedelijk duidelijk wilde maken dat zij hem in de functie van arts had betrapt.

Ze wist dat ze onredelijk was, maar ze kon zich niet inhouden. Het enige dat ze herhaalde – àls een viswijf, weet ze, want ze heeft geen excuses voor haar gedrag van die middag, behalve dat het warm was in die hut en dat ze geschrokken was van de schoonheid van dat meisje, alsof ze vergeten was dat er behalve zijzelf ook anderen bestonden, zoiets moet het zijn geweest – was: 'Ga van mijn bed. Ga verdomme van mijn bed. Nu meteen. Sodemieter op naar je eigen bed.'

En toen het meisje volkomen van streek, hoestend en kokhalzend van bed verhuisde, stortte zij zich op het laken dat zij van een onzichtbaar vuil trachtte te ontdoen door er met beide handen driftig op te slaan, nog steeds roepend: 'Mijn bed verdomme, mijn bed.'

Dat Iz nog van haar hield, en de Zwitser, die haar immers nog te slecht kende om tegenover deze hysterie haar mooie kanten, waarvan ze hoopt dat zij ze heeft, te stellen, is iets wat ook zijzelf niet goed begrijpt.

Met het meisje durfde ze niet meer te praten. Een dag later bood ze wel even stotterend haar excuses aan, maar het meisje zei: 'Je had gelijk, ik had niet op jouw bed moeten gaan liggen,' waardoor de schaamte groeide. Ook nu, nu nog steeds, zou ze willen dat iemand zei: 'Maar dat was jij niet Levi, daar kun jij niets aan doen. Dat was een ander. Bijvoorbeeld een geest die in jou kroop.'

...

Waarom die Zwitser? De Zwitser is de enige gezamenlijke vriend van haar en Iz geweest. Iz had weinig vrienden. Hij kende mensen. Velen. Over de hele wereld verspreid. Maar zijn vriend, zijn kameraad, dat was zij. En het gekke was dat zij blij was met de vriendschap, de stevige kameraadschap die zich tussen Iz en de Zwitser ontwikkelde. Ze deed een stapje terug. Genoot ervan te zien dat Iz en de Zwitser op elkaars schouders leunden in de trein, dat Iz als vanzelfsprekend om een driepersoonskamer ging vragen, dat ze samen op pad gingen als zij liever op de kamer bleef omdat ze ongesteld was geworden.

Vos had hem alles, dat had hij immers gezegd, alles verteld. Die Zwitser wist meer dan Iz, en zou meer weten in de toekomst.

Door de Zwitser vergat ze Vos. Ze vergat op het posterestanteadres in Bandung, waar Vos beloofd had post te deponeren, te gaan kijken, ze vergat Vos' schriftjes te lezen, en erger nog, toen ze Vos op Bali ontmoette in de aanwezigheid van Iz en de Zwitser, had ze zelfs geen zin om op het terras waar ze een avocadojuice dronken van haar stoel op te staan.

...

Een kreng. Een zelfzuchtig wezen.

Ze weet het, maar ze weet niet hoe het is om anders te doen dan ze voelt.

...

'Er is nog zoveel wat ik je wil vertellen, en wat ik je wil vragen,' zegt Ewald. Hij hangt voorover over het tafeltje tussen hen in. Is jong, heel even, en wordt weer oud als hij achteroverleunt, zucht, en zegt: 'Wat zou ik alles graag overdoen.'

...

Toen zij en Iz in Cox's Bazar, het vakantieoord van Bangladesh, op het balkon van hun hotelkamer zaten, zei ze Iz dat ze met Vos wilde wonen. Een kind van hem. Iets opbouwen, zoals Vos dat noemde.

Dan wilde hij haar nooit meer zien, had Iz gezegd, dan was het van nu af aan definitief afgelopen. Geen vriendschap, geen reizen, geen brieven, niets meer.

Zij noemde het chantage.

Het is onmacht, zei Iz. Overmacht. Machteloosheid. Noem maar op, maar zo wil ik het.

Iz zei dat zij zijn kameraad was maar ook zijn liefde. Dat hij haar niet hoefde te bezitten, maar dat hij evenmin kon aanvaarden dat ze met een ander woonde.

Ze wilde tegen hem aan kruipen, maar niet met hem vrijen. Ze wilde steun, geen passie. 'Ik kan niet zonder jouw vriendschap,' zei ze.

'Jij kan alles,' zei Iz.

Daarna veranderden haar wensen. Misschien kwam het keerpunt nog diezelfde nacht, dat weet ze niet meer. Wel had ze nachtmerries vaak, over Vos, diezelfde als altijd, waarbij ze hem probeert te bellen en de telefoons zijn kapot.

Wispelturig noemde Iz haar. Tegenstrijdig vond Vos

haar. Het irriteerde haar als ze zo over haar spraken.

Ze kan zich niet voorstellen hoe het is om anders te zijn dan zij is, en neemt het de Schepper kwalijk, zo hij mocht bestaan, dat hij de anderen vermogens geeft die zij niet bezit.

...

Ze kent dat spreekwoord wel, uit het oog uit het hart, maar gruwelt van wat het wil zeggen. Zo is zij niet, zo kan en zo wil ze niet zijn.

...

Waarom geen hoorngeschal, geen belletjes en roze hartjes als ze zijn stem hoort, als hij lacht, en als ze in zijn ogen kijkt? Hij is niet onaardig om te zien, denkt ze, voor een vreemde, want zelf kan ze het niet goed zien door het verleden. Hij was haar eerste minnaar, gaf niet de eerste zoen, maar kwam als eerste bij haar binnen. Haar eerste keer was niet één keer, maar duurde de ganse nacht, wat ze nog steeds niet snapt, en waarover ze meer zou willen weten.

Hij heeft humor, meent ze, ook al is het de hare niet, tenminste dat is wat ze vermoedt. En hij is intelligent, creatief en draagt haar vast op handen, als ze dat zou willen althans.

'Ik kon het niet aan,' zegt Ewald, 'ik kon jouw overgave niet aan. Je sleepte me mee. Je liet me de wereld om me heen vergeten. Dat vond ik eventjes leuk, maar dan raakte ik in paniek. Was ik bang voor de gevolgen. Ik strafte mezelf, en liet me graag straffen. Die angst me te verliezen. Het is raar.'

Ze luistert aandachtig. Het gloeit in haar hoofd. Het brandt in haar borst. Achter haar oogleden zit vocht dat ze terug wil duwen. Tevergeefs helaas. Maar gelukkig ziet hij niets. Hij praat met zijn blik op zijn handen gericht die op de tafel rusten.

' Er is nog meer dat hij bekent. Dat hij ontdekte dat hij meer hield van háár vader dan van de zijne, en dat 't voelde als een zonde, alsof hij een verrader was. Hij spreekt met een stem die soms kraakt. Een mond die slikt. Handen die beven. Zijn ene hand krabt de andere, en de andere krabt de ene, als hij zwijgt. En dan praat hij verder. Over zijn broer die hem belachelijk maakte als hij hem met haar had gezien. Hij kwam vaak van zijn werk juist als zij en hij afscheid namen bij de snelweg. Ewald had zijn broer nooit opgemerkt, ook niet toen hij erop ging letten om te voorkomen dat ze kusten als zijn auto passeerde, maar nooit zag hij hem, en altijd weer treiterde zijn broer hem door te imiteren hoe hij haar in zijn armen hield, of hoe ze stoeiden, of vielen met hun fietsen, wat hen vaak overkwam.

Ewald praat en krabt.

Levi luistert.

Levi ontdekt dat Ewald nog bestaat.

...

De Zwitser haalde hen over tot daden waar Iz en zij eigenlijk afkerig van waren. Zo probeerden ze samen met hem de paddestoelen van Parangtritis, die hen zouden moeten betoveren.

Levi at een omelet waarin drie paddestoelen verwerkt zaten. Iz en de Zwitser aten ieder twee omeletten en dronken paddestoelenthee toen het hen wat te lang duurde. Ze wachtten de zonsondergang af op het strand. Levi genoot van de kleuren, en van de golven die, dat zag ze voor het eerst, uit duizenden kleurschakeringen leken te bestaan. De Zwitser liep over het strand. Had behoefte om te klimmen, zei hij. En Iz deed de ontdekking van zijn leven, zei hij later. Hij zat stil op een grote steen, en keek naar zijn knieën, zijn ogen gesloten, zijn handen onbeweeglijk op de wreven van zijn voeten.

Levi keek haar ogen uit op de lucht, op de zee, en op het dorp in de verte. Voor de grond, het zand van het strand was ze bang. Ze had slechts een lange zin gedacht, al die uren, en die wist ze nog steeds: Alles boeit me zolang het op een afstand blijft, dan daag ik de kleuren en de vormen uit zich te ontwikkelen, hun schoonheid te vergroten zelfs als ze monsterachtig worden, maar, als het iets te dicht bij is word ik bang, kijk ik liever niet, en loop ik er van weg.

Iz zei dat er een cruciaal moment in zijn leven was aangebroken. Hij had daar gezeten, zei hij, op het strand, haar horen lachen met de Zwitser, en haar horen roepen hoe mooi het was, die zee, die zon, die lucht met die wolken, en later de maan, en hij had beseft dat ook híj leefde, dat hij zonder haar ook bestond, dat hij iemand was, een mens apart, geen deel van haar.

Zo zei hij het.

Het had haar pijn gedaan maar ook opgelucht. Ze hebben er niet verder over gesproken. Zijn gaan slapen, en veel later werden ze gewekt door een hijgende Zwitser die hen vertelde aan de dood ontsnapt te zijn. Hij had met eb langs het strand gelopen, langs de steile rots, met de bedoeling ergens omhoog te klimmen, maar vond geen gedeelte waar hij omhoog kon, en toen kwam de vloed zó snel, met wilde golven. Hij weet niet hoe hij het gered heeft, maar mag God danken dat hij nog leeft.

De paddestoelenmaaltijd had haar uitgeput. Ze had enige dagen nodig om bij te komen, zonderde zich veel af, zag toe hoe Iz en de Zwitser hun vriendschap versterkten door gezamenlijke avonturen, zat veel voor hun kamer die steeds een andere was, en tekende. Meer vormen, nee lijnen, geen figuren.

Aan Vos' schriften was ze enkele malen begonnen, maar ze was nooit verder gekomen dan de eerste pagina van schriftje 1, omdat de agressieve zinnen in zijn pietepeuterige handschrift haar tegenstonden. Hatelijke beschuldigingen, bittere verwijten in hanepoterige, *driftige* halen had ze kunnen accepteren als deel uitmakend van de menselijke *drift*, maar de rancuneuze beledigingen in een regelmatig handschrift, gebracht op een toon alsof hij een analyse van haar gaf kon zij niet op zichzelf en op hun hartstocht betrekken.

Op Bali, waar ze Vos tegen zou kunnen komen, probeerde ze het opnieuw. Ze begon nu bij schrift ii, de allerlaatste alinea, die echter ondanks haar verwachtingen in het geheel niets aardigs inhield, en ietwat afgeraffeld dezelfde beschuldigingen bevatte als de alinea waarmee hij het eerste schriftje geopend had. Toen bladerde ze wat door beide schriftjes, stootte op herinneringen waar hij alle genot uit had weggelaten, zodat er slechts verzuurdheid overbleef. Oude koeien, zou zij ze naderhand noemen als Vos erover begon, waarin zij slecht en hij zielig was.

Een situatie, waarvan hij alleen beschreef hoe zij zonder groeten zijn pand had verlaten, hij haar achterna was gehold, vóór haar op straat op zijn knieën was gevallen, en zij eenvoudigweg over hem heen was gestapt en de tram had genomen, kwam weer boven. In die tram had ze het rijmloze vers geschreven dat vele jaren later ook op Len van toepassing zou zijn, en in soortgelijke conflicten altijd bovendreef. Dan dreunden die zinnen in haar hoofd, keer op keer, terwijl zij zat te zwijgen, en overwoog of ze vertrekken zou of blijven.

> Iedere minuut die ik
> bij hem ben verziekt hij
> door te klagen over de volgende
> seconde die ik níét
> bij hem verspil.

Misschien kwam het daardoor dat ze niet blij verrast was toen ze hem in de drukste straat van Kuta ontdekte, licht gebogen (hij was de laatste jaren een beetje krom gegroeid, met zijn hoofd iets te ver naar voren) en toch met zijn jeugdige manier van lopen. Hij bleef staan, keek haar uitdagend aan, en zijn blik verried dat hij veronderstelde dat zij naar hem toe zou komen. Wat ze niet deed.

Hun zoveelste ruzie. Hij liep woedend weg, zij liet hem gaan, kwam hem even later toch weer tegen, ergens op een stoepje, schrijvend, een brief aan haar met de bekende hatelijkheden. Ze verzoenden zich, waarop Vos eiste dat ze met hem meeging, terwijl zij liever had dat zij beiden Iz en de Zwitser zouden vergezellen, en dan begon het drama opnieuw.

Zo vulden ze drie dagen en drie nachten.

Iz trok met de Zwitser op, en liet zich niet meer verbazen, maar de Zwitser was, zo zei hij, ontsteld door Vos' gedrag.

Levi herinnert zich alleen de conflicten, Vos' huilbuien (zelf was ze te moe om nog een traan te kunnen laten), maar waarschijnlijk zijn er ook momenten van tederheid geweest, op het strand, op Vos' kamer, of samen op die oude gehuurde fiets waarbij zij hem achterop nam, en door de smalle steegjes scheurde, luidkeels roepend: 'Awas, awas,' omdat er geen behoorlijke bel op zat.

Vos vervroegde zijn terugreis, waar Levi niet van schrok. Toen volgden vrolijke dagen met de Zwitser en Iz, die deze keer zijn stemming niet door Vos had laten bederven. Nu was het Iz die met het voorstel kwam opnieuw de magische paddestoelen te proberen. Ze deed mee, met tegenzin want ze hield er niet van te herhalen wat al eens mooi was geweest.

'Ik mocht jouw broer niet,' zegt Levi, 'maar jij adoreerde hem. Jij adoreerde alle mannen die sterk waren, die jou aan leken te kunnen. Je zocht naar voorbeelden om te ontdekken hoe je zelf zou moeten worden.'

Ze verbaast zichzelf met deze uitspraak. Het klinkt zo zeker, en zo zeker is ze er niet van. Toen had ze inderdaad vol afschuw gemerkt hoe hij mannen kon bewonderen waar zij geen greintje respect voor had. Hij sprak altijd over mannen, nooit over vrouwen, terwijl mannen haar op die manier toen niet interesseerden, net zo min als nu. Hij wilde zich altijd spiegelen. Dat had ze als zestienjarige al gezien, en het had haar geërgerd.

Zelf was zij noch met vrouwen noch met mannen bezig, dacht ze. Waar wàs ze eigenlijk mee bezig? Wat interesseerde haar? Ze zette zich tegen alles en iedereen af. Leefde voor de liefde, dat wel. Droomde zowel overdag als 's nachts van bestaande en denkbeeldige prachtige (ze waren altijd mooi) jonge mannen die haar op kwamen halen van school, van feesten. Altijd hetzelfde moment waarop vele mensen toezagen hoe zij door een aantrekkelijke man werd meegenomen. Onschuldige, kuise dromen.

Later mocht dat niet meer. Toen ze op de academie zat en te maken kreeg met pamfletten die ze moest lezen omdat zij óók vrouw was, begon ze zich te schamen voor die dromen. En zo van de ene op de andere dag had zij ze niet meer gehad. Alsof je macht over je dromen bezat. Alsof je je heimelijke verlangens kon sturen.

Ewald knikt. 'Ja, gek hè,' zegt hij.

Hij vertelt dat zijn broer nu is ingedut. Drie kinderen, een buikje, en waarschijnlijk over vijf jaar een hartinfarct. Terwijl hij altijd de stoere jongen uit hing. Hij zou immers met een zeilboot de wereld rondvaren.

Het is niet slechts spot, er is ook vertedering als hij over zijn broer praat.

Nu trilt zijn stem. Levi let op zijn ogen die rood worden, niet op zijn woorden, totdat ze iets opvangt dat haar doet opletten. Dat zijn broer hem eens apart had genomen, om ernstig te praten. Ze waren in een van de duurste restaurants uit eten gegaan. Ewald had een driedelig pak van zijn broer geleend, waar hij natuurlijk van glom, dat snapte ze wel, hoewel de pijpen te lang waren maar die had hij handig omgeslagen, en tijdens het nagerecht had zijn broer gezegd: 'Zeg, als twee mannen onder elkaar kan ik je zeker wel eerlijk mijn mening geven over een aantal zaken.' Ewald was vereerd geweest met deze gelijkwaardige behandeling door zijn vijf jaar oudere broer, en had aandachtig geluisterd. Als hij net als zijn meer ervaren broer, die het toch allemaal goed met hem voorhad, het ver wilde brengen, uit zou willen gaan in chique restaurants, mensen van naam ontmoeten, dan kon hij, dat snapte hij toch zelf ook wel als hij even goed nadacht, niet met zo'n meisje als die Lesi, of hoe heette dat kind, nou goed Levi dan, voor de dag komen.

Ewald buigt zich geheel voorover. Zijn gezicht in zijn handen. Ze ziet een kaal plekje waar het haar met veel krullen overheen valt, maar dat toch groot genoeg is om te schemeren. Hij snikt, vermoedt ze, want zijn bovenlichaam schokt. Wat moet ze doen? Haar hand op zijn rug? Maar dat is zo raar. Na zo'n verhaal is het immers niet gepast dat zij hem troost. En waarom zou hij huilen? Nee, ze vergist zich vast. Het is geen snikken wat hij doet, hij denkt na.

Dus doet ze niets. Ze kijkt uit het raam, naar buiten, en ziet hoe de regen op de daken van hun auto's spettert. Harde druppels. Er zit veel geweld in de wolken.

...

Er is geen speciale reden om bij hun tweede paddestoelenavontuur stil te staan. Zij had zich in het zand genesteld en zich voorgenomen nu eens op het strand te letten, de insekten, alles wat dichtbij is, desnoods haar eigen huid. Ze had zich er niet om bekommerd dat ze alleen was, want Iz en de Zwitser wilden lopen, met stevige passen.

Ze begon met de lucht. De figuren uit de Wajang die je in elke toeristenwinkel tegenkwam zag zij nu in de bewolkte hemel. Ze bewogen, speelden een spel van macht en liefde. Nu eens gingen ze elkaar met gracieuze bewegingen te lijf, dan weer versmolten ze in innige omstrengelingen.

Ze herinnerde zich dat ze het zand zou bekijken, en begon met de bomen, en de vele honden op het strand die tijgers leken. Toen pas durfde ze zich over te geven aan het strand waarop ze lag, de talloze gekleurde insekten, en zelfs haar eigen huid waar kleine diamantjes op schitterden, en in die diamantjes zag ze de wolken terug mét de vrijende monsters.

Plotseling plofte de dood naast haar in het zand, want hij zag eruit als een verschijning van de dood, waarin ze pas later Iz herkende, toen hij sprak, hijgend.

Hij had, maar dat was eigenlijk niet meer nodig te vertellen, een lijk aangetroffen op het strand dat juist voor zijn voeten door de golven werd aangepoeld. Hij had met zijn ervaring als arts direct gezien dat de dood al vele uren tevoren was ingetreden, maar toch had hij geprobeerd de man met mond-op-mondbeademing tot leven te wekken. De man had eruitgezien als de Barong, een zwarte kracht, door de snor, de lange haren en de opgeblazen buik.

'Hou je mond, hou op,' had Levi koel en nuchter gesproken. 'Dat moet je me nu niet vertellen.' En tegen zichzelf zei ze: 'Het is niet waar. Hij verzint het allemaal. Het zijn de paddestoelen die hem voorliegen. Ik moet niet luisteren.' Ze keek naar zijn bleke huid. Hij had de kleur van een dode. Ook zijn ogen waren dood, zag ze.

Hij peuterde aan een wondje op zijn been, en ze hoorde hem zeggen: 'Kijk, zie je dat, ik heb bloed. Ik ben bezig te sterven.'

Ze bleef zichzelf toespreken; wat haar dreef was een ongekende angst: hij weet niet wat hij zegt. Het is niet waar. Er is geen dode.

Ook toen ze een groep Balinezen met een in een doek gewikkeld lichaam zag sjouwen, en Iz zei: 'Daar heb je hem,' geloofde ze hem niet.

Gelukkig ging Iz naar de kamer. Hij voelde zich beroerd, en wilde een douche nemen om nuchter te worden. Ze lag alleen. Naakt. Bekeek het zand op haar huid.

En toen kwam de Zwitser.

'Waar is Iz?' vroeg hij.

'Douchen.'

'Ik ben hard gaan lopen. Dat helpt ook. Je op iets anders concentreren.'

Ze zag zijn ogen. Mooier dan tot dusver. Hij is een prins, dacht ze. (Waar ze zich later voor schaamde, omdat het net was of ze op een prins had zitten wachten.)

Hij trok zijn kleding uit. En ze moest lachen, want even leek hij een kabouter met zijn te korte, gespierde benen, zijn sterk ontwikkelde heupen, en zijn gekromde doch gespierde rug.

Hij ging naakt naast haar liggen, zijn gezicht vlak bij het hare. Ze voelde zijn adem, en het verlangen was groter dan in de droom.

Zo lagen ze. Ze weet niet hoe lang.

Pas toen de zon onderging, en hij zei dat het verstandiger was nu naar de kamer te gaan, want met die paddestoelen in hun bloed zouden ze anders stellig verdwalen in het donker, vertelde ze haar droom die, zoals ze toen had vermoed, voorspellend was geweest. Hij lachte. Ze praatten over toen, niet lang echter. Lange blikken als tederheden, nee intiemer nog, ze had nooit eerder zo intens gevreeën, zo vol overgave. Toch raakten hun lichamen elkaar niet, maar lagen ze stil naast elkaar, en was het slechts hun beider adem die zich verenigde.

Toen stonden ze op. Alles was zand, zei hij, en wreef het teder uit haar ooghoeken, uit haar oren. Zelfs haar mondhoeken bevatten zandkorrels. Zijn handen, korte vingers en een kromme duim betastten haar gezicht zorgvuldig, en zij liet hem, keek naar grote dieren in de verte die ze niet herkende. En ze moest schateren toen hij zei dat het koeien waren, want dat kon niet, herten of kabouterkamelen, dat kon ze wel geloven, maar geen koeien.

Meer is er tussen hen toen niet geweest.

Opeens wilde Iz naar huis. Iets dat ze van hem niet verwachtte. Hij had zin om te werken. Had een plan dat hij in wilde dienen, en er wachtte nog een rapport dat hij moest schrijven en inleveren. Hij had al te lang vakantie gehouden, zei hij. Zij kon blijven, maar het leek hem leuker als ze mee naar huis ging. Zij zou haar gedichten eindelijk eens moeten ordenen op thema en aan publikatie moeten denken.

Bovendien ging de Zwitser ook naar huis.

...

Dan buigt ze zich toch maar naar hem voorover, en als ze zijn lichaam onder haar borsten, mond, en wangen voelt – gelukkig is de tafel klein, en hebben haar benen wat steun van de stoel waar ze met een knie op rust – is het warm en prettig, zijn er geen gedachten die blokkeren, maar voelt ze Ewald zoals hij vroeger was, wat goed is.

...

Terug in Nederland liggen er ettelijke brieven van Vos met het dringend verzoek direct te bellen als ze thuisgekomen is. Ze kan het niet, maar doet het toch omdat ze zich schuldig voelt. Hij wil haar zien. Direct. Om te praten, zegt hij, maar als ze komt trekt hij haar in zijn bed, en overspoelt haar met kussen die ze dankbaar ondergaat, want praten trekt haar niet.

Hij heeft nagedacht, zegt hij, hij wil een kind en met haar trouwen, maar ze mag haar vrijheid behouden. Hij heeft al gezien dat ze toch niet anders kan. Dat ze altijd af en toe verliefd zal worden op een ander. Nou, dat mag, en zelfs Iz mag ze twee keer per week zien, als ze daar prijs op stelt, en ze mag zelfs met Iz reizen als ze dat maar doet wanneer híj net druk met filmen is. Is dat niet redelijk?

Ze knikt, en beantwoordt zijn billijke voorstel met uitgelaten kussen. Vos telt zijn orgasmen. Een record, naar het schijnt.

Al na een week heeft ze heimwee. Naar Indonesië? Naar het reizen? Naar de zon? Iz ziet het aan haar, en zegt dat ze de Zwitser mist. Dat hij haar lang genoeg kent om dat te weten.

Ze ontkent dit. Zegt dat het om het zwerven gaat. Iets anders wil ze niet. Weg van hier, waar alles steeds hetzelfde blijft.

Maar Iz is juist met iets begonnen dat hij op de computer doet, en waar hij het instituut voor nodig heeft. Hij is aan het promoveren. En hij is eveneens gestart met Arabische talen. Hij kan nu niet weg.

Dat komt haar echter goed uit. Ze wil gráág alleen. Als de Zwitser haar schrijft, een lieve brief voor haar en voor Iz een andere, belt ze hem als Iz er niet is. Zegt dat ze naar Zuid-Amerika gaat. Of hij zin heeft haar daar te ontmoeten.

Nu, vele jaren later, weet ze, er waren drie mannen belangrijk, en daar hoort de Zwitser niet bij. De Zwitser was haar poging te ontsnappen aan haar bestaan waarover ze zelf niet meer leek te kunnen beslissen.

Ze was te ònzelfstandig om een reis te ondernemen zonder het vooruitzicht er iemand te ontmoeten die van haar hield. En als ze dat toen had geweten had ze hem waarschijnlijk niet gebeld. Misschien was het dan zelfs niet meer nodig geweest om te vertrekken.

...

Ewald heeft zijn armen onder zijn hoofd vandaan getrokken en gepoogd ze om haar heen te slaan, maar door hun rare houdingen liggen zijn handen op haar billen. Daardoor wordt ze zich ervan bewust hoe ze met haar achterste omhoog staat, in de richting van de eigenaar van het restaurant.

Zo merkt ze of de liefde echt en hevig is. Als ze zich niet stoort aan omstanders, afspraken, moraal of wat ook, dan, ach wat dan.

Zijn gezicht is nat. Hij mompelt, zijn stem gebroken: 'Zullen we hier weggaan?'

Zij betaalt, terwijl hij met de bekende zakdoek zijn gezicht droogt, zijn neus snuit, zijn jas aantrekt. Hij pakt haar leren jack van de stoel en slaat het om haar heen.

Buiten stortregent het. Ze rennen naar haar auto, waar ze haar sleutel niet kan vinden, en dan rennen ze naar de zijne, omdat hij zijn sleutels sneller heeft. Ze stappen in. Lachen. Om niks eigenlijk, maar lachen hard.

Hij pakt haar bij haar schouders, schudt haar licht door elkaar, mompelt iets wat op 'Knijntje' lijkt, en bijt zacht in haar neus.

Dit is geen liefde, denkt ze, dit is jeugdsentiment. Over zoiets hoef ik me niet druk te maken. Hij moet dit allemaal even kwijt. We zoeken troost bij elkaar, en dan gaan we ieder onze eigen weg.

Hij bijt nog eens in haar neus, wat haar geil maakt. Hij bijt in haar wang, in haar hand, in de muis van haar hand, en ze laat los, kan niet meer denken, voelt, zijn tanden, zijn koude handen, nog nat van de regen, onder haar trui. Hoort de regen op het dak, maar dan ook dat niet meer, alleen een zoemen, zijn mond bij haar oor, zodat ze zichzelf vergeet.

...

Waarom de een niet meer en de ander wel?

...

Haar volle glas jus d'orange morste zij in zijn geheel op de kobaltblauwe tafzijden jurk van een beeldschone blonde dame die Len juist complimenteerde met zijn opvallend spel in Vos' film. Len had voor haar een dubbelgrote jus d'orange gehaald die zij nu, zonder een druppel in het glas te hebben overgehouden, over de dame had leeggegoten. Vos zei achteraf dat zij het expres had gedaan. Dat hij dat had kunnen zien. Uit jaloezie of balorigheid, zoals ze wel-eens vaker van die grillen had. Zelf weet ze dat ze stond te trillen toen Len haar het glas overhandigde, en ze zich plotseling schaamde dat ze niet eerder in de gaten had dat ze Len ophield, en dat allerlei mensen in de rij stonden om aan hem voorgesteld te worden en hem met zijn acteerprestaties te feliciteren. Van schaamte had ze te snel een stap opzij gedaan, was over haar eigen jas en tassen (altijd nam ze grote tassen met zich mee, een gekte, alsof ze altijd gereed wilde zijn om voor een lange reis te vertrekken) uitgegleden, en goot, zonder dat ze er erg in had, het glas over de dame heen die juist naar voren was gestapt om Len van harte te feliciteren.

Toen ze tot haar verbazing merkte dat haar glas leeg was, en ze tegelijk zag hoe de dame zich flink wilde voordoen door niet te gaan gillen, kreeg ze, zoals vaak op zulke momenten, de slappe lach. Ze moest onbedaarlijk lachen, van schaamte weliswaar, maar dat kon je aan dat gehinnik niet zien, en toen was ze weggevlucht. Nam zich voor Len nooit meer onder ogen te komen.

Binnen enkele minuten echter stond hij naast haar en overhandigde haar een nieuw glas. Zei dat hij er niets van gemerkt had dat die blonde dame, welke eigenlijk, een douche van haar vorige glas gekregen had. Ze was opeens weg, dat had hij wél gemerkt, en dat had hij niet leuk gevonden.

Zo was het begonnen.

Hij verleidde haar openlijk, Vos stond erbij, Iz keek toe, en nam haar ten dans terwijl de band nog niet speelde, en een lange rij wachtenden hem wilde feliciteren. Zij liet haar jas en tassen zonder meer op de vloer glijden, en struikelde een paar keer over zijn grote zware schoenen die eigenlijk niet op dansen berekend waren met die dikke spekzolen en die brede randen, maar waar hij zich desondanks licht op bewoog. Ze had zich mee laten voeren, haar eigen lompheid als een last meedragend, want naast hem was ze stijf en zwaar wist ze. Ze had de zweetdruppeltjes op haar voorhoofd en onder haar oksels willen toeschreeuwen hun komst uit te stellen totdat ze weer gewoon tegenover hem stond, en hij haar niet meer zou kunnen ruiken.

Hij pakte een lange haarlok die op haar schouder lag, hield hem tussen zijn slanke vingers, en legde hem terug. Toen draaide hij zich naar de bar voor een dubbele jus d'orange omdat ze wijn of sherry afgeslagen had.

...

Penang Hill. Ze denkt, of zegt: 'Het is voor het eerst dat ik de schoonheid van een stad heb gezien', of: 'Ik zie de stad.'

'Wat zeg je?' Iz leest de krant. Hij is verzot op plaatselijk nieuws, en zodra er ergens een rustpunt is pakt hij de krant uit zijn binnenzak en leest.

Ze wil eigenlijk vragen: ben je weleens verliefd op een stad geweest? Of verliefd op een nacht? Zo innig als je soms kan verlangen naar iemand, naar dat lichaam, dat ene, alsof er geen anderen zijn.

Maar ze zwijgt. 'Ik zie de stad,' zegt ze, nu al voor de derde keer, onhoorbaar bijna.

...

Ze belde hem op toen ze al tientallen keren in haar slaap, of voor het slapen gaan, bij het wakker worden, achter het stuur, of op de fiets, zijn vingers haar lok had laten raken. De vingertoppen die haar naakte schouders net niet raakten.

'Kom nu,' zei hij, en zonder haar reactie af te wachten: 'Tot straks.'

Hij was aan het werk toen ze kwam. Ze schrok van die lichte ruimte zonder meubels, behalve een mager tafeltje, een decorstoel, en twee houten krukken. Ze wist niet waar ze kon gaan zitten, want op de krukken stonden lege flessen, en de decorstoel zag er onbetrouwbaar uit. Alleen de vuilnisbak was nog vrij, maar die was smerig en stond zo ver bij hem vandaan.

Hij schilderde. 'Geen schilderij hoor, het is een decorwand voor mijn voorstelling.' Hij had een groot doek op de grond gelegd waar hij gewoon overheen liep. Niet op die zware schoenen van de vorige keer, maar op balletschoentjes, wat ze een raar gezicht vond. Onaantrekkelijk zelfs.

Ze stond naast hem. 'Wil je koffie?' zei hij, en zijn lach was mooi. Hij wees met zijn kwast in de richting van een steelpannetje op het fornuis waar koffie in zou zitten. Maar ze dronk liever thee. 'Wil jij?' vroeg ze. 'Ik heb al gehad,' zei hij, 'en er is niet genoeg voor twee.'

'Ik lust geen koffie,' zei ze.

'Oh,' zei hij, 'geef dan maar aan mij.' En iets anders bood hij haar niet aan.

Ze dacht dat ze onwelkom was, dus na een kwartier zei ze: 'Ik ga maar weer,' waarop hij hevig teleurgesteld zijn penseel in een pot verf liet zakken, vanonder zijn arm naar haar gluurde, en in die malle oncomfortabele houding onbeweeglijk bleef staan.

Juist van hem had alles zo echt geleken. Zijn spel, zijn nukken, zijn verleidingstechnieken leken uit zijn ziel te komen. 'Hij is zo echt,' had ze Iz gezegd, 'totaal ongekunsteld.'

'Kun je niet nog even blijven?' vroeg hij, 'dan maak ik wat te eten.'
   'Moet dat dan niet af?' vroeg ze, en ze wees met haar voet naar het doek op de grond.
   'Ja,' zei hij spijtig, 'dat moet af.' Hij ging met zijn slanke vingers langs de verf op zijn andere hand, en voelde of het pikte, toonde haar met een subtiel gebaar dat de verf al droog was, niet nat, dus dat ze geen vlekken hoefde te vrezen, nu hij met zijn hand voorzichtig de hare pakte en een kus op haar duim drukte.
   Ze deed een stap achteruit, en hij liet haar hand weer los.
   'Ik moet nog even ergens naar toe,' loog ze, 'dan kan jij doorwerken, en ik ben over een uurtje terug.'
   Hij knikte dankbaar, gaf haar bij de deur een lange kus die stil maar stevig was, en waardoor ze zeker terug zou komen nadat ze een uur doelloos door de stad geslenterd had.

Hij had kip met rijst en bloemkool met veel knoflook klaar gemaakt. Het magere tafeltje stond vol door de drie pannen, en ze was verrast dat het eten zo lekker was, en dat alles zo gewoon was ondanks de merkwaardige ruimte die niets van een woning had. Na het eten waarbij hij niet sprak maar wel smakte van genoegen, en slechts af en toe vroeg of het haar ook smaakte, zei hij dat hij die avond de studio in moest, over een uurtje al, eigenlijk, en of ze nu even met hem mee ging naar boven, waar zijn bed stond, om te rusten, want dat was zo lekker, even, na het warme eten.

Ze dacht eraan hoe zij verontwaardigd zou vertrekken als Vos haar bij hem thuis uitgenodigd had en dan aan het werk zou zijn, of als hij haar liet komen terwijl hij zelf de deur uit moest. Die Len is vreemd, dacht ze, maar ze ging mee naar bed.

Hij vergat de tijd. Had wel de wekker gezet, waar ze om moest lachen (een herinnering), maar toen het alarm ging had hij de telefoon gepakt en gebeld dat ze zonder hem moesten beginnen, dat hij later kwam.

Om negen uur ging de telefoon, die hij liet rinkelen. En toen hij een kwartiertje later weer ging, en toen weer, trok hij de stekker eruit.

Om elf uur zei ze: 'Moet je niet naar de studio?'

Hij zuchtte. 'Je hebt me behekst,' glimlachte hij, maar kleedde zich snel aan. 'Blijf je verder slapen tot ik terug ben of ga je even mee?' vroeg hij. Ze ging mee.

Vanaf dat moment waren ze onafscheidelijk. Ze zag zijn repetities, vergezelde hem als hij rekwisieten in ging kopen, en zag zijn voorstellingen, tweeënveertig, overal in het land.

Niets, helemaal niets had ze geschreven, getekend of geschilderd. Nog geen potloodkrabbel had ze gemaakt. Ze vroeg zich af of Len wel enig idee had dat ze tekende. Hij had in al die weken dat ze met hem optrok nog nooit iets van haar gelezen of gezien. Er nooit naar gevraagd. Toch was er juist nu enige publiciteit rond haar zojuist verschenen bundel.

Ze had hem nog geen enkele maal mee naar haar huis genomen. Het kwam er niet van omdat hij in de stad moest zijn vanwege de voorbereiding van zijn voorstelling. En toen het zover was dat hij het land door moest trekken was er geen tijd meer voor een weekend bij haar.

Op een dag maakten ze een wandelingetje door een provinciestadje. Hij wilde even een luchtje scheppen, was nerveus, vloekte op het theater dat hem te klein was, waardoor zijn decor niet goed tot zijn recht zou komen. Ze passeerden een boekwinkel, en voor het eerst sinds de verschijning van haar bundel zag ze het boekje, met het door haar ontworpen omslag in de etalage liggen.

Ook hij keek in de etalage, maar geheel anders dan Iz keek. Iz had alle titels altijd in een oogopslag gelezen, zich er de recensies bij herinnerd, en zijn opinie gevormd. Len stond op een boek te spellen leek wel, en nog drong de titel dan niet tot hem door. Hij zag haar bundel niet, hij zag haar naam niet, hoewel ze er precies tegenover stonden. Lens spiegelbeeld was exact daar waar het boekje lag, want even vergiste ze zich. Hij leek te schrikken, greep met zijn hand naar zijn haar, en ze dacht dat het nu zou komen. 'Hé ben jij dat?' meende ze te horen, en opgewonden zei ze: 'Ja.' Maar hij had iets heel anders gezegd. Dat zijn haar stom zat of zoiets. Of dat hij er oud uitzag. Iets over zijn gezicht, zijn vermoeidheid en over het ouder worden.

Ze wilde weer tekenen, proberen te schilderen. Ze kon het niet in zijn buurt. Hij hoorde bij de kunstenaars die op het juiste spoor zitten. De juiste stijl, de juiste kleuren, de juiste school. Hoewel Len het daar niet om deed. Misschien liep hij voorop, ze wist het niet. Kon het niet beoordelen. Zíjn kunst was de kunst van de anderen, kunst die wél door musea werd aangekocht, die Germaans was of zo, en horend bij deze tijd. Zij viel daar buiten. Op de academie al had men kritiek op haar. Ze was niet te duiden.

...

(Wat Levi niet wist, was dat Len haar tekeningen al eens onder zijn neus geduwd had gekregen, ver voordat hij haar

141

had leren kennen, door zijn Indische ex-vriendin. Ze hadden hem ontroerd, die plaatjes in een kwetsbaar stripverhaal waar zoveel sympathie uit sprak voor de door haar getekende mensen. Lief had hij ze gevonden, wellustig, en hartstochtelijk zoals ze de benen en handen van de vrouwen buiten de kaders door liet lopen, maar zeker geen kunst. Niet wat hij van zichzélf zou eisen zodra hij een potlood in zijn handen nam.

Zelf had hij besloten te stoppen met schilderen omdat hij zag dat hij nooit boven de middelmaat uit zou komen. Zijn eigen decor, zijn rekwisieten, zijn maquette voor de voorstelling wilde hij wel maken, maar hij was te gemakzuchtig (ook daarom koos hij voor het spelen meer dan voor het doek) om de strijd met olieverf keer op keer weer aan te gaan.

Het stak hem toen hij bij haar op tafel de bundel zag waarin ze haar gedichten met poëtische lijnen, zonder zich te bekommeren om techniek, had geïllustreerd. Als samengebalde emoties doken de tekeningen, soms niet meer dan vijf, zes inktvlekken met wat ronde krassen, tussen de verzen op. Hij was verbouwereerd, nee verstoord door haar moed, en in plaats van vertedering was er jaloezie.)

...

Toen het uit was had ze de ene na de andere merkwaardige droom over hem. Dat hij met haar goedvinden een twaalfjarig meisje klaarlikte, of dat hij met zijn nieuwe vriendin bij haar op bezoek kwam en dat die vrouw sprekend op hem leek (en om die reden oerlelijk was) en dat die onbeschofte dame ongevraagd al haar schoenen uitprobeerde.

Elke nieuwe liefde lijkt altijd heviger dan de liefdes waarvan het vuur reeds is gedoofd, maar haar liefde voor Len was werkelijk heviger dan wat ze ooit voor een ander had gevoeld.

Len zei dat het langer dan tien jaar geleden was dat hij verliefd was geweest, en dat het toen óók slecht afliep.

...

Ze reisden samen, de Zwitser en Levi. Zij vertrok nadat ze eerst weken achtereen geschilderd had. Iz had het plan om haar gedichten uit te zoeken. Zij onttrok zich aan die klus door te beweren dat zij zelf niet in staat was uit te maken wat goed was en wat niet. Soms bleken er verscheidene versies van één en hetzelfde gedicht in haar papieren te zitten, en riep hij haar erbij om uitleg te geven. Haar irritatie was onredelijk, maar was er, als hij haar met zo'n vraag stoorde in haar keukentje (ze schilderde in de keuken. In zulke periodes werd er daarom ook niet gekookt. Iz haalde eten of maakte rauwkost klaar in de andere ruimte. Vaak ook wipten ze bij haar ouders aan om er haastig de maaltijd te verorberen en er dan weer snel vandoor te gaan).

Vos en zij zagen elkaar slechts twee keer, waarbij het de eerste keer zo goed begon maar zo tragisch eindigde toen Vos alsnog wilde praten, en haar beloften afdwong. De tweede keer spraken ze af op een neutrale plek, maar belandden toen in de toiletten waar ze hevig vreeën. Praten had geen zin. Zij kon niets beloven, en hij kreeg een woedeuitbarsting toen hij hoorde dat ze weer op reis zou gaan. Er sneuvelden enkele glazen. Vos spuugde haar in haar gezicht, wat haar ontnuchterde. Hij is gek, had ze gedacht, hij is gek. En daarna liet ze alleen Iz de telefoon nog maar opnemen. Ze was aan het werk, immers.

Vos bestond niet meer. Toen dacht ze voor altijd, maar opnieuw is *altijd* slechts tijdelijk gebleken.

De avond voor het vertrek, toen zij haar laatste schilderij af had en Iz de instructie had gegeven om ze in te laten lijsten, wilde ze haar vertrek vieren. Iz wilde nooit uit. Als Levi wilde dansen moest ze alleen gaan, en als ze zin had in theater kreeg ze hem pas mee als het iets heel bijzonders was (Iz vond bijna niets goed genoeg), en naar de bioscoop kon ze hem alleen voor bepaalde regisseurs mee krijgen. Nu ging hij echter zonder tegenstribbelen mee. Ze zouden ergens wat gaan eten, dan zouden ze door de stad slenteren, en daarna wist Levi een muziekcafé.

In dat café stond Vos aan de bar. Ze wilde meteen vertrekken, maar Iz was het er niet mee eens. Het leek, dacht ze, of hij er plezier in had benijd te worden door Vos. De laatste nam echter geen genoegen met deze positie. Hij stapte kordaat op hen af, deed vriendelijk tegen beiden, ging toen naast Levi zitten, en, al pratend over de film die hij zojuist gezien had en waar Iz de recensie van gelezen had, liet hij zijn hand onder de tafel naar Levi's dijen glijden.

Ze weet niet waarom ze het tolereerde. Misschien vond ze het Iz' eigen schuld, die er immers op gestaan had te blijven. Hij wilde zich niet weg laten sturen, had hij gezegd, op deze manier konden ze nergens meer heen, want Vos kwam overal. Het kan ook zijn dat ze Iz niet in verlegenheid wilde brengen door Vos te berispen. Hoe had ze het onopvallend moeten doen? Tweemaal had ze Vos' hand stiekem maar beslist weggeduwd, en hij was gewoon doorgegaan. Pas als ze stampei zou maken zou hij stoppen.

Misschien beviel het haar, die spanning, tenslotte hield ze nog steeds van Vos, en was dit niet wat ze wilde, twee mannen tegelijk?

Pas achteraf had ze gehuild, vele maanden later, toen de Zwitser haar zei dat ze een ander niet aan moest doen wat ze zelf niet verdragen kon. Toen had ze zich dit moment opeens herinnerd, en zich een verrader gevoeld. Iz die zo verdraagzaam was. Iz die waarschijnlijk iets van triomf voelde omdat zij voor hem gekozen had, en wie zij die triomf niet gunde door Vos te steunen in zijn achterbaks verzet. Ze had ook gedacht dat het Vos niet om háár ging,

maar om de overwinning op Iz. Dat er dus eigenlijk helemaal geen sprake van liefde was.

...

Het kwam door de Zwitser, die zo anders was. Hij hield
van haar, zei hij, meteen al toen ze elkaar in de armen vielen
op het dak van het World Trade Center waar ze om drie uur
's middags hadden afgesproken. Geen van beiden kende
New York en dat had hen de beste plek geleken om elkaar
niet mis te lopen. Gelukkig was hij op tijd, want Levi voelde zich er niet prettig. Het was alsof ze naar beneden werd
gezogen, en terwijl hij nog een rondje maakte om van het
uitzicht te genieten, wachtte zij binnen en dacht na.

Ze hadden elkaar niet op de mond gekust. Zij had het
opzettelijk vermeden. Maar hij had haar mond evenmin gezocht.

Zo zou het blijven. Ze deelden hetzelfde bed, meteen in
Manhattan al waar ze in een appartement van een kennis
van Iz logeerden. Zij was al tien dagen in die stad, en had
het bed al drie keer met anderen beslapen. Een Indiaan die
bevriend was met de eigenaar van het appartement, en die
haar op het eerste gezicht ook voor een Indiaanse aanzag
was de eerste geweest. Hij was erg lang waardoor hij slank
leek, maar in bed zag ze dat hij mollig was. Zijn gezicht
wilde ze schilderen, doch het kwam er niet van. Dan waren
er nog twee Amerikanen. Beiden hadden iets van Vos. De
een had zijn krullen en zijn teergevormde gezicht, de ander
zijn ogen. Maar hun fantasie was haar wat te beperkt. Met
de Indiaan heeft ze drie dagen lang de stad door gelopen, en
toen had hij geen tijd meer, want hij was in Manhattan op
uitnodiging van een universiteit voor het geven van colle-
ges. Hij had er veel over verteld, ook over 'my people'. Het
klonk tragisch. Ze had er al eens vaker over gehoord via Iz.
Het had te maken met de winning van uranium en nucleai-

re wapens. Het was echter zo moeilijk om te luisteren als ze naar het bewegen van zijn lippen keek.

Door de Zwitser vergat ze de Indiaan te bellen. Ze hadden veel te praten, de Zwitser en zij, en bovendien was er nog veel te bekijken in New York.

De Zwitser wilde weten wat zij en Iz nu hadden afgesproken, meteen de eerste nacht, toen hij na een lange douche bij haar in het tweepersoonsbed kroop.

'Is Iz your special friend?'

'Yes, sure.'

'Would you allow him to have other girlfriends?'

'He is not interested in other women.'

'But would you allow him?'

'Sure, I would.'

Hij geloofde haar niet. Iz had hem verteld dat zij andere vriendinnen niet zou tolereren, en dat hij zich erbij had neergelegd. Ze werd woedend, stapte driftig uit bed en wilde Iz opbellen. Was hij nu gek geworden om zulke praatjes rond te strooien. Hij kon zich met zijn levensstijl geen vriendinnen veroorloven, maar als hij het zo graag wilde dan moest hij zijn gang maar gaan, als hij dan maar wel wist dat ze hem niet meer om haar heen hoefde. Dan kon hij het voortaan wel vergeten om haar huis als het zijne te zien. Dat irriteerde haar toch al, dat hij maar net deed of hij bij haar woonde.

'You are already mad with him though there isn't anybody else yet,' zei de Zwitser.

De verleiding om tegen hem aan te kruipen was er niet. Als hij zich als een pastoor gedroeg, en hij zou dat de komende maanden blijven doen, dan hoefde dat samen reizen niet meer, zo had ze liggen mokken in zichzelf. Ze kon aan zijn ademhaling horen dat hij evenmin sliep.

'I love you Bruta,' (zo noemde hij haar al sinds haar aanval van hysterie op de boot naar Jakarta; 'Bruta', het klonk Spaans, maar ze wist niet wat hij bedoelde) fluisterde hij, 'but I don't want to possess you. Besides that your friend is my friend too.'

De volgende ochtend werd ze in zijn armen wakker. En elke nacht opnieuw was er het verlangen, ook bij hem wist ze, maar dat ze negeerden. Of eigenlijk leverde de hunkering een genot op dat sterker was. Volmaakter eigenlijk. Zijn lichaam paste om het hare. Elke draai in hun slaap maakten ze samen. Na New York kwam Los Angeles, en van Los Angeles vlogen ze naar Guatemala, waar ze twee maanden rondreisden, en vanwaar ze Iz telegrafeerde: 'Ik mis je. Kom gauw.'

...

Len had geen vriend. Er waren wel mannen die hij bewonderde, maar die hij tegelijk op een afstand hield, uit vrees, zo leek het, dat ze door de mand zouden vallen. Er was een vriend die juist vertrok toen zij er aankwam, en van wie ze dacht dat hij de postbode was vanwege zijn pet, een mal uniform en zijn zwarte fiets met toeters. Len hing uit het raam, en zwaaide de man zo uitbundig uit, dat hij misschien toch geen postbode was, en evenmin iemand van de spoorwegen, wat ook gekund had.

Een paar dagen later, op een feestje, zei hij: 'Kijk, dat is mijn vriend.'

'Wij kennen elkaar al,' had die man gelachen, maar ze had hem niet herkend door de andere kleding, zijn zwarte hoed waarvan hij de rand een beetje raar had omgeslagen, zijn wandelstok, en een veel te krap zwart colbertje.

De man citeerde enkele regels uit haar bundel, wat haar verwarde. Omdat ze niet wist hoe ze reageren moest is ze die avond verder uit zijn buurt gebleven.

Enkele weken later pakte Len opeens midden onder het avondeten de telefoon en draaide het nummer van deze vriend om hem te vragen of hij naar zijn voorstelling wilde komen kijken. Zij hoorde een vrouwenstem, wist niet wie Len aan het bellen was, en had haar oren argwanend gespitst om iets op te vangen. Len lachte zelden voluit, maar nu leek hij te schateren, en toen hij de hoorn kort daarop weer neerlegde, voelde ze zich opgelucht, daar hij vertelde wie hij gebeld had. Hij had hem echter niet zelf, maar zijn vriendin aan de lijn gehad, die hem niet aan de telefoon wilde roepen omdat hij juist aan het bergbeklimmen was. Echter niet in Zwitserland of Oostenrijk, zoals Len mocht veronderstellen, maar in de kamer, op bergen piepschuim, waar hij zich nu al op drie meter hoogte bevond, en ze was bang dat hij zou vallen als ze hem in die positie de hoorn aanreikte.

Len noemde hem slechts zijn vriend als de man hem kon horen. Ze zag hem nog een keer. Hij was inderdaad naar Lens voorstelling komen kijken, en na afloop, toen Len zich nog aan het afschminken was, raakte ze met hem aan de praat. Ditmaal droeg hij geen hoofddeksel. Het verbaasde haar dat hij er ondanks een kalende kop aantrekkelijk uitzag. Weer citeerde hij enkele dichtregels uit haar bundel, maar nu reageerde ze wél: 'Hoe weet je dat ik gedichten schrijf?' vroeg ze.

'Wie weet dat niet?' vroeg hij.

Len niet, dacht ze, maar ze zei het niet. Liet hem vertellen hoe hij aan haar bundel gekomen was. Een cadeau van zijn vriendin, juist die ochtend dat hij haar bij Len op bezoek zag gaan. Toen is hij er enkele die hem bevielen gaan repeteren voor als hij haar weer eens tegenkwam. Daar had hij geen moeite mee. Was gewend om teksten uit zijn hoofd te leren, en met rijm ging het zelfs nog een stuk sneller dan met gewone dialogen. Maar hoe was zij in godsnaam aan Len gekomen, die analfabeet!

Zijn mond stond niet stil. Om te illustreren dat het citeren hem gemakkelijk afging zei hij als een waterval Franse verzen op waar zij zo gauw de maker niet van herkende, fragmenten uit *Hamlet*, en opnieuw een gedicht uit haar bundel, dat hij stotterend voordroeg om haar aan het lachen te maken.

Op dat moment kwam Len, die niet naar hen toe liep, maar hen van een afstand bekeek. Een glimlach die zij geloofde, maar die zij achteraf als geforceerd zou beschrijven omdat zij toen beter wist, en ook al wenkte ze met haar kin en met haar ogen, hij kwam niet.

'Ik ga naar Len,' zei ze, want ze kon zich niet meer concentreren. Ze kreeg last van dat geratel, en zag Len omringd door vrouwen, met zijn rug naar haar toe.

'Hij komt wel hier,' hield de man, aan wie zij zich nu ging ergeren, haar tegen, en vreemd genoeg bleef ze staan. Zo begon hun eerste ruzie. Len dronk te veel, boog zich steeds iets te geïnteresseerd naar de dames die hem complimenteerden en zij stond er als verlamd. Verafschuwde haar jaloezie. Walgde van wat er gebeurde. Had tot dusver gedacht dat haar liefde voor Len anders was.

Tegen Levi zei Len dat hij geen vrienden had. Er was een collega geweest, maar dat was, zo zei hij, vanaf het begin haat-liefde, en nu meer haat dan er ooit liefde was geweest.

Je kon niemand vertrouwen, zei hij. Ze gebruikten hem, dat was altijd zo geweest. Toen hij op de lagere school zat lachten ze hem achter zijn rug uit, en lieten hem giftige besjes eten omdat ze wisten dat hij gek genoeg was om het te doen, en zo belandde hij in het ziekenhuis, waar niemand hem op kwam zoeken. Iedereen is met zichzelf bezig, zei hij, je kon van niemand op aan.

Had zij hem willen bewijzen dat er wel degelijk vriendschap mogelijk was? Ze had zich uitgesloofd. Zichzelf weggecijferd. Tot haar schrik had ze bemerkt: ik ga op Iz lijken. Zoals ik omga met Len ben ik precies Iz, en Len gedraagt zich zoals ik, als ik niet met Len ben maar met anderen. Het deed haar rillen, die ontdekking, zoals een foto van Iz haar soms kon doen rillen omdat hij haar liet zien op een manier zoals zij niet gewend was zichzelf te bekijken.

...

Ze wilde van hem weg. Ver. Hem vergeten. Niet meer afhankelijk zijn.

...

China.

In Chengdu had ze een Chinees meisje leren kennen dat goed Engels sprak, en dat spontaan met haar mee op reis ging omdat ze veertien dagen vakantie had. Ze was pas drieëntwintig, gaf les, heette Fu Wei, wat zoiets als 'beschermd' betekende, maar was, zei ze met enige teleurstelling, aanvankelijk 'heldere wolk' genoemd, wat haar ouders plotseling veranderden omdat ze de naam te burgerlijk vonden. 'Noem jezelf dan toch gewoon "heldere wolk",' zei Levi optimistisch, maar Fu Wei schudde haar hoofd. Er zouden te veel papieren veranderd moeten worden, en de naam had haar immers al gemaakt.

'You know, bambu only grows straight, right. Even when the wind blows strong, the bambu does not break, right. So, they say, when bambu grows in your chest, people cannot change your idea, you have much confidence in yourself. So, you see, I think you have bambu growing in your chest.' Haar stralende lach. Fu Wei had de zon weer in haar ogen laten schijnen. Ze sprak met Fu Wei over alles. Dingen waar Fu Wei van schrok, en soms bang voor was. 'Chinese girls don't know about sex, right, so I don't know anything, you see. Yesterday I was still innocent, now I have learned from you. I am very surprised. Chinese girls don't talk about these things, right.'

Er was Jolisa, er was Fu Wei, en toen kwam Malika.

Toen ze Fu Wei naast zich in de bus zag, met haar blauwe trainingspak, en haar lange vlecht, had ze niet gedacht dat het meisje van China was. Ze had aangenomen dat het meisje een toeriste was, zoals zij, iemand uit de Verenigde Staten die hier haar familie kwam opzoeken. Ze wandelden samen wat rond, en Levi vertelde haar van haar spontane besluit naar China te gaan, om van Len los te komen. Ze vertelde veel over Len, maar niet alleen over hem, ook over Iz, en over Vos en zelfs over de Zwitser. Het meisje stelde vragen als Levi zweeg, waardoor ze niet doorhad dat het meisje achter haar bescheiden glimlach haar ontsteltenis verborg. Pas toen Levi besefte dat ze dit meisje alles, alles waar ze nooit eerder met iemand over gesproken had, in rap Engels had prijsgegeven zonder dat ze zelf ook maar iets van dit meisje wist, vroeg ze: 'Where are you from?'

En toen was zij op haar beurt perplex dat Fu Wei, wier naam ze toen nog niet wist, in het zuiden van China geboren was, in het noorden, bij haar oma was opgegroeid totdat ze een jaar of twaalf was, en toen verder door haar ouders in het zuiden was grootgebracht. Sinds een jaar woonde en werkte ze in Chengdu, maar ze hoopte over een halfjaar naar het noorden te verhuizen, en daar te werken.

Fu Wei, aangemoedigd door Levi's openheid, begon zelf ook te vertellen. Hoe zij nog altijd boos op haar moeder was dat zij haar bij haar oma hadden gelaten, en niet samen met haar andere zussen door haar eigen ouders was opgevoed. Nooit zou zij de band krijgen met haar moeder en zussen die zij wél met elkaar hebben. Ze miste dat contact. (Bij het afscheid twee weken later zou Fu Wei haar zeggen dat Levi voor haar betekende wat haar zussen en moeder nooit voor haar hebben kunnen zijn.)

Ze was dol op chocolade, zei ze. Haar vader stuurde dat

regelmatig voor haar op. En toen haar ouders haar na vier jaar op kwamen zoeken, en haar oma wilde dat ze haar vader begroette, zei ze: 'Hij is mijn vader niet.' Haar vader werd boos, en probeerde haar te lokken met chocolade. Ze bleef weigeren. En toen had hij gezegd dat ze, als ze hem geen vader noemde, nooit meer chocolade opgestuurd zou krijgen. En nog had ze geweigerd. 'Ik hoef jouw chocolade niet,' had ze gezegd.

'My father is a very serious man, right. He is still very angry about that.'

Levi liep wat onhandig naast Fu Wei, die zoveel kleiner, en zo tenger was. Ze voelde zich lang en slungelig naast dat fijngebouwde meisje, daarom stelde ze voor te gaan zitten. Fu Wei wist een rustig plekje tussen wat struikgewas. Levi had er moeite mee, totdat ze zag dat veel meer Chinezen zich tussen de struiken hadden genesteld.

Daar vuurde Fu Wei in een razend tempo allerlei vragen op haar af. 'What do man and wife do together when they make love?' was de eerste vraag die Levi deed duizelen. Fu Wei's nieuwsgierigheid was echter al te veel gewekt om haar nog af te kunnen remmen. Ze wist wel, zei ze, dat als man en vrouw getrouwd zijn, zij hun kleren uittrekken en dan iets doen samen. Maar, wilde ze weten, wat dan? En kon Levi nog wel trouwen nu zij met al die mannen de liefde had bedreven?

Levi begon bij het begin. Voorzichtig. Zich aanvankelijk nog afvragend of ze werkelijk alles moest vertellen, de details, want wat had het voor zin voor een Chinees meisje in een andere samenleving. Maar al gauw sprak ze met Fu Wei, net als eerder die dag, als met een goeie vriendin (die ze overigens lang – hoe lang? – niet had gehad).

Fu Wei had geen vrienden, zei ze, want ze woonde nog maar een jaar in Chengdu. Ze miste de meisjes van school die in het zuiden woonden. Daar had ze wel vriendinnen.

Nee vriendjes had ze niet. Durfde ze niet. Misschien op een dag, als ze een gezin wilde.

Als Levi diep nadenkt over wat je eigenlijk voelt als je een orgasme hebt, en serieus naar woorden zoekt om het gevoel uit te drukken, legt Fu Wei, als een troostend gebaar lijkt wel, alsof Levi over pijnlijke zaken vertelt, haar hand op haar arm. Ze zitten dicht tegen elkaar. Fu Wei zweet niet, Levi wel. Maar ze merkt het nu niet. Ze zoekt naar woorden. Haar Engels is eigenlijk niet goed. Haar vocabulaire is beperkt. En zou ze het gevoel in haar eigen taal kunnen beschrijven? Ze vraagt Fu Wei of zij nooit droomt, en opeens in zo'n raar gevoel wakker wordt, waarbij zij van top tot teen siddert, en dat het zo fijn is dat ze niet zou willen dat het ooit nog ophoudt.

Dan vertelt Fu Wei haar een droom.

Ze zat in de bioscoop. Naast haar zat een jongen die ze niet kende. Hij las een boek. Zij keek opzij, en zag hem aandachtig lezen. 'Mag ik het boek ook even?' had ze gevraagd. Het mocht. Fu Wei begon erin te lezen, en ze genoot er zo van dat ze het boek, en het omslag begon te likken. (Haar tong, lang, uit haar mond bewoog over de denkbeeldige bladzijden en het omslag.) En toen, zo zei ze, voor ze er erg in had, nam ze er happen van (haar helderwitte tanden beten gulzig in het denkbeeldige boek dat ze in haar kleine handen hield, happen die ze met een smakelijke blik wegkauwde en doorslikte) en zo at ze het hele boek in één keer op.

Levi is sprakeloos. Kippevel over haar rug en op haar armen.

Maar toen, zo vervolgde Fu Wei, een beetje triest bij de herinnering, toen voelde ze zich schuldig want nu had die jongen geen boek meer. Ze beloofde hem het boek te kopen en het aan hem terug te geven, maar de jongen zei: 'Nee, dat kan niet, het boek was niet van hem geweest, hij had het ook maar geleend.'

Fu Wei en Levi waren twee weken lang onafscheidelijk. Op een nacht werd ze wakker van een schreiende Fu Wei. Het meisje had een droom over haar moeder. Ze kon niet vertellen wat het was geweest, daarvoor was de droom te erg, zei ze. Wel vertelde ze een herinnering die naar aanleiding van deze nachtmerrie naar boven kwam. Toen ze op haar twaalfde, dertiende bij haar ouders woonde, was ze erg ziekelijk, en haar moeder, die in het ziekenhuis werkte, had er moederkoek weten te bemachtigen en het haar te eten gegeven. Ze had er een klein beetje van geproefd, en toen verder geweigerd om het spul te eten. Ze wilde dat haar moeder haar eerst uitlegde wat het precies was. Pas vele jaren later, zei ze, wilde mijn moeder het mij vertellen. 'Do you foreigners eat that to make you strong?' vroeg ze, met een ernstige blik. Levi zag slechts oogwit in het donker.

...

Levi zelf weet niet hoe oud ze was. Vermoedelijk kon ze nog niet praten. Het is haar vroegste herinnering. Er was een feest aan voorafgegaan. Haar oma's huis, zoals ze zich de slaapkamer herinnert. Haar vader en moeder lagen in een ander bed, en ze was erbij gekropen, zoals weleens vaker dacht ze, want ze was verbaasd en overstuur van haar vaders reactie, zijn drift, dat hij haar sloeg, misschien voor het eerst, de pijn herinnert ze zich niet meer, maar wel dat ze het niet begreep, dat ze huilde, schokkend, zoals nooit tevoren, en dat een tante haar bij haar nam, en zei: 'Je mag niet zomaar bij papa en mama in bed kruipen, papa is niet boos, maar hij is geschrokken.'

Soms opeens herinnerde ze zich haar eigen snikken, gesmoord door haar tantes borst waar haar gezicht in verdween onder de dekens.

Ze was al twintig, of ouder, toen ze haar moeder vroeg waarom hij die keer zo kwaad was geweest. Nog ziet ze de muur, waar ze door zijn klap tegenaan viel, en zijn woedend gezicht, zo groot en donker vlak boven haar hoofd.

Haar moeder wist van niets. Ze kon zich het voorval niet herinneren, en haalde onverschillig haar schouders op. Het was waarschijnlijk nooit gebeurd, zei ze, want Levi had veel fantasie.

Maar nog steeds voelt Levi de krampen ter hoogte van haar hart als ze zich haar vader herinnert met haat in zijn ogen, en niet begrijpt waarom waarom.

Haar moeder zei dat ze als heel klein meisje al haar hoofd wegdraaide als haar vader haar wilde zoenen. Zelf weet ze dat ze een afschuw heeft van pepermunt, waarschijnlijk omdat hij er altijd op liep te kauwen. Ze kan het niet bewijzen, maar ze denkt dat ze weet waar weerzin begint.

...

Ze hadden beloofd elkaar te schrijven, maar door onzorgvuldigheid was Levi het adres ergens onderweg al kwijtgeraakt. En sinds ze terug is heeft ze nooit iets uit China ontvangen. Misschien wachtte Fu Wei beleefd totdat zij eerst zou schrijven. Ze was zo bescheiden en welopgevoed, misschien wilde ze niet opdringerig zijn.

...

Toen Iz naar China ging had ze hem gevraagd naar Fu Wei uit te kijken. Ze had hem een foto meegegeven die ze met haar Minox had gemaakt. Ze stond er niet zo mooi op als ze was, en haar fijne trekken kwamen niet tot hun recht. Maar Iz zou haar met die foto moeten kunnen vinden. Er was echter al een jaar voorbij, en Fu Wei zou immers naar het noorden verhuizen.

Iz vond haar niet, maar maakte wel andere vrienden.

...

Toen het meisje zo schreide, haar ogen dicht, in elkaar krimpend van pijn, had zij zich tegen haar aan gedrukt, zich om haar heen geworpen als een deken, en haar met haar gewicht weten te kalmeren, haar wang tegen die van Fu Wei, haar borst tegen de hare, haar slaap opsnuivend als een geur die zij nooit meer zou vergeten, zo zoet, zo zuiver, totdat ze stil was, ontspannen, en verlegen lachte: 'Sorry that I'm causing you so much trouble.'

...

Ze weet niet wat ze mooier vindt. De verschillende schilderijen op zijde, rijstpapier, of goedkopere papiersoorten als volkskunst aangeprezen, of wat de straatlantaarns in de dwarsstraat die naar haar guesthouse leidt, op de stoep aan schaduwen schetsen. Misschien de verbinding, misschien het zien van wat die volkskunstenaars eeuwenlang inspireerde, zo nabij hun diverse interpretaties, misschien is het dát.

Liever is ze schilder dan dichter, nee liever zag ze de taal als tekens die bewegen met de wind.

Ze zou ze allemaal willen kopen, die tekeningen van die verlegen Chinese jongeman met zijn innemende lach, die zo weinig inkt verspilt om zoveel te zeggen. In plaats daarvan maakt ze een foto, met flits, want het is schemerig, en koopt er eentje, een bamboescheut die halverwege het kader induikt, even verderop weer terugbuigt, en daardoor het papier verder blank laat. Hij rolt de tekening voorzichtig op, en schuift hem in een bamboekoker. Lacht.

Er is een jongen met te weinig plaats voor zijn werk (gewoon papier, geen zijde of rijstpapier, niet in zijde opgetrokken tot een prijzenswaardig meubilair). Ze ziet zijn tengere lichaam zich bescheiden wegdraaien als ze bij zijn werk stilstaat dat hij met behulp van wasknijpers deels over elkaar heen hangt aan een lijntje.

...

Len trok een malle grijns toen hij de tekening zag. 'Ik hou niet van dat Chinese spul,' zei hij.

...

Ik hou van je. Ze heeft het veel gezegd, maar het heeft nooit hetzelfde betekend. Het is makkelijker in 't Engels omdat je dan minder beseft wat je zegt. 'I love you,' zei ze tegen Fu Wei, maar ze had het te slapjes gevonden voor wat ze bedoelde. Tegen haar had ze het liever in 't Nederlands gezegd, als het meisje het had kunnen verstaan.

Tegen veel mannen verkoos ze te zeggen: 'Ik begeer je,' maar het klonk niet uit haar mond, daar moest je echt Hollands voor zijn, vond ze. 'Ik ben gemas op je,' dat klopt meestal, maar dat zouden ze niet begrijpen.

Qinghai.

De woestijn bekijken vanuit de trein is inspirerend. Het is mogelijk het gerochel, de Chinese radio, de knoflookwalm, en het botsen tegen haar knie van de ongeduldige passanten op te laten lossen in het oneindige van het zand, de heuvels, de rotsige horizon.

Alles is mooi als je bereid bent de schoonheid ervan te zien, denkt ze, en juist nu herinnert ze zich hoe ze op Koh Samui, in Thailand, twee uur lang, op een halve meter afstand in de ogen van een salamander keek, en de illusie had het van hem te winnen. Ze verloor. Daarna was hij spoorloos verdwenen.

Starend in de verlaten witte vlakte probeerde ze zich zijn

ogen te herinneren. Zijn slanke soepele gestalte en zijn speciale glimlach, waarvan ze aanvankelijk had gedacht dat hij slechts voor haar op zijn gezicht verscheen.

Het was volle maan, zag ze, toen zelfs de hasj rokende Chinezen van middelbare leeftijd op hun 'hard-sleepers' waren geklommen, en sliepen. Het wit en zwart balancerend in het berglandschap, een spel om te ontdekken waar zand en waar rots zou zijn, hield haar bezig, zodat ze niet meer hoefde te treuren om hem die ze ontvluchtte.

...

Er zijn straten die ze mijdt omdat hij er zou kunnen lopen. Cafés, koffiehuizen waar ze niet durft af te spreken hoewel zij ze ook voordat ze Len kende bezocht. De glaswinkel in de Jordaan kan ze niet passeren zonder pijn. Ze hebben er twee nieuwe spiegels gekocht, elk van honderdvijftig bij vijftig, omdat hij die ene grote, een erfenis van een voorstelling met zijn vroegere collega, waarin die spiegel van drie bij twee meter een grote rol speelde, gebroken had.

Eerst had hij zijn bierflesje tegen de wand gesmeten. Het was een mooi gezicht tegen de witte muur, met het schuim dat als een miniatuuroceaan van de muur droop. Maar toen had hij zijn draagbare televisie, die op zijn vuilnisbak stond, op het midden van de spiegel gemikt, wat echter slechts drie barsten in het tien millimeter dikke spiegelglas opleverde. Dat maakte hem pas goed driftig, zag ze, en hij pakte met twee handen de overvolle vuilnisemmer (ze hoorde flessen rammelen), tilde hem boven zijn hoofd (lege whisky- en cognacflessen vermoedde ze, want de lege wijnflessen stonden gewoon op de grond) en gooide die er achteraan. Zijn hele atelier, of huiskamer, hoe zou ze het noemen, lag onder de scherven. Trillend van angst had ze bij de deur gestaan, met de deurknop in haar hand, klaar om weg te gaan.

De reden van zijn uitbarsting heeft ze nooit goed begrepen. Waarschijnlijk dat ze naar huis toe ging, want ze had met Malika afgesproken. Hij wantrouwde haar. Vond dat ze moest blijven die nacht.

Ze zag hoe hij zich bukte om een omgevallen kruk op te rapen, en die in haar richting wierp. Het werd tijd om te vluchten.

Het was vier uur 's nachts. Terwijl ze de trappen van zijn woning afrende hoorde ze dat er meer aan gruzelementen ging. Boven hoorde ze deuren opengaan en sluiten. Buren fluisterden op de trap. Haar hakken, zo zelden liep ze op hakken, en uitgerekend vannacht... Nog meer glasgerinkel. Achter haar hoorde ze glas vallen. Hij had iets door het raam gegooid. Nog meer ramen sneuvelden.

Ze keek niet om.

Bij de dichtstbijzijnde telefooncel, een junkie naderde haar, maar angstiger dan ze al was kon ze niet worden, belde ze een gemeenschappelijke kennis, of die Lens ex-vriendin, ook een Indisch meisje net als zij, dat altijd voor hem klaarstond, dat kinderen wilde, trouwen... wilde bellen.

Eenmaal thuis, waar Malika niet was, maar waar wel een briefje lag met de sleutel, dat ze toch niet bleef slapen omdat ze moe was en de volgende dag niet naar college ging, belde ze Len.

'Alles gaat goed,' schreeuwde hij in de hoorn met een koude krakerige stem, en legde neer.

Vier dagen later was hij jarig, en kochten ze samen de spiegels. Van zijn ex kreeg hij een tweedehands televisie die van haar ouders was geweest. Ze wilde niet op zijn verjaardag komen. Was beledigd dat alles weer zo snel koek en ei was met Levi, terwijl zij, als ex, die nacht bij hem was geweest om hem te kalmeren. In die zeven jaren dat zij hadden samengewoond was hij nooit agressief geweest, dus als hij dat nu wel was, moest hij zich toch af gaan vragen of 'dat enge mens' wel geschikt voor hem was. Len gaf toe dat hij zelfs geen kopje had gebroken voordat hij Levi kende, en dat het inderdaad een beetje vreemd was dat hij nu weer gewoon met haar vree alsof ze hem niet kort geleden tot razernij had gebracht.

Al haar herinneringen aan hem zijn ongewoon. De gewoonste dingen met hem werden merkwaardige gebeurtenissen.

...

De Zwitser was een raadsel voor haar. Twee maanden lang weigerde hij haar zelfs maar op de mond te kussen uit piëteit, of kameraadschap met Iz. Hij zag hoofdschuddend toe hoe zij af en toe wel anderen haar bed in lokte, en dan nam hij een kamer apart totdat ze weer genoeg van die ander had.

In het algemeen week hij niet van haar zijde, en in Guatemala zochten ze 's nachts vaak troost bij elkaar als ze schoten hoorden, of tanks. Soms hield hij het niet uit in bed en stapte naar buiten om te kijken. Een keer kwam hij huilend terug. Een dorp waar ze zaten omdat ze namens Iz een pakketje op een project moest afleveren. Ze had de mitrailleurs gehoord. Kon desondanks niet geloven wat hij vertelde. De kennis van Iz had moeten vluchten omdat zijn broer doodgeschoten was... Levi wilde er niet blijven, in dat dorp, en deed het pakketje op de post. Had niet de moed een held te zijn. De Zwitser was diep verontwaardigd toen hij in de belangrijkste krant las dat de mensen die hij in koelen bloede vermoord had zien worden door een groep soldaten, zogenaamd door guerrilla's gedood zouden zijn. Hij schreef een brief en bracht die persoonlijk naar de krant zodat ze hem als rectificatie konden plaatsen. De volgende ochtend kwam een man van een jaar of veertig hem in het hotel waarschuwen dat het verstandiger was om er vandoor te gaan. Er waren al meer buitenlandse journalisten op merkwaardige wijze verdwenen. Hij kon ze beter voor zijn nietwaar.

Ze namen de bus van drie dagen door El Salvador en Honduras naar Nicaragua. Zo misten ze Iz die zij juist getelegrafeerd had te komen, en dat hij hen kon vinden aan het meer. Ze had twee plaatsjes gesuggereerd die klein genoeg waren om elkaar niet mis te lopen. Iz zocht in alle plaatsen. Zwierf drie weken lang rond en op het meer totdat hij het zoeken opgaf, en net als zij een maand tevoren, de bus naar Nicaragua nam. Daar ontmoetten ze elkaar in de hoofdstad Managua op een plein. Ze at een maishapje op straat toen ze hem zag staan, en dacht: 'Wat een mooie man.' Het was Iz.

Er was veel te vertellen. Iz had naar hen gevraagd en was zo achter de ondoordachte maar moedige daad van de Zwitser gekomen. Toen pas had hij een vermoeden gehad, en hij was even erg bang geweest want hij had ook de projecten in Guatemala-stad bezocht, waar niemand meer zat vanwege de ernst van de situatie. Hij had gedacht dat Levi niets doms zou doen met de Zwitser in de buurt, maar dat nu juist de Zwitser was gaan schrijven had hij niet kunnen voorspellen.

In allerijl had Iz overigens meer informatie over de politieke situatie en de huidige stand van de projecten verkregen dan Levi in de twee maanden had kunnen verzamelen. Ze had ontzag voor zijn kennis, en kreeg zoals vaak een hekel aan zichzelf, omdat ze zo blind was. Samen met hem kwam ze altijd zoveel meer te weten over een land, over wat er speelde. Zonder hem leek alles langs haar heen te gaan.

Levi verzamelde erotische blikken, stralende glimlachen, lieve complimenten, gezellige en openhartige gesprekken, herinnert zich hoe ze zich voelde toen ze op een grote rots aan het water zat, of naast een Indiaanse die zat te weven en haar voordeed hoe de draden getrokken moesten worden. Ook als ze haar best deed zag ze niet meer dan wat haar omgeving van haar reflecteerde.

Ze reisden met hun drieën. Alles deden ze samen. Drie vrienden. Van sex was geen sprake. Pas vele maanden later, toen ze in Lima zaten, en ze ietwat verveeld in de stad rondhingen, want Iz verwachtte belangrijk nieuws in verband met werk (altijd weer wist hij het reizen met zijn werk te combineren), toen waren de Zwitser en zij, geil van verveling, denkt ze achteraf, opeens niet meer in staat, de gelegenheid die zo vaak geboden werd, niet te nemen. Plotseling leek het gedaan te zijn met zijn zelfbeheersing. Hij sprak niet meer over schuldig en slecht. Hij zoende haar al zodra Iz de deur achter zich dichttrok om naar het postkantoor te gaan.

Ze was niet meer verliefd, het was gezellig met hem, knus, en ze was eraan toe na zo'n lange periode niet te hebben gevreeën.

Eenmaal thuis zou de Zwitser haar er in brieven van beschuldigen hem expres te hebben verleid. Ze zou hem hebben meegetrokken in haar slechtheid. Alsof niet hij haar toen tegen zich aan had gedrukt en hevig gekust, terwijl zij alleen haar hand op zijn hoofd had gelegd om te voelen of hij koorts had. Zo was het begonnen. Hij was ziek, en daarna kreeg zíj griep.

Alleen in Lima hadden ze het zover laten komen. Daarna reisden ze weer als drie vrienden. Altijd in elkaars nabijheid.

Ook tijdens die reis had Vos haar regelmatig geschreven. Zij hem veel minder want in het Amazonegebied ging het niet, in Ecuador schilderde ze dag in dag uit, en in Peru wandelden ze in de bergen. Maar dat begreep hij niet, hij kon immers overal en altijd schrijven, dus waarom zij niet?

...

Hohhot (Huhehaote).

Het was tien voor halfnegen. Met de rug naar haar toe, wijdbeens, door zijn lengte groot en toch teer in die nieuwe hotelhal, zijn handen in zijn nek, de ellebogen naar buiten, zijn slanke armen als vleugels naast zijn hoofd, helde hij met zijn bovenlichaam achterover. Zo kwetsbaar, zijn witte overhemd deels uit zijn keurige pantalon, het kraagje van zijn overhemd dat opwipte waardoor de zwarte stropdas even onder zijn slanke handen zichtbaar was. In 't midden van de ruime hal rekt hij zich uit, als een poes voor de open haard, draait zich om, en lacht verlegen.

Ze stond op van de bank, passeerde hem, en liep regelrecht naar de lift. Ze hoefde niet om te kijken om te weten dat hij haar gevolgd was. Meerdere mannen verzamelden zich bij de lift die op zich liet wachten.

Hij ging er als laatste in, zij als eerste. Ze zag dat hij op de vier drukte.

Pas toen de lift stopte keken ze elkaar aan, en maakte hij een buiging om haar voor te laten gaan, waardoor ook de anderen (Chinezen) beleefd opzij stapten. Op de gang liep ze naar rechts, hoorde hem achter haar, had dus op goed geluk de juiste richting gekozen. Opeens stond hij voor haar, opende een deur, maakte opnieuw een lichte buiging en liet haar binnen. De deur achter haar ging dicht.

Ze zoenden. Wild. Ogen gesloten, trillend, sidderend. Nog nooit had ze eerder gekust dan gesproken (of wel?) en toen wist ze nog niet dat er voor woorden verder geen tijd zou zijn.

Om halfelf werd ze wakker met haar hoofd in zijn slanke handen, liggend op zijn buik, haar billen tussen zijn bovenbenen. Ze was niet verbaasd waar ze was, wel opnieuw opgewonden van zijn koele vingers achter haar oren.

Zonder hem te wekken stond ze op, kleedde zich aan. Op zijn horloge, dat hij tijdens het vrijen ongemerkt had afgedaan zag ze de tijd. Ze zocht op de tafel, tussen papieren, blanco (keurig op een stapeltje in de hoek naast de televisie) naar zijn naam of een andere aanwijzing wie hij was en wat hij in China kwam doen, maar vond niets.

Zijn lippen. Nog mooier dan zijn ogen misschien.

Ze had haar kleine rugzakje bij de deur laten vallen, en nu lag het er nog precies zo. Met angst hem te wekken zocht ze haar kleine fototoestel. De kortste afstand was negentig centimeter. Het was iets te donker, ook bij een diafragma van 2.8. Nerveus hing ze boven zijn mond, die enigszins vervormde, die leek te willen kussen.

Het filmrolletje was vol, dat was ze vergeten.

Precies om kwart over elf was ze op het station, even voordat de trein binnenreed. De wandeling ernaar toe, het was niet zo warm, had haar goed gedaan. Onderweg had ze tweemaal geaarzeld om het moeizaam verkregen treinkaartje te laten verlopen en naar hem terug te gaan. Ze had haar naam en adres niet achter durven laten uit vrees opdringerig te lijken. Ook bij de balie, waar ze haar bagage had opgehaald, had ze overwogen een briefje te schrijven en bij de receptie voor hem af te geven. Maar op welke naam? 'That tall guy on the fourth floor with the beautiful eyes and those incredible lips. He might be French, might be Russian, but I don't think he's American or English, and he's certainly not Dutch.' Ze wist zelfs zijn kamernummer niet.

Misschien is hij een griezelig zakenmannetje. Een etterbuil of een vertegenwoordiger in wapens.

In de trein had ze geen lust te eten of te slapen. Steeds opnieuw voelde ze zijn vingertoppen in haar hals. Ze zocht tevergeefs de kleur van zijn ogen in het grauwe landschap, voelde de veerkracht van zijn lippen opnieuw opnieuw opnieuw.

Dit is China, had ze gedacht. Fu Wei had ze immers nog niet ontmoet.

...

Ze heeft veel gezworven, maar zelden alleen.
Altijd zocht ze een lichaam, een bed was om te delen.

...

Drie dagen hadden ze om elkaar heen gecirkeld als twee bijen. Zij logeerde in een dormitory ongeveer vijfhonderd meter verderop, maar kwam er elke dag om er te eten, en om hem te zien. Hun blikken kruisten elkaar, en als ze expres met haar rug naar hem toe ging zitten voelde ze zijn ogen in haar rug.
Ze snelde weg voordat hij haar aan zou kunnen spreken. Alleen die keer, omdat ze vertrekken zou, gaf ze haar zware rugzak aan de balie af en nam plaats op de veloursbank in de hal, haar kleine rugzakje op haar schoot, met haar tekenspullen, echter niet in staat iets te doen omdat ze wist dat hij zou komen.

...

Malika
Wat ging eraan vooraf?

...

Vos en Levi, beiden wisten ze dat het nu werkelijk afgelopen was. Maar juist in deze fase deden ze hartstochtelijker dan ooit pogingen elkaar te ontmoeten. De Zwitser had Levi ertoe doen besluiten een keuze te maken. Het was waar, zover was ze, ze kon het toegeven, dat ze al jaloers was bij de gedachte dat Iz naast haar andere vrouwen zou liefhebben. Vos en zij moesten gewone vrienden worden. Vos zag dat Levi het serieus meende, en ging ermee akkoord, zei hij. Ze zagen elkaar een enkele keer, praatten wat stijfjes over zijn werk en haar reis, en giechelden als kleine kinderen als ze ontdekten dat hun handen als vanzelfsprekend naar elkaars geslachtsdelen gleden.

Iz was niet blij met haar besluit. Hij geloofde niet dat ze werkelijk voor hem koos. Dat had hij vaker gehoord, zei hij, en hij wilde niet 'blij zijn met een dood vogeltje'. Levi vergat in haar verontwaardiging dat ze werkelijk eerder over de telefoon of per brief eeuwige trouw beloofd had. 'Nooit,' zei ze, 'nooit eerder had ze voor hem gekozen, maar nú was het echt geméénd.'

In haar trots dit te bewijzen verzweeg ze dat Vos en zij toch af en toe, ondanks hun zorgvuldig gekozen afspraken in de schouwburg, in restaurants of kroegen, altijd wel plekken vonden om elkaars lichaam af te tasten. Voor het eerst van haar leven loog Levi tegen Iz.

Vos kreeg een vriendinnetje. Een half-Chinees meisje, dat op haar leek. Ze was iets kleiner, iets molliger, maar haar lach en haar ogen waren dezelfde. Daarom was Levi niet jaloers, maar juist vereerd met Vos' nieuwe liefde. Bovendien deed Vos haar geloven dat hij er nog altijd voor haar was. Ze hoefde maar te kikken, zei hij, en alsnog wilde hij met haar trouwen, een kind bij haar, desnoods een reis om de wereld als het trouwen haar benauwde.

Ze zagen elkaar steeds minder, dat wel, en geen van beiden leek de ontmoetingen te missen. De laatste stuiptrekking van hun slijtende liefde had plaats in Hamburg. Een stad waar hij moest zijn om te praten over een gezamenlijke produktie, en waar zij zogenaamd een vriendin bezocht. Hij had zijn afspraak met de televisie al gehad voordat zij er, moe van zes uur rijden, aankwam. 'Even liggen,' zei ze, 'ben zo moe,' en de vier dagen die ze in die stad bleef heeft ze met Vos slechts in bed doorgebracht.

'Wat vond je van de stad?' vroeg Iz.

Eén nacht slechts waren ze op stap geweest. Een travestie-tenshow waar ze zich met de taxi hadden laten brengen omdat ze allebei te wazig waren om te rijden. Noch Vos noch haar scheen het te verbazen dat ze het bed niet verlieten. Alleen bij het afscheid, toen ze ieder in hun auto stapten en Vos eerst nog bij de televisie langs moest om twee kopieën die hij er ter bezichtiging had achtergelaten op te halen, zei Vos dat hij geen enkele sigaar had gerookt, die dagen, en dat zij een goede manier was om van zijn verslaving af te komen.

Eenmaal thuis had zij wroeging. Iz had het over Duitse steden die grauw waren, maar dat Hamburg toch wel aardig was, ook al was hij er slechts eenmaal geweest, dat was wat hij zich herinnerde. En hoe dat meisje was. Viel ze tegen? Het was immers altijd moeilijk als je iemand op reis had ontmoet en je zag haar dan later thuis onder normale omstandigheden.

Ze had korzelig gereageerd, alsof zijn interesse haar hinderde. Gezegd dat ze moe was en geen gezeur aan haar kop wilde. Grof was ze geweest om niet te hoeven praten. Ze kon niet liegen. Belde Vos vanuit het postkantoor dat het nu toch echt afgelopen was. Dat ze in Hamburg heus gelukkig was geweest, maar het was een onmogelijke liefde.

Vos belde haar regelmatig. Meestal midden in de nacht, met rare vragen, gekke voorstellen, waar ze niet op kon reageren. Dat ging een tijdje door. Op een dag ontving ze een lange brief waarin hij haar uitschold voor alles wat slecht en onbehoorlijk was. Dat ze gepoogd had het tussen hem en het half-Chinese meisje stuk te doen gaan, en dat ze vals was. Dat ze met mensen speelde.

Ze wist nooit wat ze kon verwachten van Vos. Soms stuurde hij een uitnodiging voor een première, maar dan negeerde hij haar als ze er was. Of hij stuurde haar zonder speciale aanleiding weer een vloekende brief, maar groette haar de daaropvolgende keer en zei haar dat ze nog steeds de enige was. Probeerde haar te verleiden.

Zo had het nog jaren door kunnen gaan, maar toen ontmoette ze Len.

Iz trok zich terug. Hij probeerde haar op geen enkele manier aan haar woord te houden, voorzag haar spontaan opgewekte liefde, en voorkwam leugens door alles tussen haar en Len als vanzelfsprekend te aanvaarden. Ze verdronk in Len, vergat haar goede voornemens echter niet, want schreef Iz dat hij haar beste kameraad was, doch dat het vrijen niet meer ging. Ze zou met hem blijven reizen, hij was altijd welkom in haar huisje, maar meer mocht het niet meer zijn want ze wilde niet herhalen wat toen zoveel jaren met Vos was geweest.

Ze raakte verward. Voelde zich slachtoffer van Len. Alsof hij met haar kon doen wat hij wilde.

En dan was er Malika.

...

Ze zat op een bankje, Malika, met haar neus in een boekje dat Levi al van ver herkende. Ze liep gearmd met Len. De hele dag had de zon geschenen. Levi wilde een wandeling in de duinen maken, maar ze kreeg Len niet uit bed. Hij wilde koffie, een broodje, rommelde wat met spulletjes zonder werkelijk iets te doen, en Levi zag de wijzers van zijn zelf gemaakte klok op het aanrecht verschuiven. Pas om vier uur was hij in staat naar buiten te gaan, en toen was de zon al zwak, en het stond haar tegen om nu nog een eind te rijden voordat ze werkelijk buiten zouden zijn. Bovendien leek Len iets tegen strand en duinen te hebben. Hij wandelde liever langs havens, in polders, langs sluizen, plekken waar hij olie of vis kon ruiken. Zweet van mensen.

Het was een vergooide zondag, vond zij. Wachten in zijn ongezellige etage. Ze had geprobeerd te lezen, maar waar moest ze zitten. Tegen de centrale verwarming geleund brandde ze haar rug, want het ding moest loeien om die grote ruimte op temperatuur te krijgen. Verder was het nergens comfortabel behalve in zijn bed, maar zodra ze er bij hem inkroop klampte hij zich aan haar vast, haar borst als een kussen, zodat ze slechts naar het plafond zou kunnen staren, luisterend naar zijn ademhaling die altijd onregelmatig was, ook als hij in een diepe slaap verzonken was.

Hij wist een parkje in de buurt, zei hij, maar in Levi's ogen was het een groot plantsoen, waar dan wel een bankje stond, maar waar ze niet zou willen zitten met uitzicht op de weg die verlaten was, nu.

En er zat al iemand. Haar hart vlamde op, zoals je kunt hebben als je iemand ziet en hij ziet jou ook, maar het was nog niet het meisje, het was de bundel waar ze zeer verdiept in leek te zijn. Len zag het meisje niet. Hij ging aan haar voorbij, zoals aan zo veel. Len ziet gekke stenen, ziet het contrast tussen gevallen bladeren en de stoep, ziet hoe een drol op een dame met een hondje lijkt en blijft ernaar kijken totdat diezelfde hoop ook iets weg heeft van een beer die zich naar een muisje vorover buigt en het een kusje zou willen geven.

Toen had Len haar bundel al gezien. De eerste keer dat hij mee naar haar huis was gegaan had de bundel op tafel gelegen. Len zag hem, pakte hem, en zei: 'Hoe ben je aan een uitgever gekomen?' Hij zou namelijk ook zo graag zijn werktekeningen vergezeld met zinnetjes die hij erbij had gekrabbeld in boekvorm uitbrengen. En verder hebben ze toen over de mogelijkheden van zoiets gesproken. Ze heeft hem de volgende dag een exemplaar cadeau gedaan, maar dacht niet dat hij er ooit in had gelezen.

Levi kon haar ogen niet van het meisje afhouden, wat het meisje voelde, want juist toen ze passeerden keek ze op en stond alles even stil. De zwarte ogen van Malika, haar oogopslag, alsof het meisje wist dat zij degene was die het gedicht dat ze nu zo aandachtig las, met ontroering zelfs zo leek het Levi, had geschreven.

Len had niets gezien. Het meisje was hem vast niet opgevallen omdat haar volle borsten, slanke taille, en iets mollige bovenbenen onder een dikke winterjas verscholen zaten. Het haar, kroezend zwart, was modieus geknipt, maar viel bij het lezen voor haar ogen. Zelfs haar forse neus was zo nauwelijks te zien. Ondanks de winter, maar misschien vanwege de zon die er die dag het beste van wilde maken, droeg ze een rok, haar benen slechts bedekt door zwarte kanten kousen, haar voeten in elegante korte laarsjes met een hakje.

Ze keek nog eens om, juist toen ook het meisje opnieuw opkeek, en hun ogen leken elkaar te zeggen: tot de volgende keer.

Ze stond bij de groenteboer van Len en herkende handschoenen die enkele dagen daarvoor haar bundel hadden vastgeklemd. Durfde niet te kijken, voelde de spanning, als een verliefdheid, een eerste afspraak met een geliefde, kon zich niet meer herinneren wat Len had willen hebben, bloemkool of spruitjes, iets waar ze niet zo dol op was, en toen zei ze: 'Helpt u dat meisje eerst maar.'

De boodschappen liet ze verder zitten. Ze zijn naar een koffiehuis gegaan, vergaten de tijd, meteen al spraken ze als twee vriendinnen. Het meisje sprak honderd uit. Levi was niet verbaasd over haar naam. Malika. Ze had niet anders kunnen heten.

Len geloofde niet dat ze een meisje had leren kennen en daardoor de tijd vergeten was. Weerbarstig verklaarde hij niet uit eten te willen gaan, omdat hij geen mensen om zich heen verdroeg. Wat voor meisje was het dan? Hij deed schamper, alsof ze smoezen vertelde. Klaagde opeens dat zij nooit iets deed, dat ze nooit kookte, en als ze eens een keer boodschappen deed dan kwam ze notabene niet eens met de spullen thuis. De eerste keer dat hij haar zulke verwijten maakte, waar ze van schrok, evenals van zijn argwaan, alsof het niet kan dat je alles vergeet omdat iemand, totaal onschuldig verder, je boeit.

Eindelijk belde ze, Malika. Levi had haar twee telefoonnummers gegeven. Dat van Len en dat van haarzelf. Malika had geen telefoon, en ze woonde in een andere stad. Was hier slechts vanwege een tante die naar Marokko was, en zij paste op de twee kinderen. Die middag, toen Levi haar had zien zitten, was ze even het huis ontvlucht, wat kon omdat haar oom met de kleintjes was, om in de bundel te lezen. De gedichten gingen over haarzelf. Zij had ze kunnen schrijven, zei ze.

...

Als ze dan zo van reizen hield, zei Len, dan kon ze hem evengoed op tournee vergezellen. Frankrijk, Engeland, Canada, Australië. Allemaal fijne landen om te bezoeken. Het ging haar om het zwerven, niet zozeer om de plek zelf, dat had ze zelf eens bekend immers, dat ze zich nauwelijks iets herinnerde van waar ze was geweest, alleen van wie ze er had ontmoet en wat het haar deed.

Onderweg kon ze schilderen, schrijven, wat maar ook. Hij moest na één voorstelling alweer opbreken, reizen, en weer opbouwen. Zij had dan de hotelkamer voor zich alleen. Trouwens, hier thuis, als zij bij hem was zag hij haar nooit werken. Alsof ze wel zou werken als ze achterbleef.

Ze hield voet bij stuk. Ze wilde in haar huisje zijn, had

het nodig om zichzelf te vinden, en weer te kunnen werken. Inderdaad, ze had zo lang al niets uitgevoerd, maar dat kwam doordat ze voortdurend bij hem was geweest, hem had verzorgd toen hij die blessure had en...

Daar onderbrak hij haar bruut. Zij had nooit voor hem gezorgd. En dat ze toen speciaal voor hem uit Sri Lanka was teruggekomen was heus niet alleen voor hem geweest, maar meer nog voor haarzelf, omdat ze bij hem wilde zijn, omdat ze bij hem gelukkiger was dan elders zonder hem. Ze kon maar beter gehoor geven aan haar gevoelens zoals hij nu ook bereid was te doen. Beiden, zij en hij waren toe aan rust in hun leven.

Al haar reizen, Sri Lanka, China, India, hadden uitgewezen dat zij niet zonder hem kon. En hij kon niet zonder haar. Het was niet goed om nog vaker zo lang zonder elkaar te zijn. Of zou Iz misschien weer thuiskomen? Hield ze informatie achter? Ja, hij wist het zeker, Iz zou komen. Ze had met hem afgesproken.

Nachten lang van zulke gesprekken waar ze beiden uitgeput van raakten, en dan de laatste dag, juist voordat hij vertrok had hij een klein afscheidscadeautje, floot hij opgewekt, en nam hij met een stralende glimlach afscheid van haar.

Toen ze voor het eerst sinds lang een nacht alleen in haar huisje doorbracht, belde Malika. Ze dacht dat het Len was, want het was tien voor twaalf. Alleen Len belde zo laat. Iz, die zelden belde, hield zelfs op verre afstand rekening met de Nederlandse klok en wat in zijn ogen een redelijk tijdstip was.

Maar het was Malika, vanuit een telefooncel. Levi hoorde haar steeds opnieuw kwartjes inwerpen, en het was een lang gesprek. Ze had nu alle gedichten gelezen, zei ze, en zoveel herkend. Ze sprak snel en boeiend. Noemde dichtregels die voor haar golden, en waarom. Vertelde over vroeger, over nu, door elkaar, maar was goed te volgen voor Levi die vragen stelde, heel intieme, omdat ze wist dat Malika er graag antwoord op gaf. De openheid van het meisje fascineerde haar. 'Door jou,' zei Malika, 'door ons gesprek in het koffiehuis en door jouw gedichten is er zoveel veranderd in mijn leven.' En misschien was het geen liefde zoals Levi dacht, maar ijdelheid die Malika zo stevig wist te strelen dat Levi, alleen in haar bed, opeens met de tranen biggelend over haar scherp uitstekende jukbeenderen, zo gelukkig werd.

Die nacht kon Levi niet slapen van opwinding, zoals wanneer je de volgende dag een geheime ontmoeting met je geliefde hebt, zo zou ze later die sensatie aan Iz beschrijven, want Levi beschreef alles in termen van liefde en sex, iets anders had zij tot die dag immers nog zelden beleefd.

...

Als het haar bij het reizen werkelijk om het zwerven ging, zei Len, hoe kon het dan dat hun gezamenlijke reisjes altijd mislukten? Pas als ze een dag ieder hun eigen weg gingen en ze elkaar in de avond troffen lag de zon op haar gezicht. Verder was ze droevig. Hij verdacht haar ervan, zei hij, dat ze zwierf om mannen te ontmoeten, steeds een ander, omdat ze altijd weer een andere liefde nodig had. 'Je wilt niet reizen, je wilt naar Iz,' zei hij als ze naar een foto van Azië zat te staren, of opeens verzuchtte, omdat het regende of mistig was: 'Iz zit nu te stikken van de hitte.'

...

Ze hadden bij Malika's werk afgesproken. Een lelijk gebouw, waar Levi niet naar binnen wilde. Ze bleef liever buiten. Het had gesneeuwd, en de zon was fel. Binnen zou het somber zijn, en het zou haar stemming geen goed doen.

Ze keek naar de ramen die niets lieten doorschemeren van wat daarbinnen gebeurde. Malika hielp er tweemaal in de week een fotograaf met het ontcijferen van namen had Malika gezegd. De man had een reportage in Marokko gemaakt, en had haar nodig bij het maken van de bijschriften. Ze was slecht in Arabisch zei ze, maar ze wist er voldoende van om hem te helpen. Hij betaalde niet veel, het was echter zwart zodat ze haar bijstand niet verloor. Ook als hij haar niet zou betalen had ze hem bijgestaan, want ze hield nog steeds van die man, ook al was alles veranderd.

Ze schrok toen het meisje naar buiten kwam. In contrast met de witte sneeuw die Levi bijna verblindde, zag het meisje er opeens zo Indisch uit. Haar ogen, haar huid, haar lichaamsbouw zichtbaar door haar openhangende winterjas die wapperde omdat ze rende, nee, ze huppelde het bordes af. Af en toe haar ogen nat, toen ze in een pizzeria iets te drinken namen, Malika koffie, zij thee, maar niet van ontroering, zoals Levi eerst dacht, want het meisje vertelde weer veel, over de fotograaf, over wat hij die middag tegen haar gezegd had tussen het sorteren van de foto's door, maar omdat haar contactlenzen haar irriteerden, ze had nieuwe, en dat ging nog niet goed.

Levi was gulzig. Alles wilde ze weten. Liever nog dan de verhalen over die man van dat sombere gebouw de verhalen over haar ouders, haar broertjes en zusjes, haar oma, haar prille jeugd in Marokko, en haar komst hier als zeven-, achtjarige. Malika had een foto waar ze op stond zoals ze hier als klein meisje in hun overbeladen auto arriveerde. Haar haren kort geknipt. Een jongenskopje. Ze zag er sterk uit, meer een jongen dan een meisje. Dikke brilleglazen. Geen mooi kind. Een beetje afschrikwekkend zelfs, vindt Levi. Wat ze niet zegt natuurlijk.

Malika vraagt niet naar Len, of naar Levi's werk, want Levi heeft nog nauwelijks iets verteld. Meestal is het Malika die praat, en Levi die luistert. Levi zou nu echter wel willen vertellen hoe het haar benauwt, van Len, dat hij haar om vier uur die nacht woedend vanuit zijn hotel belde om te vragen met wie ze van twaalf tot twee aan de telefoon gehangen had. Of dat ze er de hoorn misschien had afgelegd omdat ze niet opnam. Nee, hij gaf niet eens uitleg voor zijn beschuldigingen. Hij belde en overviel haar met zijn directe vraag: 'Wie ligt daar naast je?'

En omdat ze oprecht verbaasd klonk concludeerde hij, dat ze met Iz gebeld had. 'Heb je Iz gezegd dat hij kan komen? Dat de kust vrij is?' Dat het die Malika was geweest, dat meisje door wie ze toen de groenten vergat te kopen, en dat ze ooit eens in zijn bijzijn in een park had gezien, dat klonk hem te veel als een vals sprookje in de oren.

Als Malika praat denkt Levi niet meer. Ze luistert en ziet voor zich wat het meisje vertelt en wat ze niet vertelt. Malika doet haar denken aan Fu Wei. Malika is de Fu Wei die hier is komen wonen. Hoewel Malika ouder is, ze is zesentwintig, en Fu Wei was drieëntwintig, zijn ze beiden meisjes voor Levi, en is Levi zelf opeens een rijpe vrouw, wat haar verwart.

Ik hou van haar, ik hou al van haar, jubelt het ergens in Levi, en ze zou willen zingen, het meisje bij haar hand pakken, dansend deze stille pizzeria verlaten, en buiten in de sneeuw als twee kleine kinderen sneeuwballen willen gooien, elkaar inpeperen met de hardgeworden sneeuw, de poedersneeuw van de auto's vegen en boven elkaar uitstrooien, elkaar achterna zitten, schaterend. Levi wil schateren als een kleuter. Vriendin van Malika zijn.

Ze zouden bij Levi thuis verder praten. Levi had Malika in de pizzeria een lunch aangeboden die Malika beslist had geweigerd, maar Levi had toch iets sobers besteld voor hen beiden, waar Malika niet meer dan twee zuinige hapjes van genomen had. En nu had Levi zorgvuldig voor elk op een bord een kleurrijke maaltijd klaargemaakt waar Malika echter niet meer dan een derde van at. 'Vind je het niet lekker?' vroeg Levi ongerust, maar Malika sprak dit tegen. Nee, het was heerlijk, maar ze was niet gewend om veel te eten.

Misschien, dacht Levi, heb ik haar geen kans gegeven om te eten, want ze vuurde de ene vraag na de andere op het meisje af. Malika wilde graag blijven slapen, zei ze, maar het kon niet, want ze moest die avond bij haar moeder langs. Als ze haar moeder verwaarloosde zou het nog slechter met haar gaan. Ze zoenden elkaar, vooral Malika zoende veel en hartelijk, Levi bood haar wangen, bij de deur, en toen ze weg was, vond Levi, was het alsof ze een lange reis had gemaakt.

Ze was moe, en had hoofdpijn, dat wel, het aanhoren van de verhalen putte haar uit net zoals het reizen je kan vermoeien.

En eindelijk schrijft ze weer. Koortsachtig. Niet haar eigen ervaringen, maar die van een ander. Ze wordt een meisje, kort geleden haar nog vreemd, dat vertelt over haar dijtjes en navel die blootvielen bij een handstand tegen de witte muur van het huis van haar vriendinnetje. De doorzichtige nylon onderjurk van haar tante, waarvan de brede zoom was afgescheurd omdat slechts haar kuitjes bedekt hoefden, en die normaal amper haar enkels bloot liet, gleed nu langs haar armen over haar hoofd. Haar gezicht was onzichtbaar, hoewel ze het nog niet uit schaamte bedekte. Haar beentjes en haar buik, maar vooral haar kruis leek ze voor het eerst te voelen, alsof dat deel van haar lichaam daarvoor niet had bestaan.

Ze vloog, zoals later in haar dromen, boven de huizen, en boven de geiten die in de bomen klommen om er vruchten uit te eten, en verder nog over de woestijn die hun dorp scheidde van de wereld.

Over de straf naderhand, en de schaamte weer later toen de reden van de straf tot haar begon door te dringen, schreef Levi met tegenzin. En dat ze niet meer met dit vriendinnetje om mocht gaan omdat ze slecht was, slecht.

Terwijl Levi dit gedeelte schreef werd de nacht te donker, de zoldering laag.

...

Malika maakte iets in Levi los dat ze niet onder woorden kon brengen. Iz zei, toen ze hem er veel later over vertelde: 'Misschien is het niet de overeenkomst, maar juist het anders zijn dat je raakt.' Maar zo simpel was het niet, wist ze, er was zoveel herkenning.

'Het anders zijn in de herkenning, of de herkenning in het anders zijn,' probeerde hij nog.

Levi wist het niet. Het ging verder dan dat. Ze vond Malika mooi. Bewonderde haar. Dacht wel opeens: misschien is ze mooi door haar openheid, door haar bewustzijn, en is ze in werkelijkheid lelijk. Misschien word ik weer blind verliefd, en verzin ik haar eigenschappen en uiterlijk zoals zo vaak.

...

Malika vertelde hoe ze op een dag besloten had dat het tijd werd om haar maagdenvlies te breken. Ze was drieëntwintig, had de man ontmoet aan wie zij die taak over durfde laten, en is er tegen aan gegaan. Zo zei ze het. Juichend, Indianenkreten uitstotend, had ze zijn pand na enkele uren verlaten, uit volle borst zingend: 'Ik ben vrouw. Ik ben vrouw.' Ze besloot zichzelf te verwennen en is de hele nacht aan het feesten gegaan. Op kroegentocht, in haar eentje, en onderweg had ze plezier gemaakt met iedereen die even tijd voor haar had. Nog nooit eerder, zei ze, had ze op straat gezongen, maar nu had ze haar stem zelfs luidkeels door kroegen laten klinken. In een soort laatste station voor alle uitgaande lieden (meestal slechts tuig, zei ze, dat dronken is of high) had ze het een dooie boel gevonden en is ze op de tafel gaan staan, had met haar handen haar kuitlange strakke rok omhooggetrokken tot even boven haar knieën en had op de wijs van een of andere gospel (zo gauw schoot haar niets beters te binnen) gezongen dat ze eindelijk vrij was van alles wat haar bond en verstikte, en dat ze vrouw was zoals er nimmer iemand vrouw was geweest.

Malika kon mooi vertellen.

Doch voordat ze aan deze gebeurtenis toekwam had ze eerst veel meer verteld. Alles over vroeger, over het leven in het dorp waar ze tot haar achtste was opgegroeid, over haar familie, over haar angst (totdat ze op de middelbare school zat en geleidelijk aan beter wist) om zwanger te zijn van een kus die ze op zesjarige leeftijd van een vriendje in het dorp had gekregen en waar ze zich toen zó verheven van had gevoeld, dat ze achteraf was gaan geloven dat zij toen bevrucht was, en dat het zaadje wachtte om, als ze vrouw was alsnog te gaan groeien en mens te worden.

Om de twee jaar gingen ze naar Marokko op vakantie en ontmoette ze er haar grote liefde. Een zoon van rijke ouders, de broer van haar beste vriendin. Hij kon, met zijn vaders geld, alle meisjes krijgen, zei ze, dus moest ze oppassen. En juist toen zijn liefde voor haar echt leek te zijn, en ze zo vaak, vol hartstocht, de gelegenheid hadden gestolen, maar zij nooit durfde, en hij bij haar niets forceerde omdat het deze keer anders was, juist op dat moment werd hun liefde ontdekt en kreeg zij huisarrest. De jongen werd verboden zich nog langer in haar buurt op te houden, en die laatste reis in dat land had ze voorts alleen het huis, de tuin, en het dak van haar oma's huis gezien. Zelfs brieven kon hij haar niet sturen. Alles werd gecontroleerd. En toen heeft ze drie, vier jaar lang zo'n spijt gehad dat ze die keren daarvoor op zijn kamer of, toen niemand thuis was op het dak van zijn ouders, niet gezegd heeft: 'Trek je kleren maar uit, ik doe het ook.'

Ze had gezworen nooit meer in het land terug te keren, en ze had woord gehouden. Ze had het ouderlijk huis verlaten toen ook haar moeder de benen nam, en, hoewel haar moeder meer nog dan haar vader (want die zat tijdens die droevige vakantie in Nederland) schuldig was geweest aan dat huisarrest en het stukmaken van haar eerste liefde, had ze haar moeder vanaf die tijd verzorgd. Uit schuldgevoel, want van haar houden, zei ze, kon ze niet meer.

Het ging jarenlang slecht met haar, zei ze, niemand kon haar helpen, maar op een dag, ze zou met haar studie psychologie beginnen, ontmoette ze hem.

Ze had hem al vaker in die koffiebar gezien. Hij had geprobeerd een Turks meisje, met wie ze af en toe optrok, te versieren. Dat had ze gezien, en ze had moeten lachen om zijn sluwheid, en hoe het meisje zich liet inpalmen. Ze was niet verbaasd toen hij daarna háár probeerde, maar had wel met het Turkse meisje te doen dat toe zat te kijken hoe hij, een zevenendertigjarige fotograaf, blond, en kleurloze ogen achter een bril, maar wel mooie handen, haar op de foto nam. Ze dacht dat hij wel drie rolletjes had volgeschoten, maar later bleken het er nog veel meer te zijn. Ze liet hem begaan. Eigenlijk was haar oog op een andere man gevallen, een die jonger was, en wel aantrekkelijk, maar toen ze hem vroeg of ze hem iets te drinken aan kon bieden had hij 'ja, een koffie' gezegd zonder verder van de krant die hij aan het lezen was op te kijken. Ze had de koffie wel gegeven, maar was weggelopen toen hij nog steeds niet zelfs maar opgekeken had, of 'dankjewel' gezegd.

De fotograaf had haar een paar dagen met rust gelaten. Wel had hij van een afstand gekeken, maar nooit lang, en een keer had ze hem zien zoenen met een meisje, zwart, dat hem gretig omarmde, maar naderhand ook met een ander bezig was.

Heel nonchalant was hij op haar afgestapt, en zei: 'Ik heb thuis wat foto's van je liggen; kom je eens langs als je tijd hebt?'

Ze wachtte twee dagen, en belde toen dat ze zou komen. Hij had haar de laatste keer een visitekaartje in haar jaszak gestopt. Toen hij haar binnenliet moest ze lachen, zei ze, want, zo vertelde ze het aan Levi, hij had het geraffineerd gespeeld. Zijn hele huis had hij met haar foto's behangen, zelfs de keuken. Het maakte niet veel uit, zij had haar besluit toen al genomen. 'Is dit tegelijk je slaapkamer?' had ze gevraagd, toen ze in zijn ruimste kamer stond en er een groot rond bed ontdekte. Hij knikte ja, en brutaal had ze gezegd: 'Zullen we dan maar?'

Hij was verrast dat ze nog maagd was, vond het een eer de eerste te zijn. Vroeg haar bij alles om permissie, en, tot Malika's grote verbazing had hij gewacht met te komen, speciaal voor haar, zo had hij het haar zorgvuldig uitgelegd, om haar eerst genot te geven. 'Met zijn mooie handen, Levi, van die elegante handen, zat hij te wrijven en ik lag daar achterover, mijn hoofd naar beneden langs het bed, zo gek met al mijn foto's op zijn kop, en eerder dan dat hij bij mij binnenging was ik al vrouw geworden.'

Hij had na afloop gezegd dat hij er niet van hield als vrouwen bleven slapen. Dat had hij nu eenmaal, zei hij, zijn hele leven nooit gewild. Hij had zo zijn remmingen, dat zou ze toch wel begrijpen. Het was haar best, ze had niet willen blijven, ze wou het vieren, zei ze, ze wou dansen, zingen, en dat gevoel van die handstand was weer terug, maar nu zonder schuld en zonder schaamte. 'Snap je Levi?' Ja, dat snapte ze.

Toen ze in de ochtend thuiskwam had hij rode rozen door de brievenbus gegooid, en een briefje met 'Hartelijk gefeliciteerd'. Ze was verliefd, en ging ook nog van hem houden, zei ze, maar nu was hij anders, soms zo stug, soms koud, en hij had zoveel kritiek op haar uiterlijk. Ze hadden niets, dat wilde hij niet, en zij had ook geen vaste relatie voor ogen. Maar hij betekende veel voor haar, dat begreep Levi zeker wel.

...

Wat het is, is niet duidelijk. Opeens ziet ze zijn grauwe huid, de lijntjes bij zijn mond, zijn gebit is wel mooi, maar zijn lippen zijn te smal, de enkele haren op zijn borst, zijn buik die bleek is, en vadsig, de schouders die afhangen en niet stoer naar buiten steken. Weer die bleke mollige buik met die diepe navel.

Hij verstijft, ziet ze, van haar plotselinge afwijzing. Dat heeft ze wel vaker. Van blind opeens ziende, of andersom.

'Zullen we ergens naar toe gaan?'

Ewald kijkt wat hulpeloos naar zijn naakte lichaam. Zijn witte onderbroek die op zijn knieën hangt. Zij heeft haar eigen hemd en trui alweer over haar borsten getrokken en hijst nu automatisch haar broek weer op.

Zijn wenkbrauwen fronsen. Er verschijnt een halve lach op zijn gezicht die niet doorzet. Opnieuw bekijkt hij zichzelf, en zij volgt zijn blik naar zijn geslacht dat nog stijf op zijn donkerblonde kroeshaar ligt.

'Sorry,' zegt ze, 'het gaat niet meer.'

Hij knikt. Zijn beide handen gaan naar zijn kruis. Ze draait zich weg, ziet hoe de druppels op de ruit kleiner zijn, hoort dat ze zachter neerkomen, hoort een trein in de verte, en zegt: 'Zullen we in de stationsrestauratie gaan zitten? Daar heb ik zulke goede herinneringen aan.'

...

Daar is ze dol op. Onpersoonlijke ruimtes zoals stations-
wachtkamers, hotelkamers, vliegvelden. Anonimiteit.

Len kon er niet tegen. Van een klein hotelkamertje werd
hij depressief. De schilderijtjes draaide hij om, of schoof hij
onder het bed. De kasten vulde hij onmiddellijk met zijn
kleding. Ook voor slechts één nacht haalde hij zijn tas leeg,
en vulde hij het nachtkastje naast het bed.

Ze trokken een weekje door Frankrijk. Het begon al bij
de ligging van het hotel. Een pittoresk stadje bracht hem
aan het griezelen. Het moest wel een haven zijn, maar geen
plaatje. Hij wilde de olie, de armoede, de laatste visvangst,
en zweet ruiken, maar dan verlangde hij tegelijk toch een
ruime luxueuze geluiddichte kamer met uitzicht op water,
en een ligbad. Overigens moest dat uitzicht ook wat vissersboten bieden, en een ondergaande zon, en het ligbad moest
stijl hebben. Bloemetjestegels kregen hem de badkamer
niet in.

Zo zochten ze vaak van vijf tot tien uur 's avonds, en waren dan genoodzaakt genoegen te nemen met de eerste de
beste hotelkamer met uitzicht op een muur, en zonder badkamer.

Het hielp niet als ze hem de volgende dag bij de beoorde-
ling van het zoveelste hotel herinnerde aan de vorige avond
en die daarvoor toen ze eveneens te kieskeurig waren geweest.

Het noodlot aanvaardde hij zonder mopperen, maar zolang de mogelijkheid om te kiezen nog bestond eiste hij vol-
strekte volmaaktheid.

...

Via Jolisa, die vlak bij hem in de buurt woont en hem regelmatig tegenkomt, hoort ze dat hij elke week een ander

vriendinnetje heeft. Meestal van die jonge meisjes die hij in een kroeg heeft opgepikt. Jolisa heeft Len altijd ongeschikt gevonden, zegt ze, en is blij dat Levi met hem niets serieus begonnen is. Maar Levi deelt in andere zaken Jolisa's mening meestal evenmin. Nu zoekt ze haar wel eens op in de hoop iets over Len te horen. Maar Jolisa, die een geheel ander leven dan Levi leidt, die mensen indeelt in goed en kwaad, gedrag in onbehoorlijk en beschaafd, die zich verbaast dat Levi haar juist geboren baby, de tweede, een dochter (dus nu was Jolisa's gezinnetje volmaakt) niet beet wil pakken, en verontwaardigd is als Levi haar vingers in de oren stopt omdat zij zo nerveus wordt van gekrijs, is geen vriendin voor Levi.

Levi snapt niet hoe een mens veranderen kan. Jolisa had altijd zoveel aandacht voor haar, vroeg haar uit, zoals zíj zelf bij Malika aan haar lippen hing. Gaf cadeautjes zoals zíj Malika met geschenken overlaadde. Nu was Jolisa kil, en alleen maar bezig met de kinderen, hoewel ze haar baan in het museum niet had opgezegd. Jolisa wist haar werk en de huilende baby's perfect te combineren. Ze verspilde geen tijd. Misschien dat ze daarom zoveel op Len aan te merken had, die inderdaad, dat zal Levi nooit vergeten, één dag deed over de tekst op een ansichtkaart die hij daarna weer doorkraste totdat het geheel volstrekt onleesbaar was, omdat hij de zinnen bij nader inzien toch wat te burgerlijk vond, en dan restte er slechts 'tot zoens, Len'. Soms verscheurde hij de kaart en begon een nieuwe waar hij twee, drie dagen over deed, maar waarbij hij nu zo slim was om de zinnen eerst op een kladje te oefenen. Jolisa lacht als Levi haar hierover vertelt. Ze gelooft Levi niet. Ze weet dat Len een klungel is, een 'warhoofd' noemt ze hem, zoals veel van haar vrienden, maar ze denkt dat Levi dít verzint.

Len liet haar eens zijn schriftje zien met vele doorgekraste en onafgemaakte zinnen. Een langgerekt gedicht had Levi het genoemd, zoals zij ze niet kon schrijven, en hij had verlegen gegrinnikt dat hij een prutser was, onhandig met taal, en dat ze veel van hem moest houden als ze deze mislukte krabbels kon prijzen.

...

Jolisa had ooit eens met Len gevreeën. Ze vertelde het pas toen het tussen Len en Levi definitief was afgelopen. Daarvóór hadden Jolisa en zij overigens nauwelijks contact. Ze zagen elkaar af en toe op straat, maar dat was alles.

Levi begaf zich vaak naar de stad, parkeerde haar auto in de buurt van Jolisa en liep er rondjes in de hoop Len te ontmoeten. Zijn dagelijkse routes van de bakker, kruidenier en groenteboer ontweek ze want dan zou het te duidelijk zijn, maar misschien had hij iets extra's zoals een bezoek aan de stomerij, of de fotograaf, en dan zou ze hem toevallig ontmoeten. Op zo'n wandeltocht waarbij ze in elke jongen of man op de fiets die ze in de verte zag Len meende te herkennen ontmoette ze Jolisa, en nu groetten ze elkaar niet wat onhandig, zoals anders maar Levi bleef staan om te praten, ook al zag ze dat Jolisa niet gretig op haar vragen inging. Jolisa had haast, maar wilde toch wel even ergens iets gaan drinken. De zon zou haar baby goed doen, dus op een terrasje wilde ze wel, maar ze kon niet lang want ze moest naar de crèche om het oudere kind op te halen.

'Weet je dat ik een keer vreemd ben gegaan, nog voordat er een kind was, en nog voordat we gingen trouwen,' zei Jolisa. 'Altijd als hij in het buitenland zat ging ik naar de bar op de hoek om niet alleen op de etage te zitten, en daar zat Len. Hij stond bekend als "het stuk van de stad", en hij had elke avond een ander meisje. Ze gingen graag mee want hij was van het theater tenslotte. Ach, alle vrouwen hadden een zwak voor hem... dus waarom ik niet.' Ze was nerveus terwijl ze sprak, duwde de kinderwagen heen en weer alsof het kind in slaap gewiegd moest worden, maar de baby sliep als een roos. 'Op een avond had ik hem in het gangetje bij de wc opeens te pakken. Ik had wat veel gedronken, en ik greep hem om zijn hals en,' hier giechelde ze, 'ik kuste hem heel innig op zijn mond. Hij liet me eerst begaan, maar toen ging hij meedoen. Och Levi, toen was ik in één keer smoor op hem.'

Nu stopte ze. De serveerster zette twee verse jus neer, en Jolisa wachtte geduldig tot Levi had afgerekend en het meisje terug de zaak in liep.

Ze zuchtte. 'We maakten een afspraak. Maar die liet ik schieten. Ik durfde niet. Alsof ik voelde dat als ik ermee door zou gaan, het te leuk zou worden, en dat alles wat ik tot dan toe had opgebouwd in scherven zou vallen. Ik zag hem daarna wel een paar keer in die bar, maar dan groette hij wat ondeugend, en vermeed me verder. Maar een maand of wat later, ik weet niet precies, ik was weer eens een week alleen, kwam ik bij toeval bij hem in het busje, na een expositie van hem. Zijn laatste denk ik. Hij was heel gespannen, want hij had het idee dat men slecht over hem zou schrijven of zo. Vreselijk. En ik had juist zo'n zin in hem. Ik was buiten mezelf. Hij zat schuin voor mij, en ik kon mijn ogen niet van zijn nek en van zijn rare kruinen afhouden. Ze wilden mij eerst afzetten, maar ik zei: ik ga er wel tegelijk met Len uit. Ik wil daar in de buurt nog wat drinken. Ik wist namelijk zeker dat Len eerst nog een slaap-mutsje in die bar zou pakken. Op straat wilde hij niet veel van me weten, leek wel. Hij was zo negatief. Niets deugde. We liepen die steeg door, je weet wel, en daar zei ik: "Zouden ze nog wel open zijn?" Hij zei: "Als we opschieten wel." Toen zei ik: "Dan heb je pech, want je krijgt een oponthoud," en Levi, hou je vast, weet je wat ik deed?'

Jolisa, die keurige Jolisa stond op van de stoel op het terras, liet de kinderwagen los, en nam de pose aan van een animeermeisje. 'Ik deed eerst mijn jasje uit, toen een schoen, en ik had van die lompe weet je wel, dat was mode toen, en ik danste, toen mijn andere schoen, mijn sokken, mijn broek, zo langzaam één voor één die knoopjes los van mijn mannenoverhemd, daar liep ik altijd in weet je nog, en hupsakee, ik slingerde de kledingstukken in het rond, ze lagen overal in die steeg, totdat ik in mijn slipje stond, toen durfde ik niet meer uit angst dat er mensen de steeg in zouden lopen...' Hier zwijgt ze even. Ze staat er tussen de lege stoelen en tafeltjes op het terras, mondain gekleed, een dame, met haar roodgeverfde haren en haar deux-pièces in okergeel. Levi is voor het eerst jaloers op Lisa.

'En wat denk je dat hij doet?' Ze giechelt opnieuw, haar hand voor haar mond alsof ze zich schaamt voor haar lachen. Levi probeert te glimlachen, wat niet lukt, en vraagt zo onverschillig mogelijk: 'Nou?'

'Hij begint ook een striptease. Maar dan wél jódelend. Levi, hij maakte een hels kabaal. En daar stond ik, stomweg toe te kijken in mijn slipje, en zo warm was het niet, dus van het wachten kreeg ik kippevel, en ik had zin om mijn kleren weer bij elkaar te zoeken en me aan te kleden, maar dat was ook zo sneu, want dan had hij geen publiek. En ik was er panisch over dat hij zo stond te jodelen. Ik zag de steeg al vollopen met boze mensen omdat ze niet konden slapen, en ik daar dan..., en weet je Levi, ik had immers niet op die uitkleedpartij gerekend, dus ik droeg niet eens een schone onderbroek. Ik had altijd van die oude dingen aan, een beetje tent, begrijp je. Alleen voor romantische momenten trok ik weleens speciaal zo'n sexy slipje aan.'

'Dus toen kleedde hij zich ook uit, en toen?' Levi zit met haar benen stijf tegen elkaar geklemd. Ze probeert wel nonchalant te zitten, maar dan rilt ze van de kou hoewel het zonnig is.

'Ja, ik durfde niet meer. Dus terwijl hij bezig was heb ik al mijn kledingstukken bij elkaar gegrist, en me vlug weer aangekleed. Hij ging echter gewoon door met zijn striptease. Maar toen hij zijn gulp open deed stopte hij, en hij jodelde niet meer, maar haalde opeens zijn slappe dingetje uit zijn broek en begon ermee te wapperen. Toen moest ik lachen, want dat was zo'n anticlimax, zoals hij daar stond alsof hij een tuinslang in zijn hand had, nee, alsof hij juist geplast had en nog wat stond na te druppelen.'

Levi ziet Len. Dat Jolisa Len gezien heeft zoals zij gedacht had hem als enige te hebben meegemaakt, dat kwetst haar. Ze neemt Jolisa niet kwalijk dat zij haar dit vertelt, ze is er blij om. Ze wil alles weten. Alles. Daarom vraagt ze: 'En toen?'

'Ja, daarna gingen we natuurlijk niet meer naar die bar, maar naar zijn huis. In het begin waren we nog wel hartstochtelijk' (hier griezelt Levi van het woord uit Jolisa's mond. Ze gelooft niet dat Lisa weet wat ze zegt. Len kende geen passie met anderen dan met háár) 'maar toen herinnerde hij zich toch opeens die expositie weer, en begon hij me midden onder het zoenen uit te vragen over die museumdirecteur, en over die journalist waar hij mij mee had zien praten, en ik kreeg opeens vreselijke schuldgevoelens. We hebben het dus niet afgemaakt, maar zijn gaan slapen, en de volgende ochtend hebben we het opnieuw geprobeerd. Niet echt geweldig. Het was vooral teder. Len was slaperig, en ik moest om elf uur thuis zijn, vanwege een telefoontje van mijn bedrogen toekomstige echtgenoot.' Dit laatste zei ze spottend. Jolisa stond nog steeds. Verstild, alsof ze het vertelde herbeleefde. Toen keek ze verschrikt op haar horloge, en zei: 'O jee, dat arme kind denkt dat ik niet meer kom.'

Ze is weg. Ze zoenen vluchtig. Beloven elkaar te bellen.

Levi heeft zin om te schreeuwen. Zijn naam, haar liefde wil ze door de straten laten galmen. Hij is van mij, nog steeds van mij, ik hoor bij hem.

Dit is niet haar eerste, of haar enige afscheid van Len geweest. Er waren er meer, en er zouden nog vele volgen.

Malika zei haar dat ze nooit echt vriendschap heeft gevoeld voor Nederlandse vrouwen. 'Ik evenmin,' had Levi gezegd. Opeens was Jolisa een vreemde. Iemand tot wie ze altijd afstand had gevoeld. Toch heeft ze een keer tegenover Jolisa gezeten, lang geleden, er was nog geen Vos, en Iz was ver weg, dat Lisa haar zei dat ze van haar hield, en dat ze tegen haar aan zou willen liggen, haar lichaam tegen het hare drukken. Levi was geschrokken, want Jolisa had verwoord wat Levi vaak had gevoeld als ze op de academie, waar ze beiden op zaten, toekeek hoe Jolisa werkte. Zo vlijtig met de tong uit de mond. Zo gestadig, alsof ze bezig was met sommetjes of borduurwerk. Die blanke huid, die heldere groene ogen. Dat fijngevormde gezicht. Ook op de middelbare school had Levi vaak zo naar haar zitten kijken, maar de behoefte om haar te omarmen, om haar tegen zich aan te drukken was groter als zij Jolisa zo met een penseel in haar hand bezig zag. De perfecte benen, de slanke armen, de volle maar niet opdringerige borsten, de lange slanke hals, haar lichaam riep begeerte op in Levi, maar ze zou niet hebben geweten hoe ze aan die verlangens gehoor had moeten geven.

Toen Jolisa daar zo onverwachts zei wat Levi zelfs zichzelf nooit had durven zeggen was Levi sprakeloos. Ze had verstijfd, zoals die middag tijdens Jolisa's bekentenis over haar verleidingsscène voor Len, tegenover haar gezeten, en slechts gedacht: 'Hoe kom ik hier weg?'

Het was op Jolisa's etage. Die twee jonge katten die steeds maar bij haar op schoot kropen, terwijl Levi huiverig was voor hun scherpe nagels waarmee ze zich in haar dijbeen leken vast te willen grijpen, telkens weer, en die dikke moederpoes op tafel, spinnend tussen Jolisa's en haar gezicht in.

'Ik moet naar huis,' had Levi plotseling gezegd na een

lange stilte, waarbij ze vergat dat ze eigenlijk beloofd had bij Jolisa te overnachten. 'Maar er gaat geen trein meer,' had Jolisa gezegd, en toen verbeterde Levi zich snel: 'Oh ja, ik slaap hier. Nou, ik ga nu naar bed.' Ze was haar tanden gaan poetsen, en was met kleren en al op de bank gekropen na eerst de poezen op de gang te hebben gezet.

Er werd niet meer over gesproken. Levi vergat het, en misschien Jolisa ook. Wel droomde Jolisa die nacht van haar moeder, als mals vlees op dat broodje, en dat vertelde Jolisa op weg naar school in haar autootje, terwijl Levi hongerig was, want Jolisa had niets in huis gehad voor het ontbijt.

...

Na Jolisa had Levi wel vaker gehad dat ze zo raar opgewonden werd van jonge vrouwen en meisjes met wie ze sprak of die ze in haar buurt zag rondlopen. Het was hun schoonheid meestal, die haar fascineerde, of een lach, of glimmende ogen zoals bij de oudere vrouwen op Java, waar ze als het ware verliefd op werd, een vrolijkheid waar ze dagenlang op kon teren en die de mannen in de schaduw hield. Maar zelden had ze het gewaagd om aan die extase waar zo'n contact haar soms in bracht consequenties te verbinden. Het moment op zichzelf liet zich niet beschrijven, het gevoel nog minder. Zoiets voelde ze ook weleens voor mannen en dan volgde er meestal een hartstochtelijke vrijpartij of meerdere totdat die verrukkelijke toestand weer was weggeëbd.

Er was een meisje dat op de uitgeverij werkte, iets ouder dan Levi zelf, met prachtige groene ogen waar Levi niet in kon kijken zonder een soort broeierige opwinding te voelen. Natuurlijk wist dat meisje van niets. Toen ze later opving dat het meisje een felle feministe was, en lesbisch (het woord klonk zo medisch, zo afschrikwekkend) durfde Levi het meisje nog nauwelijks te groeten. Een keer was ze op een feest terechtgekomen, en had ze heel moedig het meisje ten dans gevraagd. Speciaal bij een langzaam nummer omdat ze nu eindelijk eens wilde weten hoe het voelde om een vrouw waar je verliefd op bent, tegen je borst te voelen. Maar het was niet speciaal. Het was net zoals ze vroeger zo vaak met haar tantes, haar oma en haar moeder danste. Vooral met haar oma eigenlijk, die haar de foxtrot, de Engelse en Weense wals had geleerd. Hoewel zij en het meisje nu anders dansten. Dicht tegen elkaar aan. Levi had haar armen langs de nek van het meisje gelegd zodat haar handen in het luchtledige hingen, en het meisje had haar armen stevig om Levi's middel heen. Meteen toen het lied was afgelopen is Levi naar huis gegaan. Ze betreurde haar moed van die avond want haar prettige dromen waarin zij en het meisje elkaar altijd alleen al door blikken tot heel langdurige en intense orgasmen konden brengen bleven vanaf dat moment achterwege.

...

Nepal. Eerder op die dag had ze de vriend van het meisje gezien, die haar met zijn ogen probeerde te vangen. Even later, in een juice-bar, waar iedereen even binnenwipte voor een vruchtendrank, milkshake, of curdshake om de dorst op zijn westers te lessen, kwam hij binnen met het meisje. Bij haar binnenkomst voelde Levi dat haar hart sneller ging kloppen. Niet omdat ze zo mooi was, maar omdat ze op de een of andere manier op haarzelf leek. Ze bestelde. Een zware stem, zoals Levi heeft wanneer ze schor is, en die ze zo graag voortdurend zou willen hebben. Levi was er zeker van dat het meisje haar zou zien zitten zodra ze zich omdraaide. Toch was ze gespannen, want het zou kunnen dat het meisje het gevoel van herkenning achter een ijzige blik verborgen zou houden.

Zodra ze zich omgedraaid had en in Levi's verlangende, misschien zelfs dwepende ogen keek, straalde haar hele gezicht. De Himalayalucht vermengd met de kleuren van een Nepalese zonsondergang. Ze versmolten in een open warme lach. Levi werd het meisje, en het meisje werd Levi. Alleen nog lachen. Zo lang, zo stil lachend keken ze elkaar in de ogen.

Meer is er niet nodig geweest.

...

Lake Batur. Op een motor kwam ze aangereden. De zon ging juist onder, het mooiste moment van de dag, meent Levi, altijd weer, vanwege de pijn dat hij weer voorbij is, en de zon op het laatste nippertje de kans krijgt wat van haar schoonheid te laten zien. Ze was Braziliaanse, donker zoals zijzelf. Met haar heeft Levi wel gesproken. Ze reisden samen op de motor. Meestal reed zij, maar Levi heeft ook eens het stuur vastgehouden. Ze kon zich echter niet goed meer op het rijden concentreren met de zachte warme borsten van het meisje zo stevig tegen haar rug gedrukt. Het was voor het eerst dat ze de rondingen van borsten zo sterk had ervaren, en vooral het genoegen ervan. Ze voelde ook wat mannen bij haar moeten missen, want zij heeft kleine ietwat platte borsten die misschien wel bij haar tengere lichaam passen maar die geen zachtheid bieden, niet kunnen prikkelen zoals die borsten die zij toen zo duidelijk voelde. Ook de tepels probeerde zij te onderscheiden, en toen raakte ze van de weg af en kwam vooral het meisje wat akelig terecht. Brandwonden van de uitlaat op haar benen, en een schaafwond op haar arm.

...

Er waren er meer, maar ze is ze vergeten. Niet de sensatie

die vrouwen in haar teweegbrengen is ze vergeten, maar hun namen, de namen van de dorpen, steden, stranden, stations, vliegvelden waar hun blikken elkaar kruisten en waar ze ieder weer hun weg gingen, misschien nogmaals achterom keken en lachten. Maar dat was alles.

...

En er zijn vrouwen waar ze op het eerste gezicht van is gaan houden, zoals de nieuwe vriendin van Vos, het half-Chinese meisje met haar open oprechte lach die ze zo gemakkelijk te voorschijn lijkt te toveren, maar ook het stugge Indische ex-vriendinnetje van Len dat Levi niet mag, uit jaloezie vermoedelijk, maar waar Levi weleens van droomt. In haar dromen laat ze zich niet door de strenge ogen van het meisje afschrikken, en het meisje snauwt niet, draait zich niet weg, maar is teder net zoals Levi, alsof ze een paar zijn en er geen mannen bestaan. Het meisje zal Levi nooit groeten als ze haar ontmoet, en de eerste keer dat Levi op haar toestapte om met haar te praten zei ze: 'Ik wil niks met jou te maken hebben.' Tegen Len had ze gezegd: 'Hoe haalt zij het zich in haar hoofd om mij aan te spreken.' Toch had Levi Len niet van haar afgepakt. Het boterde al twee jaar niet meer. Len en het meisje waren goede vrienden, had Len gezegd, maar het meisje had met hem heel graag een gezin gewild, dus alles lag nog wat gevoelig.

Levi is anders, en is verbaasd over zo'n houding. Zij zou zich verheugen als de nieuwe vriendin van Len haar tegemoet zou treden. Ze is nieuwsgierig naar wie van Len hield en wie van hem zal houden. Alles wat bij Len hoort zou ze willen weten.

(Alsof het verlies van Len erdoor wordt verzacht.)

...

Niet het afscheid doet pijn. Niet de scheiding, niet het weerzien, alleen het vergeten van de liefde waarvan je vermoedt dat zij er ooit is geweest.

...

Een tante zei haar dat zij haar weleens driemaal op een dag iedere keer met een andere jongen betrapt had. Eerst om elf uur bij de bakker, waar de jongen speels aan haar staart had getrokken, en zij hem even speels had weggeduwd, later met een iets kleinere jongen bij het postkantoor met wie ze geamuseerd had staan praten, en 's middags in het zwembad, waar ze door een grote blonde jongen die toch wel drie jaar ouder moest zijn geweest achterna werd gerend en in het water werd gegooid. Hij tilde haar hoog op, en wierp haar in het diepe. Dat ze dat nooit achter haar gezocht had omdat ze altijd zo stil was, een beetje sloom zelfs, als twaalfjarige, bijvoorbeeld tijdens de afwas als haar tante de borden één voor één uit het sop haalde en ze Levi aanreikte, was ze onbereikbaar met die halfgesloten ogen, alsof ze eeuwig droomde.

...

'Tussen die tere regels van tranen door heb je zoveel humor in je verzen,' zei Malika.

'Dat kun jij ook,' had Levi gezegd, 'zoals jij mij over je ervaringen vertelt, zo kun jij een roman schrijven.'

'Ik kan niet schrijven,' zei Malika, 'ik ben te lui.' Sinds ze tientallen brieven aan haar Marokkaanse liefde had geschreven, en hun liefde plots zo wreed werd stopgezet had ze niet meer willen schrijven. Nu zou ze het zelfs niet meer kunnen, zei ze. Die fotograaf schreef haar weleens brieven, van die romantische, althans, in het begin, nu niet meer, en dan had hij er ook weleens een gedicht bijgevoegd. Heel mooi. Maar ze had hem er altijd bij gewantrouwd, zei ze, want hij had zijn andere vriendinnen vast dezelfde brieven gestuurd, met slechts een verandering in de aanhef, en af en toe aan het eind of aan het begin van een zin een toevoeging om de brief persoonlijk te doen lijken.

Ze vraagt ook of Levi gedichten wil schrijven over haar liefde, en over alle pijn. Ze zou willen dat andere islamitische vrouwen zich dan in die gedichten herkennen. 'Ik weet hoeveel vrouwen het slachtoffer zijn van de wijze waarop die cultuur ons onderdrukt, en ik wil er iets aan doen. Jij moet me daarbij helpen.'

Ze vraagt ook hoe je op zou moeten schrijven dat zij de grond onder haar vaders voeten heeft weggeslagen. 'Want dat heb ik Levi, die arme man moet er niets van begrepen hebben toen ik hem al die verwijten deed, en mijn spullen pakte.' Hoe ze moest duidelijk maken dat ze die man dit heeft aangedaan, en dat pas naderhand besefte.

...

'Hier woont ze.'

Levi dacht dat deze huizen onbewoond waren, maar volgens Malika zijn er nog vijf van het blok bewoond. Het is echter donker achter alle ramen. Ze lijken allemaal met planken te zijn dichtgetimmerd, maar dan blijken slechts enkele met behulp van gordijnen van de buitenwereld te zijn afgesloten, want als Malika vier vingers in haar mond steekt en als een straatjongen op haar vingers fluit, gaan ergens gordijnen opzij, en wordt er een raam opengeschoven.

'Hallo, gooi je de sleutels?'

'Hallo Levi.' Ze kent haar naam, ze weet dat Levi beneden staat, Malika heeft haar dus op haar bezoek voorbereid.

Ze woont vier hoog, en bij de eerste smalle steile trap hebben ze nog licht van de straatlantaarns, maar daarna lopen ze in het pikkedonker naar boven. Er is geen leuning, en Levi tast met haar handen de wand af naar stevigheid. Er loopt een touw, maar dat hangt los. Als ze bijna valt zegt Malika: 'Hou mijn jurk maar vast. Ik ben het wel gewend in het donker.'

Dat doet ze niet, maar na enkele meters, en bij een onverwachte bocht in de trap naar rechts, grijpt ze de zoom van haar modieuze jurk alsnog. Zo worstelen ze zich door het donker naar boven. Malika houdt iets in, opdat Levi haar bij kan houden, en Levi wil de spanning in de katoenen stof niet te groot laten zijn, maar wil evenmin Malika's bovenbenen raken.

'Grootmal, gooi de deur wijdopen, dan krijgen we wat licht,' roept ze. (Malika noemt haar moeder, die dezelfde naam draagt als zijzelf, Grootmalika.) Inderdaad valt er weldra wat licht op het bovenste gedeelte van de trap. Toch durft Levi Malika's jurk nog niet los te laten.

Haar moeder heeft koeskoes gemaakt. Ieder krijgt een lepel en eet van de schaal. Onderwijl praat Grootmal veel. Levi kan het niet nalaten af en toe te grinniken om het jargon van de moeder. 'Eten u, hartstikke goed.' En: 'U hartstikke prachtig vriendin van Malika.'

Na de koeskoes moet Levi koffie drinken. Ze weigert beleefd, kijkt hulpeloos naar Malika die immers weet dat ze geen koffie drinkt, maar er valt niet aan te ontsnappen. Stiekem giet ze het kopje in de wastafel leeg als Malika haar moeder helpt om de schaal en de lege glazen naar het kleine keukentje te brengen. En dan zegt ze dat ze echt moet gaan. Malika blijft nog even bij haar moeder, maar zal haar de trap af begeleiden. Grootmal geeft Levi vijf zoenen. 'Morgen komen. Lekker eten. Hartstikke lekker,' zegt Grootmal.

Levi pakt opnieuw Malika's jurk. Ze moet een beetje krom lopen om Malika de kans te geven vooruit te komen. Opnieuw is er die rare angst Malika's dijen te raken.

Iz gaf haar eens 'n stapel ansichtkaarten van Arabische vrouwen cadeau, en een van de kaarten, een gesluierde veertienjarige schone, die haar aan Malika deed denken, stuurt ze haar met de woorden, dat zij ze zo mooi vindt, die gesluierde vrouwen. Malika schrijft spottend terug: 'Ja, de islam maakt bruidjes van onze boerinnetjes.'

Ze heeft gedroomd dat ze hevig met Malika aan het zoenen was nadat eerst Jolisa haar bekende dat ze zo verliefd op haar was. Ze voelde zich gevleid, en zelfs licht geprikkeld door Jolisa's woorden, maar toen even later Malika de receptie binnenkwam, want het bleek een receptie te zijn waar ze was, een trouwreceptie van de een of ander, begonnen Malika en zij elkaar te kussen en vergat ze Jolisa. Wat moet ze Jolisa gekwetst hebben, dacht ze opeens in die droom, en dat ze het goed moest maken, ze probeerde iets liefs te zeggen.
Het hielp.
Ze had nog nooit werkelijk met vrouwen gevreeën, maar ze zou naar aanleiding van haar dromen de ene fantasie na de andere met en over vrouwen kunnen neerschrijven. Ze had er voldoende om een heel boek mee te vullen. Jammer dat haar uitgever haar schrijven meteen als 'porno' betitelde zodra hij er geil van werd. In een roman kan er hoogstens één zo'n uitspatting voorkomen, had hij geschreven. Dan zou ze dus nog zeker honderdenvijftig romans moeten schrijven voordat ze al haar fantasieën aan het publiek kwijt zou kunnen.

(Toch zou Levi zichzelf af moeten vragen waarom haar behoefte zo groot was om deze anekdotes aan anderen te slijten. Gaf het niet voldoende bevrediging de fantasieën voor haarzelf te hebben neergeschreven. Is ze een exhibitioniste dat ze wilde dat anderen deelgenoot werden?)

...

De beste plekken om te schrijven vond ze op reis. Niet te warm niet te koud. De warmte om haar heen als een huid die ze niet voelt. Mensen die een andere taal spreken, maar die haar passeren, stil blijven staan om naar haar te staren, en dan weer doorlopen. Een tafeltje voor haar alleen, en een stevige stoel. Noch de tafel, noch de stoel mag wiebelen. Een dorstige keel zonder hem te voelen omdat de zucht om te schrijven groter is dan welk ander verlangen ook.

Dit heet 'geluk' in haar ogen, hoewel het woord het gevoel ontkracht.

Ik leef, denkt ze, ik leef.

...

Behalve de uitgever had alleen Malika de aaneenschakeling van anekdotes die Levi zelf als roman ervoer, maar die haar uitgever shockeerde, gelezen. Ze gaf de dikke stapel papieren aan het meisje als troost vanwege haar vertrek naar Frankrijk, naar Len, die elke nacht belde dat hij haar miste, en die behoefte aan gezelschap had.

...

Ze ging met tegenzin. Het gebeurde zo vaak dat hij haar belde: 'Kom alsjeblieft meteen,' en dat hij, als ze naar de stad kwam, zijn tafel of een deurpost aan het schuren was, er niet mee stopte, en haar zelfs niets te drinken aanbood.

Hij had haar ook eens gebeld dat hij met haar de stad in wilde. Wat dingetjes kopen. Ze liet haar werk in de steek. Z'n stem had desolaat geklonken. Toen ze bij hem kwam, om tien uur 's morgens stond hij er met allerlei losse onderdelen van een stofzuiger in zijn hand. Hij had hem uit elkaar gehaald, schoongemaakt en gepoogd hem te repareren. Misschien kwam het door de stofzuigerzak die hij ooit eens helemaal zelf met de hand gemaakt had dat het ding het niet meer deed. Hij wilde een nieuwe stofzuiger kopen. Deze was te oud. Of ze meeging, want misschien had zij er meer verstand van dan hij.

Dat had ze niet, daarom zweeg ze toen zij beiden in de stofzuigerwinkel twee straten verderop alle modellen gedemonstreerd kregen. De man richtte zich voortdurend tot haar met zijn uitleg wat haar belemmerde weg te dromen, of aan het witte doek te denken dat ze met enkele grijze vegen had achtergelaten omdat Len er op gestaan had dat ze kwam. Ook toen Levi nadrukkelijk op Len wees, dat híj een nieuwe stofzuiger wenste en dat zíj het ding hoogstwaarschijnlijk nooit gebruiken zou, bleef de man haar toespreken, wat haar kregelig maakte.

Len stelde vragen die de man beantwoordde zonder Len zelfs ook maar aan te kijken. Levi merkte dat de man stonk, niet alleen uit zijn mond, maar ook onder zijn oksels en bij zijn kruis.

Het was al ruim middag toen ze de winkel zonder stofzuiger verlieten. Levi zweeg toen Len zei: 'Ik denk dat ik toch maar geen nieuwe koop. Die oude is eigenlijk wel best. Ik vind de vormgeving van die nieuwe machines niet zo fraai.'

Levi zette thee en koffie. Len zette zijn machine in elkaar. Het apparaat loeide discreet, maar, meende Len, er moest een gewone zak in. Die zelfgemaakte zak was zeker acht jaar oud. Het werd tijd dat er vervanging voor kwam. Levi moest mee. Hij zei: 'Ga je mee?' De koffie kon wachten.

De man, die gedacht had dat ze inmiddels beslist hadden welk merk en model het zou worden, raakte zeer geïrriteerd toen Len slechts voor een stofzuigerzak kwam. Wat voor merk had meneer? Dat wist Len niet meer. Levi deed haar best zich te herinneren wat ze op de zijkant van het ouderwetse ding had gelezen, maar er schoot haar niets te binnen. De man had folders waarin Levi en Len hun best deden een soortgelijke machine te ontdekken, maar tevergeefs, het model bestond niet meer.

'Kijkt u thuis even wat er op uw stofzuiger staat,' zei de man, nog steeds beleefd.

Levi dacht aan het doek dat ze onafgemaakt had achtergelaten. 'Moest je nog meer boodschappen doen?' vroeg ze toen ze huiswaarts gingen. Nee, het ging hem alleen om die stofzuiger. Hij had zo graag die dag zijn hele huis eens schoongemaakt. Toch vroeg Levi niet: 'Liet je me daarvoor komen?'

Er hingen nog vier lettertjes op de stofzuiger, verspreid over een lengte die duidde op een lange naam. Len pakte een papiertje, zijn tong ging uit zijn mond, en na twintig minuten had hij de stofzuiger op de achterkant van een envelop die zij hem vanuit China geschreven had, feilloos nagetekend. Hij genoot nog even van het plaatje dat hijzelf getekend had en dat de stofzuiger meer cachet had gegeven dan het ding in werkelijkheid had, totdat hij zijn koffie en Levi haar thee had opgedronken. De vanzelfsprekendheid waarmee hij Levi zei: 'Kom,' deed Levi afzien van haar besluit om deze derde keer achter te blijven. Ze volgde hem weer gedwee.

Pas in de winkel zag ze dat hij zijn zelfgemaakte stofzuigerzakje met stof en al in zijn binnenzak had gestopt en het, niet zonder de winkel te bevuilen, te voorschijn haalde. Tot in de details liet hij zien hoe hij het zakje zelf gemaakt had, en de man bleef beleefd. Levi begon de stofzuigerzakexcursie nu op zijn waarde te schatten. Ze lachte. Eerst nog stiekem met de rug naar de beleefde verkoper, maar weldra voluit. Lens eigengemaakte stofzuigerzakje werd op elke moderne papieren zak gepast. Zijn tekening werd naast de oudste modellen in de folders gelegd en Levi bedacht dat deze dag ten slotte toch leuker was dan wanneer ze had gewandeld in de stad.

De man bladerde in mappen. Onderwijl bekeek Len de vieze zak, rook eraan, legde hem voor de zoveelste keer tegen een papieren zak, en koesterde het ding zoals hij ook zijn decorstukken vaak in zijn handen nam en streelde. Er bestond geen vergelijkbare zak, concludeerde de man na lang zoeken. Hij had ook met enkele filialen gebeld, en moest Len teleurstellen, want Len zou het dan toch verder met zijn zelfgemaakte zakje moeten doen. Len schudde zijn stofzuigerzak zorgvuldig leeg, zodat het stof op de reeds door hem bevuilde vloer dwarrelde, vouwde het zakje vertederd dubbel en schoof het terug in zijn binnenzak. Het was even voor sluitingstijd toen Len en Levi de winkel verlieten.

Toen had Levi gedacht dat ze werkelijk veel van Len moest houden dat ze niet boos geworden was, en dat ze het geduld had gehad om er het komische van in te zien, en daarna was ze ook de nacht weer gebleven.

...

Malika heeft tranen in haar ogen als ze afscheid nemen, maar dat komt van haar lenzen, denkt Levi, dat heeft ze wel vaker. Het manuscript heeft ze tegen haar borst gedrukt als Levi wegrijdt. Ze zal haar missen. De laatste maand zagen ze elkaar elke dag. Het was nog steeds altijd Malika die praatte. Als Levi bij de grens is, en, zo denkt ze, Malika misschien nu al op bladzijde twintig is, krijgt ze spijt. Ze had het niet te lezen moeten geven. Nu is alles stuk.

Toch, wanneer ze Parijs nadert vergeet ze Malika tot haar verbazing, vergeet ze haar manuscript, en denkt ze aan

Iz, die gebeld had en gezegd dat hij van haar hield, en dat hij zich niet als een zwervershond liet wegsturen. Ook denkt ze aan Len, die intussen misschien met een ander heeft geslapen, want met Len weet je het nooit. Er is een pijn. Een prettige pijn van liefde.

...

Het leven om haar heen, dat waar haar oog op viel, plotseling, zag Levi als een waarschuwing. Haar overhaast vertrek naar China vond plaats nadat zij vanuit een tuinstoel in haar piepkleine tuintje zag hoe een spin een prachtig web gesponnen had, met haar stoel als een van de steunpunten. Eerst viel haar oog op zijn kleurrijke lijfje met de harige poten, zijn snelle behendige lichaampje, dat leek te dansen tussen de draden. En toen pas zag ze hoe hij met uiterste zorg om een lieveheersbeestje draaide, dat grijs werd, slechts een klein stukje rood was nog zichtbaar, en nu bijna levenloos in het web hing. Ze kreeg een afkeer van de spin die eerder haar aandacht getrokken had door zijn schoonheid. Ze stond woest op van de stoel, en trok hem weg opdat het net zou breken, maar de spin ving de schok sierlijk op en vond een nieuw steunpunt zodat het web intact bleef. Het lieveheersbeestje was nog slechts een treurig klontje grijs, en de spin verdween. Misschien op zoek naar een andere plek voor een nieuw web, want zo gaat dat.

...

De stationswachtkamer is niet meer dezelfde als vroeger. Hij bevindt zich op een andere plek. De oude is nu slechts een rokerig hol met enkele plastic banken en kroketautomaten. Ze prefereren de nieuwe wachtkamer, die vitrages voor de ramen heeft, en waar de tafels geruite kleedjes hebben.

Ze was er nooit met hem, wel met andere jongens. Vaker nog was ze er alleen, en schreef gedichtjes, of zat te kijken naar de mensen die af en aan gingen. Fantaseerde hun leven, hun beroep, hun liefdes. Soms schreef ze er verhalen die ze haar moeder thuis te lezen gaf, alsof het haar schoolwerk was. Haar moeder las ze met plezier, die verhalen over mannen en vrouwen die ze hier soms slechts een seconde of vier, soms urenlang geobserveerd had en die haar hadden geïnspireerd.

Voor haar bestond geen ander dan Ewald, hoewel ze met veel andere jongens optrok. Maar het zoenen, hoe innig ze zich er ook aan overgaf wanneer ze met Ewald op het pad achter de school wandelde, wond haar minder op dan haar eigen fantasie.

In de stationswachtkamer had ze die jongen leren kennen die haar naar een huisarts begeleidde, en die het consult en de pillen betaalde. Hij spijbelde ook, rookte van die rommel waar ze toen bang voor was. (Ook voor alcohol was ze bang. Ewald was zo anders als hij met zijn kornuiten bier dronk. Dan ging ze weg, stiekem, en dat merkte hij niet eens.)

...

De meisjes van haar klas hadden het er tijdens de gymnastiekles vaak over. De een vond het heerlijk, de ander vond het niks. Ze besloot ook te onderzoeken hoe het was. Ze wilde afrekenen met haar moeder die altijd zo stellig beweerde tegen tantes en ooms dat haar Levi niet was als de anderen, en keurig wachtte totdat ze getrouwd zou zijn. Ewald was geschikt, want Ewald zou haar, zonder de fout van een huwelijk te begaan, trouw blijven.

Eerst was er dat weekend met zijn vrienden. Ze gingen er flink tegen aan, had hij gezegd. Er zouden gewillige vrouwen zijn, zijn vrienden hadden alles geregeld. Levi was niet jaloers, ze dacht dat het redelijk was dat Ewald die zaken onderzocht.

Er was immers ooit een jongen geweest. Ze was pas twaalf, maar dat belette haar niet te ontdekken dat er in de tepels die nog kind waren gevoel zat dat niet koud was of warm maar alles tegelijk, en daardoor leuker dan leven. Hij was al zeventien, en heel verliefd, had hij gezegd, ze hadden gekust, hij met zijn tong bij haar naar binnen, als een lolly of een warm ijsje, en toch werd hij haar vriendje niet. Het kwam door die onderwijzer, maar ook door die jongen zelf, die opeens zei dat ze te jong was, want hij wilde neuken, daar had hij de leeftijd voor.

Dat was ze nooit vergeten, dus dacht ze, was het tijd voor Ewald nu, en dan maar met een ander eerst als hij zo graag wilde.

Toen hij weg was en zij steeds aan hem dacht (in haar verbeelding zag ze hem met allerlei blonde meisjes onder de dekens kruipen, maar wat ze daarna deden kon ze niet verzinnen) besloot ze, als hij terugkwam met hem naar bed te gaan, want ze wilde hem niet kwijt.

Er hoefde niets gezegd. De gelegenheid kwam snel. Haar ouders waren met haar broertjes en zusje uit logeren bij een tante in een andere stad, en zij was weer zogenaamd bij Jolisa omdat ze zoveel huiswerk had. Eerst hadden ze een feestje bij een vriend van hem. En daarna gingen ze op de brommer van zijn moeder naar haar huis.

Het was niet leuk, het was vermoeiend. Opeens was alles saai en gewoon, alsof ze dood was van binnen. Hij lag op haar en het deed geen pijn toen hij naar binnen ging, zoals ze had verwacht, want dat had ze gehoord, dat het ging bloeden en zeer deed. Ze voelde niets. Ook niet dat hij erin zat, maar wel dat zijn lichaam zo zwaar op haar dreunde. Dat hij zo mal zo wild bewoog, en dan opeens stopte.

Hij hijgde, en leek te slapen. Hield haar krampachtig vast. Maar even later begon hij opnieuw. Ze had de hele

nacht niet geslapen, maar roerloos gelegen en gewacht totdat het speciale misschien nog komen zou.

Twaalf keer opnieuw was hij op haar geklommen en
heen en weer gegaan. Zoiets als saai zoenen, maar dan tussen haar benen, zo had het gevoeld, had ze bedacht, en geduldig had ze gewacht tot alles zou zijn afgelopen. De climax, vroeg ze zich af, waarover ze had gehoord, had ze die
twaalf keer opnieuw gemist of was hij niet gekomen?

Toen hij wegging – hij had een afspraak om te kaarten
met zijn vrienden, maar belangrijker waren de kussens die
hij onder de dekens had gestopt in zijn bed, alsof hij er lag te
slapen, en waar hij 's morgens zogenaamd uit moest komen,
via zijn slaapkamerraam – besloot ze met de trein haar
ouders achterna te reizen, zodat het weekend alsnog gezellig zou worden.

Haar neef, die slechts een jaar ouder was, maar al sinds
zijn vijftiende met meisjes had geëxperimenteerd vroeg zij
om uitleg. Hoe zat dat met die climax, want ze had niets
gevoeld. 'Soms krijgt een vrouw die pas de tweede keer,'
had haar neef wijs gesproken. Maar de climax van hém, was
die er zonder dat zij er iets van merkte misschien, hoe zat
dat nou? De een schreeuwt, de ander zegt niets. Voor haar
neef was het simpel. Als hij stopt dan is hij klaar, en als hij
later opnieuw begint, dan is dat de tweede keer. Zo moest
je het een beetje bekijken.

Twaalf keer, had ze gezegd, dan was hij twaalf keer
klaargekomen. 'Lieve help,' had haar neef verschrikt geantwoord, 'dan moet hij wel erg gek op je zijn, want ík zou
dat niet kunnen.'

En toen was ze weer gerustgesteld, Levi, dat de liefde
bleef.

...

Iz had haar in zijn bed genomen, haar wild gezoend, en was

met zijn vinger aan het friemelen gegaan, tussen haar benen, wat soms pijn deed, en verder niets. 'Kom je klaar?' vroeg hij telkens, en toen had ze zich herinnerd wat haar neef haar had verteld. Urenlang, zo leek het, ging hij er met zijn vinger heen en weer, dan weer iets hoger, dan weer lager, dan weer naar binnen, steeds maar vragend of het goed was zo, of dat het sneller moest, of harder, of dat het niet te pijnlijk was. Maar het was niets, niet pijnlijk, niet leuk, het was wachten, verder niets.

...

'Jij hebt mij ontmaagd,' zegt Levi. Ewald komt juist terug met in zijn ene hand een thee en in de andere een koffie. Hij heeft de kopjes nog niet neergezet als ze dit zegt. Hij lacht schaapachtig. Een zogenaamde verlegen lach, vindt Levi.

'Ik heb nog een heel tere herinnering,' zegt Ewald. Hij zit nu. Roert in zijn kopje, hoewel er nog geen suiker of melk in zit. 'We waren samen op een feestje van een vriend. Van die rijkaards. Een schitterend huis aan de rand van het bos. Het was een tuinfeest. Die mensen hadden speciale tuinverlichting aangebracht, en een tent neergezet. Goede muziek. En ik herinner me dat jij en ik een eindje gingen lopen, in het bos. Het was er zo mooi, het rook er zo lekker, en de hemel was helder. We keken naar de sterren, en toen waagde ik het opeens om je te vragen: "Wil je met me naar bed."

Ik trilde van extase, ik geloof niet dat ik ooit nog dat genoegen heb herbeleefd. Ik beefde, en tot mijn grote verbazing zei jij, alsof het de gewoonste zaak van de wereld was: "Ja hoor."'

Hier kan Levi zich niets van herinneren. Als hij haar meer vertelt over het feestje, de muziek noemt, de jongen wiens feestje het was beschrijft, begint haar iets te dagen. De wandeling krijgt ze echter niet in haar herinnering. Wel ziet ze de sterrenhemel, en is er een wandeling waarbij hij haar overhaalde naast hem op de ietwat vochtige grond te gaan liggen, waardoor haar rug koud werd, en naar de sterren te kijken. Hij zag vallende sterren, zij niet, en ze probeerde zich over te geven aan die hemel, maar bleef de vochtige aarde voelen.

Het verbaast haar, maar het is alsof ze het voor het eerst pas beseft, dat zij hem ook teleurgesteld moet hebben, soms, op een dag, of telkens.

'Die eerste keer,' vraagt ze, 'hoe was dat voor jou?'
    Hij schudt zijn hoofd. Alsof hij zich schaamt, zo draait hij zich weg.
    'Ik heb vragen over die eerste keer,' zegt ze, 'ik heb er toen niet veel van begrepen.'
    Weer schudt hij zijn hoofd. Ze zwijgen.

...

Ze ziet zichzelf als een rubberpop op dat eenpersoonsbed in haar donkere slaapkamer liggen. Hij boven op haar. Zwetend en hijgend, als een vreemde. Het prettige zoenen, en de overgave die er altijd was op het pad achter de school bleven achterwege.
    Van Iz heeft ze leren vrijen, en daarna, alsof er zoveel in te halen was, kon ze zich verliezen, uren-, dagenlang in de ander...

...

'Jij zou het op andere meisjes uitproberen. Ik heb je nooit over dat weekend uitgevraagd.'
    'Ik was net zo'n maagd als jij,' zegt Ewald, 'het was allemaal opschepperij. Ik zag niets in die vreemde meisjes. Ik

probeerde een beetje te voelen links en rechts, maar mijn handen deden andere dingen dan mijn hoofd. Nee ik was maagd, Knijntje.'

Hij zoekt iets in haar ogen. Ze ziet hem zoeken. Ze wil proberen zo onverschillig mogelijk te vragen naar die twaalf keer.

...

Twaalf. Dat aantal had ze Vos genoemd, alsof ze hem probeerde uit te dagen, en inderdaad, hij rustte niet totdat hij in staat was geweest om op een dag twaalf keer klaar te komen. En haar had hij triomfantelijk zes orgasmen gegeven, alles met zijn tong, alsof daarmee de echtheid van hun liefde was bewezen.

Toen alles afgelopen was, hij was al met dat half-Chinese meisje, en zij koos in die tijd voor Iz, had hij haar vaak gezegd: 'Heb je ons record ooit met iemand anders bereikt?' Ze hoorden bij elkaar. Hij had het immers gevoeld, en zij ook.

...

'Ik had me belabberd gevoeld na dat weekend. Die dagen had ik voordurend naar je verlangd. En op dat feestje bij die vriend kreeg ik er pijn van, zo graag wilde ik alleen met je zijn. Om negen uur al werd ik ongeduldig, maar ik dacht dat ik het niet kon maken om er zo vroeg met je weg te gaan. Ik wachtte beleefd tot twaalf uur, en voelde me een slappeling dat ik niet gewoon eerder was opgestapt. En toen moest ik eerst nog langs mijn huis om mijn moeders brommer te pikken, en om die kussens in mijn bed te stoppen alsof ik thuis sliep. Ook al zo laf.'

Hij buigt zich voorover. Zwijgt. En vervolgt: 'Ik was zo verliefd op je. Maar van de zenuwen had ik op dat feestje te veel gedronken. Ik kon die brommer al nauwelijks behoorlijk besturen. En toen kwamen we in jouw huis. Jouw zolderkamer. Ik ging achter jou die trap op, en lieve help wat was ik... Toen kleedden we ons uit, en opeens kreeg ik die bezorgdheid dat ik op tijd op moest staan. Ik was bang dat je ouders onverwacht thuis zouden komen en mij daar zouden treffen, of dat ik te laat thuis zou komen waardoor mijn vader onder de dekens zou kijken en de kussens zou ontdekken. Al die gedachten, zo belachelijk, terwijl ik zo graag wilde. Maar ik moest en zou eerst de wekker zetten, en tegelijk schaamde ik me zo, weer die trap af om de wekker uit je ouders' slaapkamer te pakken, die op te winden, en daarna achter jou aan, de zoldertrap weer op. Wat voelde ik me een nul zo achter jou aan met die wekker in mijn hand.

Ik heb me al die jaren voor die wekker geschaamd.

Ik weet niet wat er toen gebeurde, maar het ging niet meer. Misschien de drank. Of dat ik me zo'n ellendeling had gevoeld door die wekker. Ik kon niet. En steeds dacht ik dat jij onderwijl in slaap viel, en dan durfde ik niet meer door te gaan. Iedere keer opnieuw heb ik het geprobeerd, en telkens viel jij in slaap of zo. Tegen de ochtend spatte ik bijna uit elkaar, en toen heb ik mezelf geholpen, toen ik dacht dat je het niet merkte omdat je sliep.'

...

In Frankrijk ontvangt Len haar iets te hartelijk. Op zijn kamer ruikt ze het. Er was een ander in zijn bed. Hij ontkent het, maar zegt wel dat Levi het hem niet kwalijk zou kunnen nemen. Ze zou hem moeten vergezellen, dan had ze hem voor haar alleen. Hij was eenzaam zonder haar, hij wilde rust in zijn leven, met haar aan zijn zijde.

Ze vindt een lange blonde haar in zijn bed. Te lang om van hem te zijn. Nogmaals vraagt ze hem of hij met een ander sliep, en als hij opnieuw ontkent verzwijgt ze de haar.

Ergens in een hotel. Levi herinnert zich de stad niet meer, weet niets meer behalve dat ene moment waarop ze de moed had te zeggen: 'Je hebt me een aantal keren voorgelogen.'

Hij lacht schuldig, onhandig. Ze hoeft er niets aan toe te voegen, want nu al bekent hij spijt. Hij slaat zijn hoofd tegen de betonnen vloer. Eén, twee, drie, vier... hij gaat door totdat Levi niet meer telt. Ze ziet zijn hoofd van rood paars worden. Haar hele gezicht is zout, is nat, haar stem schor, het is geen huilen wat ze doet, het is sterven.

Iz heeft nooit nooit tegen me gelogen, denkt ze. Steeds opnieuw is er die gedachte. Ook Len sterft, ziet ze. Maar het laat haar koud.

Ze ziet hoe hij over de grond kruipt, om vergiffenis smeekt. Levi zelf is geen mens meer. Ze is beton zoals de vloer waarop hij zijn hoofd probeert stuk te slaan.

...

Zelfs toen nog hield het stand. Na twee dagen was ze uitgeput, zag hem als een baby ineengekronkeld op bed liggen, probeerde haar spullen te pakken om te vertrekken, maar kroop daarentegen naast hem. Een hartstocht om te overleven.

Wel besloot ze dat hij niet meer de enige was. Er was een Iz die van haar hield en die haar nimmer had bedrogen. En voordat ze helemaal gestorven was wilde ze zwerven, en beminnen, begeren, alles wat bekoorlijk was.

Ze liet Len achter met de bedoeling Iz te schrijven dat ze kwam, of dat hij moest komen. Of ze ging in haar eentje ergens naar toe waar het zonnig was. Terug in haar huisje vergat ze Malika, ook toen ze Malika's briefje las, en het bij de rekeningen legde, wist ze niet meer dat ze ooit haar begeerte achter vrees had verborgen toen ze Malika's jurk aan de zoom had beetgepakt.

...

Maleisië.

Levi vloog naar Penang, waar Iz aan het werk was en zich op haar komst verheugde. Ze werd verliefd, niet op Iz, maar op een toevallige voorbijganger die, na haar blik te hebben gevangen, zich in hun hotel inschreef, met wie ze de dagen doorbracht als Iz werkte, maar wiens naam ze nu al niet meer weet ook al deed hij haar niet alleen Len maar ook Malika vergeten.

Na drie weken moest hij verder, en besloot zij terug te gaan naar huis om te schilderen. Ze heeft ideeën. De nachten waren er voor Iz en de dagen voor die jongen, een Amerikaan, die verder reisde, maar haar spoedig vanuit allerlei plekken in Europa belde toen ze weer thuis was om haar te kunnen zien. Ze was echter zijn gezicht alweer vergeten, wist nog wel zijn smalle handen, vingers waar ze veel van hield, en dat hij humoristisch was want ze hadden veel gelachen onder het vrijen, en hij wist precies waar alles zat zodat het leuk en goed was geweest, hun lichamen samen.

Maar dan houdt ze hem af. Gebruikt smoesjes. Zegt niet ronduit dat alles voorbij is. Dat het tijdelijk was, dat hij bestond om te kunnen vergeten, maar dat het vergeten niet goed was geweest.

...

Opnieuw zag ze Len. Veelvuldig. Totdat Iz kwam, en Len voor het eerst sinds zijn bekentenis haar met hem moest delen. Ook voor haarzelf was het raar om zo openlijk de ene dag met Len en de andere dag met Iz te zijn, en toch onstuimig te kussen.

Opeens kwam hij met die droom over een theepot die Iz over hem had leeggegooid. Voor hem een reden om met haar te breken. Deze keer echt. Hij zei het nuchter. Ze zweeg, maar in haar had het geschreeuwd. Het was niet hun eerste afscheid. Ze heeft hem gebeld, geschreven, soms elke dag, soms maanden niet. Het haalde niets uit.

...

Jolisa zegt dat Len nog steeds van haar houdt. Dat weet ze, zegt ze, omdat ze hem kent, en omdat ze ziet hoe hij door de stad slentert, en in kroegen hangt.

Levi hoorde liever dat het hem goed ging. Dat hij haar niet mist, want dan aanvaardde ze het afscheid. Ze kan zich er echter niet bij neerleggen als hij, net zoals zij, in zijn hart het onmogelijke zou willen overwinnen.

...

Er is iets dat ze liever vergeet. Er bestaat geen liefde, er is begeerte, hartstocht, verveling wordt soms zelfs onterecht liefde genoemd, en er is gewenning, en opwinding, er is erotiek, er is adem, er is gezamenlijk enthousiasme. Er is geen vriendschap, er zijn gemeenschappelijke belangen, er is nieuwsgierigheid, er is solidariteit, er is herkenning. De begrippen vriendschap en liefde suggereren dat twee mensen hetzelfde zouden kunnen bedoelen als ze het woord liefde of vriendschap gebruiken. Maar de een wil bezitten terwijl de ander geeft, meent Levi.

Levi wordt cynisch.

...

Iz en zij hadden snel afscheid genomen op het vliegveld van Penang. Ze wisten dat ze elkaar spoedig zouden zien. Iz zou snel weer terugkomen, zijn werk daar was grotendeels ten einde, en zij hield niet van dralen als ze in haar hoofd al aan het schilderen was.

Een van de stewardessen leek sprekend op Malika. En zo was alles begonnen.

Ze haatte zichzelf dat ze zolang al niets van zich had laten horen. Dat ze geen vriendschap waard was, had ze zichzelf gezegd. Ze was een aantal keren een brief aan Malika begonnen in het vliegtuig, maar was te verward. De stewardess had dezelfde neus, dezelfde ogen, was echter forser gebouwd, en ouder dan Malika. Malika was nog zo'n meisje, dacht Levi, ondanks haar leeftijd.

Toen ze thuiskwam probeerde ze haar te bellen, want Malika kreeg juist voor Levi's vertrek naar Frankrijk telefoon. Maar de telefoon was vermoedelijk alweer afgesloten want Levi kreeg een rare toon. Ze kon niet slapen. Had gehoopt dat er post van Malika zou liggen, maar er was niets. Toen pakte ze de auto en reed naar haar stad. Het was na middernacht, en er werd niet gereageerd op haar bellen en kloppen. Het was er donker. Levi voelde zich niet prettig in die buurt.

De volgende ochtend was ze opnieuw die kant op gereden. Weer werd er bij Malika thuis niet opengedaan. Voor 't sombere huis van de fotograaf had ze een kwartiertje gestaan, niet lang, want het was niet een dag dat Malika er werkte. Ze gruwde bovendien van die straat, en het trieste gebouw. En toen zocht ze naar het huis van Grootmal, maar Levi was slecht in het onthouden van plaatsen, en straten, en het leek wel of de huizen niet meer bestonden, alsof de buurt was afgebroken.

Daarna verliet ze die stad, en is ze naar het plantsoen gegaan bij Len in de buurt, liep er de hele dag rond, sprak tweemaal een Marokkaanse dame aan, vroeg of ze Malika kende, en ging toen naar Len. Hun eerste weerzien. Zij huilde van bezorgdheid om Malika en liet het zo dat Len het zag als ontroering. Len was lief en zorgzaam. Wilde haar de bekentenis doen dat hij eenmaal met een ander had gevreeën, of ze het niet erg vond. Het liet haar koud. Ze zei dat ze zelf ook verliefd was geweest.

Waarop Len verontwaardigd reageerde dat zíjn vrijage niets van betekenis was geweest, in de hoop dat zij hetzelfde zou zeggen over die Amerikaan, maar ze wilde niet liegen.

...

Om de paar uur probeerde ze Malika te bellen, zonder resultaat.

Een paar dagen later vond ze op haar bureau de brief terug van Malika, die ze toen zo achteloos bij de rekeningen had weggelegd. Malika schreef dat ze geschokt was. Alles wat ze gelezen had was als het ware haar eigen fantasie geweest. Ze wist niet of ze blij moest zijn of niet met wat ze had gelezen. Het had haar verward. Ze werd er eenzaam van. Zo zelden kwam je mensen tegen met wie het de moeite waard was om die intensiteit die Levi zo luchtig beschreef te beleven. Ze had beseft dat ze naar Marokko wilde. Hem terugzien, hoe haar familie of wie dan ook erover dacht. Dat ze haar leven niet wilde vergooien door te lijden. Levi had haar door dat manuscript tot inzicht gebracht.

Er was een ps of Levi haar gauw wilde bellen.

Levi wachtte niet. Gooide haar teken- en schilderspullen in de auto, wat kledingstukken, zocht geld, girokaarten, eurocheques, en ging op pad. Eerst reed ze honderdveertig, maar na Brussel werd ze kalmer.

...

Malika waar ben je?

...

Het werd een absurde reis. In Parijs zocht ze naar Malika omdat ze wist dat het meisje er familie had. Vaak dacht ze haar te zien lopen, rende erop af, en was werkelijk verbaasd dat ze weer niet Malika was. Ook in wegrestaurants meende ze Malika tussen een van de serveersters of in de keuken te ontdekken.

Nog voor de grens met Spanje kwam ze tot bezinning. Voor de zoveelste keer dacht ze haar te herkennen, nu achter het stuur van een eend, terwijl Malika haar rijbewijs niet had, en de eend een Frans nummerbord had. En toen besloot ze terug te keren.

...

Levi was roekeloos. Niet slechts in de liefde, ook in het verkeer.

...

Thuis belde ze Len. Of hij wilde komen. In die twee jaar had ze dat nooit gevraagd. Ze was te trots voor een nee. Hij kon niet, zei hij, maar zij was welkom.

Waarop zij ging zeuren. Ze wist het, doch kon niet stoppen. Ze kwam met verwijten, zoals Vos haar ook altijd had overgehaald te doen wat híj wilde.

...

Ze hebben het station verlaten. Ewald wil terug naar het pad achter de school. Levi gaf geen antwoord op de vraag: 'Hoe was jouw eerste keer?' Ze had gezucht en hij had niet aangedrongen. Hij vertelt over zichzelf, over vroeger, over nu.

Terwijl hij praat.

'Kijk, een slak.' Ze onderbreekt zijn verhaal, bukt zich, bekijkt het weke diertje van dichtbij. 'Hij heeft geen huis.'

Ewald blijft staan, aarzelend of hij zijn zin nog af zal maken, of even wachten totdat ze weer gaat staan, en verder loopt. Hij wankelt wat. Staat op de zijkant van zijn schoenen. Zowel zijn verhaal als zijn stevige stap zijn onderbroken, wat hem uit zijn evenwicht brengt, en waardoor hij (ze roept nog: 'Kijk uit') op een tweede slak trapt, vlak bij de eerste.

'Ze liepen elkaar tegemoet,' zegt ze.

Hij onderdrukt een vloek, veegt zijn zool schoon tegen een stronk (maar het is niet veel, het is slijm, en zijn schoenen zaten vol modder van het pad) en lacht met zijn mond, niet met zijn ogen.

'Misschien hadden ze elkaar al de hele dag gezocht,' zegt ze.

Ze stapt over de levende slak heen, die even stil lijkt te staan, en laat zich dan door Ewald omarmen. Zijn arm drukt zwaar op haar schouder, een ferm gebaar waarachter hij zijn onhandigheid verbergt, en hij vervolgt zijn verhaal.

...

De liefde slijt als de ander minder ziet dan zij. Zo ziet Ewald wel de uitzonderlijke merken en fabrikanten achter voorbijrazende auto's, en schoenen, pantalons, overhemden, die deel uitmaken van de mensen om hen heen, artikelen die in haar ogen dezelfde zijn, weet hij te differentiëren, maar hij zag niet hoe een slak zich zonder huis over het pad voortsleepte, zijn voelsprietjes recht omhoog.

De liefde groeide als de ander meer zag dan zij, of zag wat haar ontging, maar op zijn beurt werd verrast door waar háár oog op viel. Len zag oude mannen op de hoek van de straat weifelen bij het oversteken, hij zag ze bezig met een oude krant die kleingevouwen werd in hun bevende handen, daarna weer open, en dan weer klein, hij zag ze staren naar de lucht, of snuffelen in vuilnisbakken.

Iz zag wetten, stiptheid, Iz herkende overal wetmatigheden en hoe ervan afgeweken werd, die hij als verrassing opeens met een schat aan veelzijdig bewijsmateriaal aan haar openbaarde. Ze kon niet anders dan toegeven 'dat er iets in zat', hoewel hij haar nooit werkelijk overtuigde, maar die aarzeling, die neiging om zijn theorieën te geloven, maakte de liefde weer levendig.

Vos zag misschien niet zozeer, maar luisterde vooral. Hij had zijn oren open voor diverse richtingen tegelijk, en noteerde alles. In de binnenzak van zijn jasje, hij droeg altijd jasjes (liefst gestreept) ook als het er te warm voor was, bewaarde hij een notitieboekje waarin hij losse papiertjes had, speciaal op maat geknipt. Zodra hij de aantekeningen maakte, zomaar midden in een gesprek, voelde ze zich gestreeld door de speciale aandacht die hij voor haar woorden leek te hebben.

...

Zo gaat het meestal. De man met wie ze is vraagt of ze vaak verliefd is, of dat er een liefde van betekenis is onder alle romances. Ze denkt na, noemt er enkele (nooit meer dan vier, vijf) de betreffende man incluis.

Hij is tevreden dat hij erbij hoort, en zegt dat zij heel speciaal is, de mooiste wellicht, of in elk geval de interessantste. Iets aardigs.

Een volgende keer hoort die man echter niet meer bij de gelukkigen.

Er zijn er altijd drie die blijven.

Ewald niet, zoals hij nu met zijn modieuze schoenen, zijn

goed gekozen jasje, zijn prettige glimlach, naast haar loopt.
Zijn arm heeft hij krampachtig om haar schouder geslagen.
Hij merkt niet dat ze vlugger loopt dan hij, waardoor het
net is of hij op haar leunt.

...

Lusus amoris.
Een ansichtkaart. Zwart-wit, slap materiaal, geen goede
kwaliteit, als een goedkope foto. Een afbeelding van een
paard met vleugels, steigerend, tegenover een tijger op zijn
achterpoten, die als een logge beer lijkt te bedelen om voed-
sel. Om de tijger in zo'n kwetsbare positie te zien tegenover
het fiere paard... Het gezicht van het paard is slechts voor
een derde te zien, maar wekt de indruk te lachen. Een erotische lach. Op de achterkant, in grijs gedrukt, staat Lusus
amoris. En met kobaltblauwe inkt: Liefs van mij.
De kaart is van Iz, ziet ze aan het sierlijke doch krachtige
schrift, hoewel hij altijd met zwart schrijft.
(Poststempel Florence.)

Ze weet niet wat ze voor Iz voelt, hoe ze het zou moeten
zeggen, aan hem, aan anderen. Een keer ontstond er een
zin in haar hoofd die aangaf wat het was, haar liefde voor
Iz:
Wij zijn een hart dat samen klopt.

Toch, als ze met hem reist, en bijvoorbeeld haar kleine fo-
totoestelletje te voorschijn haalt, en hij dan 'Ja' zegt als ze
door de zoeker kijkt, of voordat ze de afstand en het diafragma heeft ingesteld al roept: 'Dat wordt niks' of: 'Een verpes-
te foto', weet ze dat het weer tijd wordt om haar eigen weg
te gaan.
Niet omdat hij nooit zal zien welke foto zij in gedachten
heeft. Hij ziet niet het stuk van de deur naast de voet in een

versleten schoen, of de elegante jas op een kapotte zitting, hij ziet méér dan zij. Het is zijn poging, telkens weer, om haar te leiden, wat haar doet vertrekken.

...

Ze zou willen leren van zichzelf te houden zonder de tussenkomst van mannen mannen mannen vrouwen vrouwen. Maar ze kan niet zonder groeiende en slinkende passie.

Belangrijker dan eten, drinken, slapen, zijn de ogen van de ander, net even te lang en te indringend op de hare gericht.

...

Iedereen huilde. Zelfs de nieuwe vriendin van Vos die ze toch slechts drie keer ontmoet had en nauwelijks gesproken. Haar uitgever pinkte enkele tranen weg, maar schraapte voornamelijk veelvuldig zijn keel, en dacht dat hij haar anekdotes, die hij toen als porno bestempeld had, toch maar moest uitgeven, mits hij dat manuscript tenminste nog te pakken kon krijgen, want wie weet zou haar familie het liever niet gepubliceerd zien. Iz stond naast Len en kneep hem af en toe vaderlijk in de schouder, maar barstte zelf in tranen uit toen de kist zakte. Dat was zijn eigen wens geweest vanuit therapeutisch oogpunt. Men moest afscheid nemen van een dode. Het ritueel van het huilen is noodzakelijk om met het leven door te kunnen gaan, had hij geleerd van zijn reizen in Azië.

Haar familie huilde met geluid, zelfs haar neven, die evenwel krachtig oma en moeders ondersteunden, huilden met luide snikken.

Als ze geweten had dat ze zoveel leed veroorzaken zou met haar dood was ze vrijwillig gestorven: het was echter een doodgewoon ongeluk geweest, zonder heldendom, en zonder mystieke oorzaak. Ze reed te hard, en aan de verkeerde kant van de weg.

Malika stond helemaal achteraan in een glimmende zwarte regenjas, hoewel het niet regende. Ze huilde stil en zonder tranen. Haar ogen glansden, haar gezicht was gevlekt.

Niemand zag haar staan. Als zij het omslag van haar bundel toen niet herkend had, had ze immers óók langs het meisje heen gekeken.

Twee oude Indische dametjes, ze staan een beetje achteraan, kunnen de spanning niet aan, en beginnen te praten over de nieuwe schoenen van een van de twee. Naast hen staat Ewald.

Hij was te laat en hijgt nog van het rennen.

Levi had hem uitgekozen om door hem ontmaagd te worden omdat ze zeker was van zijn liefde, en hij haar in elk geval, zo dacht ze, niet aan de kant zou zetten.

Niemand merkte Malika op, zelfs Len niet, maar die stond vooraan dus dat was vanzelfsprekend.

Haar donkere amandelvormige ogen, haar volle lippen, en haar kleine bouw, iets fors, niet tenger, deden haar niet verschillen van de Indische nichtjes die in groten getale aanwezig waren, en hun zakdoeken nat weenden.

Maar Malika stond apart, tegen een pilaar geleund. Haar dikke zwarte kroeshaar had ze in een staart gebonden. De handen in de zakken van een te ruime regenjas.

...

Levi had veel fantasie.

...

Misschien toch maar gauw een briefje naar Iz schrijven,

dat, mocht er ooit iets gebeuren, zij de voorkeur geeft aan een begrafenis. Zo'n crematiehal is koud en ongezellig. Ze heeft liever dat ze dansen. Zingen. Iets luidruchtigs met vuurwerk om te bewijzen dat het leven heus wel verder gaat.

Het was puberaal, zei Iz, om van je eigen begrafenis te dromen. Het getuigt van zelfmedelijden, en van onvolwassenheid. Zij dróómde er echter niet van, ze fantaséérde haar dood. Dat was erger.

...

Steeds opnieuw ziet ze Malika staan. Zomaar, zonder uitleg waar ze vandaan komt, waar ze al die tijd heeft uitgehangen. Ze staat er tegen de pilaar geleund alsof ze er geboren is, en opgegroeid. Alsof ze tegen die pilaar op haar hoofd is gaan staan, ooit als zesjarige, waarbij haar doorzichtige jurkje brutaal haar slipje en zelfs haar navel vrijliet.

Als ze had geweten dat Malika bij de cremate aanwezig zou zijn had ze nooit naar haar gezocht.

Ze speelt met haar stuur. Loslaten vasthouden loslaten. Probeert rare kunstjes met de auto uit. Rijdt op de linkerweghelft.

Ze zoekt niet meer. Ziet de horizon dan weer wel, dan weer niet.

...

Levi fantaseert liever dan dat ze leeft.

...

Ze had niet altijd, en niet in alles een afkeer van zichzelf. Ze hield bijvoorbeeld wel van haar schaduw, op zomeravonden (rond acht uur zomertijd) zoals de zon die schetste, net

220

als van de kleur waarin diezelfde zon, in het licht van dat uur, haar huid schilderde. Ze kon haar ogen niet van de dansende schim – zíj, ja dat was zíj – zoals die over het trottoir bewoog, afhouden. Zorgde dat haar schaduw niet in een drukke achtergrond ten onder ging.

Ze hield alleen van zichzelf op dát tijdstip, in dát licht, met de benen van een twaalfjarig meisje, een gezicht dat suggereerde, niets verried.

...

Ze droomde dat haar tante, een gulle vrijgezellin die altijd geeft, haar meenam naar een winkel waar ze iets voor zichzelf uit mocht zoeken. Haar tante liet alles uit de dozen halen in de hoop dat Levi er iets van haar gading zou kunnen vinden. Levi ontdekte gekleurde handschoenen, verschillende paren, elk van katoen, handgeschilderd, verschillende bonte patronen als schilderijen. Ze vond ze alle twaalf mooi, kon niet kiezen, en bleef zo lang aarzelen dat ze vroeg of zij ze alle twaalf mocht nemen, want elk paar paste wel bij een van haar kledingstukken. (Haar leken de handschoenen van een goedkoop materiaal gemaakt, en eigenlijk dacht ze er zelfs verder niet bij na.)

Haar tante rekende af, en thuis pas, toen haar tante allang naar huis was vertrokken, ontdekte ze de prijskaartjes die nog op elk van de handschoenen lagen, en zag dat elk paar honderdvijfendertig gulden had gekost, terwijl haar tante wel gul was maar zeker geen overdreven maandsalaris had.

Die diepe schaamte, en het besef dat ze naast die vele handschoenen, waarvan het aantal toch al overdreven was, dat zag ze nu wel, nu haar enthousiasme erover door de gewenning wat gezakt was, nog meer van haar tante gekregen had tijdens dat snelle bezoekje in die winkel, deed haar uitrekenen wat het haar tante gekost moest hebben, en haar beseffen, dat al zou ze het willen, ze het haar tante niet kon terug betalen.

Een nachtmerrie die ze bizar vond. Vooral omdat ze zich die handschoenen nog zo goed voor de geest kon halen, want ze waren werkelijk heel bijzonder, en ze had ze in werkelijkheid nooit gezien.

...

Ze zag Vos kort geleden op haar eigen tentoonstelling. Hij zei niets over haar werk, maar dat was altijd al zo sinds ze uit elkaar waren. Het half-Chinese meisje was er ook. Ze was vol lof over Levi's schilderijen, en zei dat ze ook was gaan tekenen. Ze had nog niet genoeg om te exposeren, maar Vos hielp haar om dan in elk geval een kleine galerie te regelen. Ze was lief, vond Levi, en weer stond ze verbaasd over de gelijkenis tussen haar en het meisje, hoezeer Iz die overigens altijd ontkende.

Heel even sprak ze Vos alleen, en het werd meteen ruzie, zoals vaak.

Hij had een scenario geschreven, zei hij, waarin zij veel van zichzelf zou herkennen. Het ging over kiezen, zei hij, want dat had zij nooit gedaan. Hij spuwde het woord in haar gezicht: 'Kiezen. Kiezen.' Nog steeds na al die jaren, dacht ze kalm, nog steeds weet hij zich op te winden.

'Ik heb wel gekozen,' zei ze, 'alleen niet voor jou.'

...

Ze ziet zichzelf met Len in elkaar verstrengeld op een hotel-bed, hun beide gezichten nat, af en toe een snik waardoor hun uitgeputte lichamen schudden.

Ze tast met haar vingers de bulten op zijn hoofd af. Het geronnen bloed.

Het was geen liefde, denkt ze, het was wanhoop. De angst niet meer in een ander te mogen geloven.

…

'Ik heb je nodig.' Ze had het zelf nog nooit gezegd. Het was gemeend. Len probeerde haar te kalmeren. Morgen was er weer een dag.

Opeens, zonder enige aanleiding daartoe in het gesprek, had hij 't over Malika. Of ze haar nog wel eens zag.

Ze had hem niet gezegd dat ze op zoek naar dat meisje was. Ze had gezegd te willen reizen naar waar zon was, en hij had gezegd: 'Is het weer zover?'

'Hoezo Malika?' zei ze.

Hij had haar een keer ontmoet, zei hij, of beter gezegd, toen zij in Maleisië zat had hij haar uitgenodigd te komen, omdat het meisje hem had opgebeld om te vragen waar ze was. En ze was hem bevallen, dat schuchtere meisje. Een beetje verlegen, maar als ze loskomt erg charmant.

'Wat hebben jullie gedaan,' Levi's stem trilt.

Ze hadden over haar gesproken. Malika had gezegd dat ze een manuscript gelezen had. Dat ze niet begreep waarom Levi niets van zich had laten horen. Of hij het wist.

'Je kon over de telefoon zeggen dat ik naar Maleisië was.'

'Ze klonk nogal ongerust, daarom heb ik haar bij mij uitgenodigd. Ik dacht dat ze nogal eenzaam was. Dat had jij me zelf verteld.'

Hij was zelf eenzaam, denkt ze, de klootzak, schuift zijn eigen motieven op haar. Is te lui om zelf iemand in de kroeg op te pikken en inviteert mijn vriendinnen.

'Wat hebben jullie gedaan,' vraagt Levi. Haar hand beeft. De telefoon beeft mee tegen haar oor.

'Laten we het daar een andere keer over hebben.'

...

Ewald.

Zoals hij voor haar staat, een hand in zijn zak, de ander tegen een boom geleund, en haar ten huwelijk vraagt, alsof ze niet vijftien jaar verder zijn, alsof hij nog steeds dezelfde jongen is, vindt ze zijn vraag te banaal om er op in te gaan. Speels, ondeugend, werpt ze de denneappel die ze juist van de grond heeft opgeraapt naar zijn hoofd, en meer antwoord heeft ze niet.

Toen Ewald haar zei dat het uit moest zijn, hij lag op zijn bed, zijn handen onder zijn hoofd, zijn benen gestrekt, en hij staarde naar het plafond, had ze gebeefd, maar niks gezegd. Ze had hem uit laten praten, en daarna zichzelf gedwongen opgewekt te klinken, haar ogen brandden, maar ze had geen tranen doorgelaten, en gezegd: 'Zullen we dan nu even wat gaan drinken.' En in Alberts Corner waar hij koffie en zij thee nam, veroverde ze hem opnieuw, dat wist ze, en daarna begon de vakantie en zou ze hem nooit meer zien.

...

Ze is bij hem als hij de rest vertelt. Dat hij het haar direct eerlijk verteld had, dat hij met een ander geslapen had. En als zij toen gevraagd had: 'Met wie?' zou ze het geweten hebben, maar het had haar klaarblijkelijk niet geïnteresseerd. Zij was notabene zelf verliefd geweest in Maleisië, had niet alleen met Iz maar ook met een ander plezier gemaakt, wat kon ze hem kwalijk nemen? Dat het Malika was geweest berustte meer op toeval, dat was niet gemeen bedoeld, bovendien had het meisje niets voor hem betekend, ze was lief, en open, maar het was zelfs geen verliefdheid geweest.

Juist daarom, had ze geschreeuwd, mijn enige vriendin gun je me niet, mijn enige vriendin neem je me af.

Hij had zijn schouders opgehaald. Ze moest niet overdrijven. Daar was die vriendin dan toch zelf bij geweest.

En dat laatste had de pijn gestopt. Er bestond geen vriendschap, had ze beseft, er was slechts herkenning.

...

Ze wilde niet jaloers zijn. Als zij mocht, met Iz, met de eerste aantrekkelijke toerist in Penang, mocht hij ook.

Zo leerde ze woorden in hun juiste betekenis te voelen. Pas dan kreeg een woord betekenis en paste het in een gedicht.

Levi verbeet zich. *Verbijten*. Bloed op haar lippen.

...

Meer nog dan anders, vollediger zo het volmaakter kon, gaf ze zich aan hem over.

...

Een dorp in de tropen.

Het is er precies zoals ze fijn vindt: niet te heet, rustig, mooie omgeving. Iets te veel toeristen misschien, helaas, met het voordeel dat er veel keuze is in restaurants en gerechten. Ze hebben een flinke wandeling bergafwaarts gemaakt. Elk bijvoeglijk naamwoord schiet te kort voor de indrukwekkende schoonheid van het meer en de bergen eromheen.

De zogenaamde tovenaar, die voor hen (zoals vaak) de reden was geweest om de tocht te maken, was er natuurlijk niet, maar dat gaf niet. Wel dat ze haar voet flink bezeerde omdat Iz haar weer zo nodig in een bepaalde stand voor een foto wilde. Uiteindelijk werd ze zo weerbarstig dat ze verder helemaal niet meer op de foto wilde. Ze ergerde zich toch al wekenlang iedere keer te moeten wachten omdat er weer iets moest worden vastgelegd.

Ze is al een paar keer uitgegleden op de modderige paden tussen de rijstvelden, en nu, met haar pijnlijke voet kost het haar veel moeite vooruit te komen. Het was haar keuze van de weg af te gaan, en via de rijstvelden te lopen. Nu kankert hij over vieze sokken, zijn sandaal die in de blubber vast blijft kleven waardoor hij niet vooruit komt, zijn angst met zijn camera in de modder terecht te komen.

Kleinigheden. Als zij lacht om zijn geklaag wordt hij kwaad. Ze aarzelt of ze op haar beurt zal zeuren over haar voet. Maar ze vindt het al erg genoeg dat hij de pret van de wandeling vergalt met zijn kleinzieligheid, en weigert eraan mee te doen.

Op een moment als dit weet ze weer waarom het fijn is om verliefd te zijn. Een verliefde partner struikelt niet over vieze kleding, natte broek, uitglijden, vallen, vergissingen, pech. Je lacht samen, en alles is een uitdaging. Op die momenten heb je een kameraad die alles leuk vindt wat jij leuk vindt. Schaterlachend ontdek je dat je zwart ziet van de modder, doorweekt bent van de regen, of per ongeluk in een goot bent gesprongen.

...

Je leeft, of je fantaseert, vindt Levi. Allebei tegelijk lukt niet zo goed.

Een eerste grijze haar, even boven haar rechteroor.

Ze was opnieuw begonnen. Iz straalde terwijl zij alleen maar haar best zat te doen.

Ze wilde weer in liefde geloven. Als het woord bestond

moest het er ook zijn. Net als vriendschap. Men had de begrippen niet voor niets verzonnen.

(Iz had geen contact met de Zwitser meer. Na zijn verwijten dat Levi egocentrisch was, en hem tegen zijn wil in had weten te verleiden, had hij Iz evenmin nog geschreven, en zelfs niet meer op Iz' brieven gereageerd.)

Ze was er eens bij dat Len tegen iemand zei: 'Ach vrienden, vriendschap, allemaal flauwekul. Ik had maar één vriend, en dat is ook allemaal voor niets geweest.'

Liefde is altijd positief, denkt Levi, ook als de liefde sterft, of als de liefde zélf zich het leven onmogelijk maakt.

Zo denkt ze, en zoekt ze, en merkt ze dat ze haar jeugdigheid verliest, en daardoor afscheid neemt van een levensstijl.

...

Ze was nog pas zeven, of acht misschien toen ze door haar tante van een logeerpartij werd thuisgebracht. Het was niet haar oom, de man van haar tante, die reed, maar een heeroom die ook bij de familie gelogeerd had. Levi zat op de achterbank, en zag hoe haar tante de heeroom ergens in de berm liet stoppen, en hem kuste zoals ze haar eigen ouders, of andere getrouwde mensen nooit bezig had gezien.

Het schiet haar opeens te binnen, deze merkwaardige herinnering die ze al die jaren was vergeten.

...

Dat hij niet meer om haar geeft, dat denkt ze, als hij zich nog slechts druk maakt om de spierpijn in zijn nek of de tintelende voeten, of zijn proefschrift waarbij altijd wel iets tegenzit. Dat hij haar niet meer ziet, niet meer bewondert, kortom dat de liefde over is.

Ze wordt razend van jaloezie als ze beelden ziet of verhalen leest waarin er sprake is van hartstochten, geliefden die erin opgaan elkaar te betasten, in de ogen te kijken, elkaar mandarijnenschijfjes voeren.

Iz leest de krant, ook als ze reizen, Iz opent zijn post, bladert tijdschriften door als ze praten, waardoor ze gaat zwijgen omdat ze begrijpt dat haar gespreksstof hem niet meer boeit.

Ze wil in ademnood raken bij het kussen. Een laatste aanraking voordat er weer een afscheid is. Vergeten dat er tijden zijn van eten, drinken, slapen.

...

Is er iemand, denkt Levi, is er iemand die mij kan voordoen hoe een mens het beste leeft.

...

Levi is bang voor het dode leven.

...

Toen, alléén met de keuze te leven of te fantaseren, had ze gemeend dat haar met Vos een lichter bestaan door de vingers was gegleden, zag ze Len als een tweede kans die ze voorbij had laten gaan. In die overpeinzingen echter, had ze na verloop van tijd ingezien dat ze het ongeluk net zo verkoos als het geluk, en dat ze bij te veel van het een het ander gaat missen.

...

Ewald zegt dat hij daar vooral geschokt door was, door de
strekking van de bundel die ook in de titel *Prettige pijn* zat,
namelijk, dat geluk in lijden kan liggen.

Ewald zegt haar dat het gek mag lijken, maar dat hij alleen
bij haar die hartstocht heeft gekend. En wat dat toch is, dat
gevoel, dat je niet kan oproepen, maar dat er vanzelf is, en
dat je dom bent als je je er niet door mee laat slepen.

Want dat was zijn probleem, dat hij zich er te weinig
door mee had laten nemen, waar hij nog steeds zo'n spijt
van had.

Wat het toch was.

Passie.

Ze nemen vrolijk afscheid. Hij zwaait haar lang na. Pas als
ze hem niet meer kan zien stapt ook hij in zijn auto, en rijdt
weg.

Ze hebben geen afspraak gemaakt. Hij vroeg er niet om.
Ze hadden wel hun lippen op elkaar geduwd, ruw, in de
hoop, tegen beter weten in, nog iets te laten groeien wat het
afscheid uit zou stellen.

...

Elke liefde, denkt Levi, elke liefde was een reflectie van
haar zelf, maar was óók liefde, dat wil ze, dat wil ze geloven.

Van Marion Bloem verschenen:

ROMANS

1983 *Geen gewoon Indisch meisje*
1987 *Lange reizen korte liefdes*
1987 *Rio*
1989 *Vaders van betekenis*
1992 *De honden van Slipi*
1993 *De leugen van de kaketoe*

VERHALENBUNDELS

1990 *Vliegers onder het matras*

NOVELLE

1988 *Meisjes vechten niet*

JEUGDROMANS

1978 *Waar schuil je als het regent?*
1980 *De geheime plek*
1981 *Matabia*
1984 *Kermis achter de kerk*
1986 *Brieven van Souad*
1990 *Matabia, een lange donkere nacht* (herziene uitgave van
   Matabia; bekroond met de IBBY-prijs 1990 en 1992
   Mention Die Blaue Brillenschlange)

In de AP-pocketeditie zijn inmiddels verschenen: